KATHRYN CUSHMAN

Eine Frage der *Wahrheit*

SCM Hänssler

SCM

Stiftung Christliche Medien

MIX
Papier aus verantwortungsvollen Quellen
FSC® C006701
FSC www.fsc.org

SCM Hänssler im SCM-Verlag GmbH & Co. KG • 71088 Holzgerlingen
Internet: www.scm-haenssler.de; E-Mail: info@scm-haenssler.de

Originally published in English under the title: Leaving Yesterday

Published in English by Bethany House, a division of Baker Publishing Group, Grand Rapids, Michigan, 49516, U.S.A.

Die Bibelverse sind, wenn nicht anders angegeben, folgender Ausgabe entnommen: Neues Leben. Die Bibel, © der deutschen Ausgabe 2002 und 2006 SCM R.Brockhaus im SCM-Verlag GmbH & Co. KG, Witten.

Übersetzung: Dr. Friedemann Lux
Umschlaggestaltung: OHA Werbeagentur GmbH, Grabs, Schweiz; www.oha-werbeagentur.ch
Satz: Satz & Medien Wieser, Stolberg
Druck und Bindung: CPI – Ebner & Spiegel, Ulm
Gedruckt in Deutschland
ISBN 978-3-7751-5350-8
Bestell-Nr. 395.350

Für Melanie Cushman –
Ich habe erlebt, wie du dich durch Dinge,
die die meisten Menschen zu Tränen der Verzweiflung bringen
würden, hindurchgelächelt hast.
Dein Mut bedeutet mir mehr, als ich ausdrücken kann.

1

Mein Sohn war tot. Ich wusste es in dem Moment, als das schwarzweiße Polizeiauto am Straßenrand vor meinem Haus anhielt.

So wie ich war, mit der Pflanzerde, die in Klumpen an meinen Handschuhen klebte, so wie die Trümmer der letzten Jahre an meinem Leben, drehte ich mich auf dem Absatz um, stieg die paar Stufen zu der Eingangsveranda hoch, öffnete die Haustür, ging hinein und schloss die Tür hinter mir. Ein vernünftiger Mensch hätte mir sagen können, dass das Geräusch des Türschlosses nichts an der Nachricht ändern konnte, die ich gleich hören würde. Aber zeigen Sie mir die Mutter, die vernünftig denkt, wenn sie vor der Nachricht steht, dass der einzige Sohn, den sie noch hat, tot ist.

Ich ging in die Küche und warf die Handschuhe auf die Küchentheke, dass die schwarze Erde über die makellos saubere Arbeitsplatte aus Granit flog. Ich holte ein Glas vom Regal und presste es mit solcher Gewalt gegen den Wasserspender in der Kühlschranktür, dass ich mich wunderte, dass es nicht zerbrach. Das kalte Wasser lief hinein, füllte es fast bis zum Rand. Ich gönnte mir eine kleine Pause, das war alles. Der Polizist dort draußen hatte sich in der Straße geirrt. Bestimmt hatte er seinen Fehler inzwischen bemerkt und war wieder weg.

Ich setzte mich an den Küchentisch und schlug den Haus- und Gartenkatalog auf, der zuoberst auf dem Poststapel lag. Ich begann, achtlos zu blättern, bis eines der Bilder mich abrupt packte und seine Finger um meine Kehle legte. Die beiden Jungs auf dem Bild sahen Nicolas und Kurt überhaupt nicht ähnlich, außer dass meine Söhne auch einmal in dem Alter gewesen waren, der eine acht, der andere zehn, aber ich musste unwillkürlich an sie denken. Der lächelnde Vater, der neben dem halb fertigen Baumhaus stand, hielt stolz den neuesten Schlagbohrer in der Hand, die ebenfalls lächelnde Mutter stand auf der brandneuen Leiter. Selbst der goldbraune Labrador ganz unten in dem Bild schien die beiden Jungen anzulächeln, die neben den Latten und Stangen standen. Eine Welt voll Sonne und Zukunft.

Wie früher einmal unsere.

Die Türklingel holte mich in die Gegenwart zurück. Und in die Wirklichkeit. Eine Wirklichkeit, die ich nicht wahrhaben wollte, aber musste. Es war so weit.

Ich begann, zur Haustür zu gehen. Dies waren also die letzten Schritte, die ich in meinem Leben machte, ohne die furchtbare Gewissheit zu haben, dass Kurt tot war. Ich musste ihn so lange auskosten, diesen Augenblick, wie es ging, musste mir jeden Schritt ins Gedächtnis einprägen. Eins, zwei, drei ... Mit dem zehnten war ich an der Haustür.

Ich holte tief Luft. Meine Hand, noch dreckverschmiert von meinem nutzlosen Versuch, diesen Augenblick auszusperren, legte sich um die Messingklinke. Obwohl ich es nicht wollte, schob sich der Türriegel unter meinen Fingern zur Seite. Jetzt gab es kein Zurück mehr. Ich zog an der Tür – ich staunte, wie schwer sie sich anfühlte – und vor mir, keinen Schritt entfernt, stand mein schlimmster Alptraum. Aber er sah ganz anders aus, als ich es erwartet hatte.

Wie dieser Polizeibeamte aussah, überraschte mich. Keine vor Gram und Alter herabhängenden Wangen, keine düstere Bestattungsunternehmermiene. Wenigstens eine gehörige Portion Unbehagen hätte er doch ausstrahlen können, dieser Unglückliche, der solch eine Schreckensbotschaft überbringen musste. Stattdessen war sein Blick angenehm, fast schon liebenswürdig. Das rötliche Haar und die jugendlichen Sommersprossen erinnerten mich an eine Erwachsenenausgabe von Opie aus der *Andy Griffith Show**. »Alisa Stewart?«

Ich hielt mich an dem Türgriff fest, wartete auf den Schlag, der gleich kommen würde. »Ja.«

»Ich bin Kriminalkommissar Bruce Thompson von der Polizei Santa Barbara.« Mehr sagte er nicht. Wollte er mir eine Gelegenheit geben, eine Bemerkung über das Wetter zu machen? Oder ihn nach dem Grund seines Besuches zu fragen?

---

* US-amerikanische Fernsehshow

Ich schwieg.

Was hätte ich ihm sagen sollen? Wir wussten doch beide, was jetzt kommen würde. Warum sollte ich das Schicksal auch noch mit einer Frage willkommen heißen? Und so starrte ich ihn an und wartete.

Er trat auf den anderen Fuß, ebenfalls abwartend. Dann schaute er auf den kleinen Notizblock, den er in seiner rechten Hand hielt. »Sie sind die Mutter von Kurt Stewart. Ist das richtig?«

»Ja.«

Er wartete wieder. Sein soldatenmäßiger Bürstenhaarschnitt schien strammzustehen, als ob selbst seine Haare gespannt auf meine Antwort waren. Was erwartete er? Ich hatte seine Frage beantwortet, das war doch wohl mehr als genug. Fand ich.

Schließlich fragte er: »Wissen Sie, wo wir ihn erreichen können?«

»Was?« Der Türrahmen neben mir schien zu schwanken. Ich packte ihn instinktiv mit meiner linken Hand. »Dann sind Sie nicht gekommen, um … Sie suchen ihn?«

Meine Antwort schien ihn geradeso perplex zu machen wie seine Frage mich. »Ja. Ist er hier?«

Ich drehte mich zur Seite, mit dem Rücken zum Türrahmen, und rutschte auf den Boden. Kommissar Thompson kniete sich neben mich. »Ist Ihnen nicht gut?«

»Danke … es geht schon. Ich hatte nur gedacht, Sie wollten mir sagen, dass er …« Ich legte den Kopf auf meine Knie und holte tief, tief Luft.

Mein Sohn lebte noch.

Mit bemerkenswertem Takt, ohne unbeholfene Versuche, den helfenden Ritter zu spielen, wartete Kommissar Thompson dort neben mir, bis ich mich gefasst hatte. Ich sah ihn schließlich an, zuckte die Achseln und sagte: »Ich dachte, Sie wollten mir sagen, dass Sie … dass Sie seine Leiche gefunden haben.« Seit wie vielen Jahren hatte ich Angst vor dieser Nachricht? Für die Mutter eines Drogensüchtigen gehörte diese Angst genauso, ja oft noch mehr zum Alltag wie der dünne Faden der Hoffnung.

Kriminalkommissar Thompson rieb sich über die Stirn. »Das tut mir wirklich leid. Wenn ich das geahnt hätte, hätte ich Ihnen als Erstes gesagt, dass nichts Schlimmes passiert ist.«

Was war das da drüben auf der anderen Straßenseite? Eine Frau, die mit ihrem Labrador an der Leine den Bürgersteig entlangging. Sie schaute zu uns herüber, und es brauchte nicht viel Phantasie, um sich vorzustellen, was für ein Leckerbissen dies für die Klatschzungen in dem Viertel werden konnte. Ich rappelte mich hoch und machte eine müde Geste nach innen. »Möchten Sie reinkommen?«

Er nickte und folgte mir ins Haus. Ich wusste immer noch nicht, was er von mir wollte, aber das war egal. Mein Sohn lebte. »Darf ich Ihnen ein Glas Wasser anbieten?«

Wir setzten uns an den Küchentisch. Der Gartenkatalog zeigte nach wie vor die Idylle mit dem Familienbaumhaus. Ich strich mit dem Finger über das Gesicht des kleineren Jungen, plötzlich dankbar, dass er dort war.

»Also, zurück zu meiner Frage. Ist Ihr Sohn Kurt hier oder wissen Sie, wo ich ihn erreichen kann?«

Ich schüttelte den Kopf. »Ich habe ihn seit über einem Jahr nicht mehr gesehen.« Ich nahm einen Schluck von dem Wasser. Ich spürte, wie es kalt meine Kehle hinunterlief. »Wir haben eine kleine Tochter, und mein Mann meint …« Ich schaute zu dem hinteren Fenster hinaus. In der großen Eiche hinter dem Zaun saßen ein paar Krähen. Was für ein unkompliziertes Leben diese Vögel hatten. Ich beneidete sie. »Tja, irgendwann muss man als Vater oder Mutter konsequent werden. Liebe heißt nicht, immer nur Ja sagen, Sie wissen schon.« Ich sah ihn an. Was dachte so ein Kriminalbeamter über Liebe, die hart sein konnte? Hielt er sie für grausam und herzlos? Oder wie Rick für eine Notwendigkeit? Als Mutter war ich hin- und hergerissen zwischen dem, was mein Kopf mir sagte und was mein Herz dagegenhielt.

»Das verstehe ich.« Es war eine Feststellung, nicht mehr. Keine Zustimmung, keine Ablehnung. Er wusste, was ich meinte, Punkt. »Sie wissen also nicht, wo ich ihn erreichen kann?«

»Nein. Als ich das letzte Mal von ihm hörte, machte er Gelegenheitsarbeiten auf Baustellen in der Stadt, aber das ist schon lange her.«

Ich merkte, wie an die Stelle der Angst, dass Kurt tot war, eine andere Angst trat, die unerbittlich lauter wurde. »Warum suchen Sie ihn?«

»Wir führen eine Routinebefragung durch.« Er blätterte in seinem Block.

Ich schob meine Hand über den Tisch und packte seine. Er schaute hoch, seine Augen weiteten sich überrascht.

»Kommissar Thompson, wissen Sie, was ich in den letzten Jahren durchgemacht habe? Der eine Sohn Knall auf Fall tot, der andere haltlos süchtig. Vor Kurzem hat mein Mann mich verlassen, und ich nehme jeden Tag meine letzten Kräfte zusammen, um das Leben zu schaffen und für meine Tochter da zu sein. Ich kann mir keine Ahnungslosigkeit im Leben erlauben; ich muss wissen, was los ist und wie ernst es ist.«

Er zog seine Hand zurück und musterte mein Gesicht. Ein vernehmungserfahrener Kriminalbeamter sah bestimmt mit einem Blick, wie verzweifelt ich war. Und dass ich die Wahrheit sagte. Nach einem Augenblick zuckte er die Achseln und sagte: »Letztes Wochenende ist in der Innenstadt ein Drogendealer ermordet worden. Jetzt führen wir Befragungen durch.«

»Und warum wollen Sie Kurt befragen?«

Wieder musterte er mein Gesicht, bevor er antwortete. »Wissen Sie, was eine Schuldnerliste ist?«

»Nein.«

»Das ist eine Liste, die Drogenhändler führen, auf der die Leute stehen, die ihnen Geld schulden. In dieser Branche schuldet einem immer irgendjemand Geld.«

»Kann schon sein, ja.« Ich hielt meinen Blick auf mein Wasserglas geheftet. Die Eiswürfel wurden langsam immer kleiner, geradeso wie ich. »Soll das also heißen, dass auf dieser – wie sagten Sie noch mal – Schuldnerliste von diesem Drogendealer Kurts Name steht?«

»So ist es.«

»Und damit ist er also verdächtig.« Es war keine Frage, sondern eine resignierte Feststellung. In den letzten paar Jahren war ich eine kleine

Meisterin im Annehmen von unangenehmen Wahrheiten geworden. Es war eine meiner Stärken, wenn man das so nennen will.

»Der Name Ihres Sohnes war auf dieser Liste, neben mehr als einem Dutzend anderen Namen. Nein, wir verdächtigen ihn nicht, wir führen nur ein paar Routinebefragungen durch. Es könnte ja sein, dass Ihr Sohn uns weiterhelfen kann.«

Der Name meines Sohnes auf der Schuldnerliste eines Drogenhändlers. Klar, was sonst? So tief war er gesunken seit dem Tod seines Bruders. Aber dass er so tief sank, dass er – nein, unmöglich, ich kannte meinen Sohn. »Kommissar Thompson, mein Sohn ist vielleicht rauschgiftsüchtig, aber er ist kein Mörder.«

»Da haben Sie sicher recht. Es sind über ein Dutzend Namen auf der Liste, und es ist höchst unwahrscheinlich, dass einer von ihnen den Mann getötet hat. Vielleicht war es jemand von der Konkurrenz, aus einer anderen Bande. Oder ein anderer Drogendealer oder … wer auch immer. Im Augenblick sind wir erst einmal dabei, die Stücke des Puzzles zusammenzusetzen.«

Erleichterung. Sie verdächtigten Kurt also nicht. Wie auch? »Also, es tut mir leid, wenn ich Ihnen da nicht weiterhelfen kann.«

»Danke für das Wasser.« Er zog eine Karte aus seiner Jackentasche. »Könnten Sie mich bitte benachrichtigen, falls Ihr Sohn Sie in den nächsten Tagen anruft oder besucht?«

Würde ich das machen? Ich wusste es nicht, aber dafür wusste ich, dass mein Sohn mich weder anrufen noch besuchen würde. Dafür hatte sein Vater damals gesorgt. Ich würde mir nichts vergeben mit meiner Antwort. »Natürlich, gerne.« Ich nahm die Karte, ging zur Haustür und öffnete sie. »Äh … Kommissar Thompson, falls Sie ihn vor mir sehen, könnten Sie ihm dann bitte sagen …«

Er wartete auf das Ende meines Satzes. Ja, was sollte er Kurt ausrichten? Dass er dabei war, mir das Herz aus dem Leib zu reißen? Dass ich unbedingt wissen musste, dass es ihm gut ging? »Sagen Sie ihm, dass seine Mutter ihn liebt.«

Er nickte lächelnd. »Gerne.«

2

Es war keine schwere Entscheidung, niemand etwas von Kommissar Thompsons Besuch zu sagen. Rick würde erst in ein paar Tagen wieder kommen, um Caroline abzuholen, und ich sah keinen Grund, ihn vorher anzurufen und zu informieren. Außerdem wusste ich genau, wie er reagieren würde: mit einer fünfminütigen Schimpfkanonade, was für ein absoluter Nichtsnutz unser Sohn geworden war. Für Rick war der Grund für Kurts Probleme seit Jahr und Tag sonnenklar: Wir waren zu lasch mit ihm gewesen. »Wir haben ihn auf Rosen gebettet.« – »Er hat nie gelernt, Verantwortung zu übernehmen.« Und so weiter und so fort. Ich wusste schon nicht mehr, wie oft ich das gehört hatte. Und wie oft ich Rick daran erinnert hatte, dass Kurt doch ein exzellenter Schüler und Sportler gewesen war, dass er nebenher gearbeitet hatte, um seinen Gebrauchtwagen selbst bezahlen zu können, und hunderte Stunden gemeinnützige Arbeit geleistet hatte. Die Antwort war immer die gleiche: Wir waren als Eltern zu lasch gewesen.

Was war das für ein Mord, von dem der Kriminalbeamte gesprochen hatte? Ich suchte in der Altpapierkiste, bis ich den Zeitungsartikel fand:

Am frühen Sonntagmorgen entdeckten Passanten bei der De La Guerra Plaza die Leiche eines zu Tode geprügelten Mannes. Aufgrund der Schwere der Verletzungen war die Identifizierung schwierig, doch inzwischen ist klar, dass es sich bei dem Toten um Rudy Prince handelt.

Mr. Prince war als kleiner Drogendealer polizeibekannt gewesen, mit zahlreichen Verhaftungen und drei Verurteilungen wegen schwerer Körperverletzung. Die Polizei geht davon aus, dass die Mordwaffe Mr. Princes eigener Baseballschläger, Marke Louisville Slugger, war, in dessen Griff er angeblich für jedes Opfer, das er mit ihm verprügelt hatte, eine Kerbe ritzte. Der Baseballschläger ist zurzeit verschwunden. Personen, die Hinweise auf den Verbleib des Schlägers geben können, werden gebeten, die kostenlose Hotline der Polizei anzurufen.

Diesem Mann also schuldete mein Sohn Geld! Dem Mann, der einen Baseballschläger mit eingeritzter Strichliste bei sich getragen hatte. Es lief mir eiskalt den Rücken hinunter. In was für eine Welt war mein Sohn da geraten? Was mochte er noch alles erleben? Wie hatte es so weit kommen können?

Die Tür flog auf. Es war Caroline, die von der Schule zurückkam. Ihre Wangen waren begeistert gerötet. »Hallo, Mama, bekommen wir einen Welpen? Holly Jeters Mutter hat ihren heute zur Schule mitgebracht, und er war sooo süß! Wir brauchen einen Welpen, unbedingt!«

Wie einfach das Leben mit zehn Jahren ist. Ein neuer Hund, und alle Probleme sind gelöst. Ich küsste Carolines rotblonden Schopf und lächelte. »Und was meinst du, wie Boots das finden würde?«

Sie schielte zu unserer schlafenden Katze hin, die an ihrem Stammplatz vor dem Heizkörper in der Ecke lag. Sie ging zu ihr und vergrub ihr Gesicht in ihrem Fell. »Du würdest das prima finden, nicht wahr, alter Junge? Du hättest gerne einen Hundebruder, nicht?«

Boots hob seinen Kopf und funkelte Caroline an, dann streckte er sich und zeigte seine Krallen.

»Siehst du, Mama, er hätte nichts dagegen. Und Papa ist ja nicht mehr da. Da brauchen wir jemand, der uns beschützt. Einen Schutzhund halt.«

»Hmm. Jetzt setz dich und iss erst einmal was.«

Sie holte sich eine Portion Eis aus dem Kühlschrank und setzte sich an den Küchentisch. Ich warf die Zeitung zurück in die Altpapierkiste und musste zum x-ten Mal denken, dass Caroline wie eine jüngere, weibliche Version von Kurt aussah. Die beiden waren einander in so vielen Dingen ähnlich, dass man sie fast für Zwillinge halten konnte. Zwillinge, die elf Jahre auseinander waren.

Sie schob den ersten Löffel Eis in ihren Mund, dann den zweiten, ohne dazwischen etwas zu sagen. Das war höchst ungewöhnlich. Dann merkte ich, dass sie die ganze Zeit die Haustür anstarrte, als ob das dunkle Mahagoniholz oder die glänzende Messingklinke sie magisch anzog.

Ich hatte die Blumenerde von vorhin abgewischt. Oder doch nicht ganz? Ich versuchte, Carolines Blick zu folgen, konnte aber nichts Besonderes entdecken. »Warum schaust du so zu der Tür?«

»Ich warte auf Kurt.« Sie sagte das mit einer so nüchternen Miene, dass es mir das Herz brach.

»Auf Kurt? Warum?«

»Weil ich letzte Nacht geträumt habe, dass er zurückkam. Jenny hat gesagt, Träume werden manchmal wahr. Also warte ich halt.«

Der Mann, auf den sie da wartete, hatte bestimmt das gewinnende Lächeln und unbefangene Lachen, das einst so typisch für Kurt gewesen war. Sicher sah sie seine im Takt seiner Gitarrenmusik tanzenden rotblonden Locken vor ihren inneren Augen. Oder spürte das Kitzeln in ihren Rippen von der geschwisterlichen Rangelei. Für sie war er immer noch der liebe, fröhliche, gesunde Bruder von damals, nur dass er nicht mehr da war.

Ihre kindliche Unschuld schien die schlimmen Erinnerungen der letzten Jahre, bevor er verschwunden war, auszublenden. Ihr Traum hätte zu keinem ungünstigeren Zeitpunkt kommen können als heute, wo der Kriminalbeamte mich besucht hatte. Ich war froh, dass sie nicht da gewesen war, als er kam. Wenigstens das war ihr erspart geblieben.

»Sollen wir beide einmal einen Spaziergang machen? Vielleicht gehen wir zu Holly, und du zeigst mir ihren neuen Welpen.«

»Jippie! Ich wusste es doch!« Sie sprang auf und warf ihre Arme um meinen Hals. »Warte nur, bis du ihn siehst, dann willst du auch einen neuen Welpen, bestimmt!«

Mir graute vor den Welpen-Bettelwochen, die dieser Besuch mit sich bringen würde, aber Hauptsache, sie brachten Caroline auf andere Gedanken, weg von den Spekulationen, dass Kurt wiederkommen würde. Hollys Welpen konnte sie besuchen, streicheln, in den Arm nehmen – lauter Dinge, die bei Kurt nicht möglich waren.

Am Abend, als ich sie zu Bett brachte, drückte ich sie extra lange, so dass meine Augen nass wurden. Sie kniete sich zum Nachtgebet hin und begann ohne Umschweife: »Bitte, Gott, zeige uns den richtigen Welpen für unsere Familie. Hilf Mama, zu sehen, wie sehr wir einen brauchen.« Als sie zu ihrem üblichen »Und bitte segne Kurt« kam, musste ich nicht wie sonst immer denken, dass niemand Kurt mehr helfen konnte, auch nicht Gott, sondern fiel stumm in die Bitte ein. *Ja, Gott, bitte, bitte …*

Ich ging aus ihrem Zimmer und kniete mich vor mein eigenes Bett, um zu beten. »Vater im Himmel, hilf ihm. Vater, hilf ihm.« Was konnte ich mehr sagen, wenn es um Kurt ging?

3

Am nächsten Tag ging ich über die Straße zu Lacey Scatterfield, zu unserem üblichen Dienstagfrühstückstreff. Lacey war eine Witwe in den Sechzigern, die vor ungefähr fünf Jahren in unser verschlafenes kleines Viertel gezogen war und die Klatschzungen in Bewegung gebracht hatte. In unserer Straße wohnten lauter Leute zwischen vierzig und fünfzig, in Häusern, die, obwohl nicht extravagant, ziemlich teuer waren, weil sie in dem besten Schulbezirk lagen. Warum zahlte eine ältere alleinstehende Frau diesen Schul-Bonus? Und eine pensionierte Rechtsanwältin war sie auch – oder auch nicht pensioniert, sondern aus der Anwaltskammer ausgeschlossen, wie man sich zuraunte. Genau wusste das niemand, aber die meisten glaubten dem Gerücht. Ich war Laceys einzige Freundin in der Straße und stellte ihr keine Fragen. Es hilft einem, die Privatsphäre seiner Nachbarn zu achten, wenn man einen Sohn hat, der drogensüchtig ist.

Die Fassade ihres Hauses war von dem Vorbesitzer in modern-minimalistischem Weiß und Grau neu gestaltet worden, aber drinnen herrschte die viktorianische Ära, mit Spitze, Leinendecken und dunklen Hölzern. Lacey selbst war eine undefinierbare Mischung von allem und jedem. Sie trug tagaus, tagein Trainingsanzüge (anders kannte ich sie nicht) in grellen Neon-Schockfarben. Heute trug sie Zitronengelb, mit einem passenden paillettenbesetzten Stirnband, das ihr schulterlanges graues Haar bändigte. »Komm herein«, begrüßte sie mich. »Ich habe gerade die Brötchen aus dem Backofen geholt. Oder möchtest du lieber Biscotti?«

Ich folgte ihr in das Haus und spulte das übliche Ritual ab, goss Milch in meinen Kaffee, füllte meinen Teller mit Gebäck. Dann saß ich an dem Walnussholztisch und begann das einzige Smalltalk-Thema, das mir an diesem Morgen einfiel: »Was gibt's Neues? Hast du dein Frühgemüse schon gepflanzt?« Als ob ich das wissen wollte, obwohl ich ja selbst einen Garten hatte. Es gab ja wohl Wichtigeres zu besprechen an diesem Morgen, aber besser nicht mit der Tür ins Haus fallen …

»Nee. Ich glaube, dieses Jahr pflanze ich überhaupt nichts.« Laceys Stimme hatte den kratzenden Klang einer langjährigen Kettenraucherin. »Mein Rücken ist zu alt und steif für solche Scherze, und außerdem kann man jede Woche echt frisches Gemüse auf dem Bauernmarkt kaufen. Also was soll's?«

Normalerweise hätte ich an dieser Stelle einen kleinen Vortrag über die Freuden des Gärtnerns gehalten, das Arbeiten an der Sonne und der frischen Luft, das Gefühl, etwas geschafft zu haben, und so weiter und so fort, aber heute waren meine Gedanken woanders. »Ich habe gerade die Zeitung gelesen. Hast du auch diesen Artikel über den Drogendealer gelesen, den sie am Wochenende in der Stadt ermordet haben?« Ich hoffte, dass meine Stimme so beiläufig klang, wie sie sollte.

Sie legte den Kopf zur Seite und nickte. »Ja, klar.«

Ich faltete meine Stoffserviette umständlich auseinander und legte sie auf meinen Schoß. »Und wie findest du das?«

»Was soll das heißen – wie finde ich das?« Sie hustete kurz und fuhr fort: »Der Kerl war ein Ganove von der fiesesten Sorte. Er hat Drogen an Teenager verkauft und serienweise Leute mit diesem Baseballschläger zusammengeschlagen. Wenn die Polizei den Täter findet, sollte sie ihn nicht in den Knast stecken, sondern ihm einen Orden geben! Oder ihn zum Bürgermeister von Santa Barbara machen.«

Lacey war niemand, der mit seiner Meinung hinter dem Busch hielt, aber ihre Aussage, die sie, ohne mit der Wimper zu zucken, von sich gab, überraschte mich doch. »Ist das dein Ernst?«

»Na, du kennst mich doch, oder?« Sie nahm einen Bissen von einem der Cranberry-Scones, die sie an diesem Morgen gebacken hatte, und nickte. »Ich finde es hochoriginell, dass der Täter ihn mit seinem eigenen Schläger totgeprügelt hat. Auge um Auge, Zahn um Zahn, sozusagen. Genau die richtige Todesart für den Kerl. Wenn unser Rechtssystem ein bisschen mehr in diese Richtung ginge, wäre es besser für uns alle.«

Ich tauchte einen Schoko-Biscotti in meinen Kaffee und schaute zu, wie er aufzuweichen begann. Ich zog ihn wieder heraus, schob ihn aber nicht in den Mund. »Einer der Leute, für die die Polizei sich *interessiert*, ist Kurt.« Ich knabberte an dem Plätzchen, um etwas zu tun zu haben.

»Das habe ich mir gedacht.« Sie sagte es geradeso trocken, als hätte ich ihr gerade eröffnet, dass der Wetterbericht für morgen früh Nebel angesagt hatte.

Ich weiß selbst nicht, warum mich ihre Reaktion überraschte. Lacey hatte immer schon dieses Quäntchen Extra-Durchblick gehabt. Aber ich betrachtete ihre blassblauen Augen und die kleinen Fältchen um ihre Lippen und fragte mich zum wiederholten Male, ob in diesem verschlissenen Körper ein gewöhnlicher Sterblicher wohnte. »Echt? Warum?«

»Also, zunächst einmal würde es erklären, dass dich gestern dieser Polizist besucht hat. Ziemlich lange sogar; der hat mit dir nicht nur über das Wetter geredet.«

»Woher weißt du, dass der da war?«

»Mädel, ich wohne in dieser Straße! Und bin die meiste Zeit zu Hause, wie du weißt.«

»Aber gestern Abend habe ich dich doch vor dem Haus gesehen. Wir haben uns fünf Minuten lang unterhalten, und du hast das Thema nicht angesprochen.«

»Ich bin keine, die sich in Sachen einmischt, die sie nichts angehen. Du hast es gestern nicht erwähnt, also ging's mich nichts an.«

»Und jetzt?«

»Jetzt, wo du es erwähnt hast, geht es mich was an, und ich werde dir ehrlich und ausführlich meine Meinung sagen. Nur wenn du willst, natürlich.«

»Natürlich will ich, das weißt du doch.« Und wie ich wollte! Lacey redete nicht um den heißen Brei herum, sie sagte, was sie meinte. Immer.

Sie begann. »Ich kannte Kurt noch nicht lange, als er seinen Absturz hatte. Aber ich kannte ihn genug, um sagen zu können, dass er momentan auf dem Holzweg ist, da gibt es keinen Zweifel daran. Aber dass es keinen einzigen gemeinen Knochen an dem Jungen gibt, daran gibt es auch keinen Zweifel.« Sie nahm einen Schluck von ihrem Kaffee. »Kurt ist einfach nicht der Typ, der jemand zu Brei schlägt, das sieht ein Blinder. Ich glaube nicht, dass die Polizei sich lange für ihn interessieren wird. Aber wie gesagt, der Typ, der es getan hat, hat einen Orden verdient.«

Was für eine Erleichterung, zu hören, dass ich nicht die Einzige war, der klar war, dass Kurt unmöglich so etwas getan haben konnte. Aber meine und Laceys Meinung war in dieser Sache nicht die, die am meisten zählte. »Jedes Mal, wenn das Telefon klingelt, habe ich Angst, dranzugehen. Ich denke dann immer, dass es die Polizei ist, die mir mitteilen will, sie hätten ihn nun verhaftet. Ich weiß, Kurt hat das nicht gemacht, aber was, wenn die Polizei das anders sieht?«

Laceys Zeige- und Mittelfinger ruckten, als hielten sie eine unsichtbare Zigarette. Sie legte sie an ihre Lippen und trommelte einen langsamen Takt. »Wäre es wirklich schlimmer als das, was du jetzt hast?« Sie lehnte sich auf ihrem Stuhl zurück, die Arme an die Tischkante gedrückt. »Ich meine, keine Mutter möchte, dass ihr Sohn als Mörder angeklagt wird. Aber wenigstens wüsstest du, wo er ist. Du wüsstest, dass er noch lebt, dass er was zu essen hat, dass er vielleicht sogar Hilfe bekommt.«

Es war etwas dran an diesem Argument. »Gut, da hast du wohl recht. Aber denk doch mal an die andere Seite der Medaille: Das würde auch bedeuten, dass ich einen Mörder großgezogen habe. Der wohlerzogene junge Mann, dem ich beigebracht habe, Frauen die Tür aufzuhalten, *Bitte* und *Danke* zu sagen und sein Zimmer aufzuräumen … Ich hatte gedacht, ich mache alles richtig als Mutter.« Ich konnte nicht weiterreden, der Kloß in meinem Hals wurde zu dick.

»Du warst und bist eine echt gute Mutter, lass dir nichts anderes einreden.«

Ich stellte mir die Szene vor, wie ich in der Mitarbeiterbesprechung meiner Kirchengemeinde saß und dem Gemeindevorstand beizubringen versuchte, dass mein Jüngster jetzt nicht mehr nur ein verlorener Sohn, sondern auch ein Mörder war. Ich sah vor meinem inneren Auge, wie mich unser Pastor freundlich, aber missbilligend ansah, der Missionsleiter ungläubig den Kopf schüttelte, die beiden Sekretärinnen hinter vorgehaltener Hand zu tuscheln begannen. »Die Hoffnung, dass Kurt eines Tages zurückkommt, meine Tochter und die Arbeit in der Gemeinde – das sind die einzigen Dinge, die meinem Leben noch einen Sinn gaben. Nicks Tod hat uns allen so viel genommen. Wenn Kurt diesen Mann umgebracht hat, dann habe ich nichts mehr.«

Lacey beugte sich vor und drückte meine Hand. »Nochmals: Das hat Kurt nicht gemacht, das wissen wir beide.«

»Manchmal macht die Polizei Fehler.«

Sie schaute zum Fenster hinaus und nickte fast unmerklich. »Ich fürchte, ich habe zu viel von der Welt gesehen, um dir da zu widersprechen.« Sie nippte an ihrem Orangensaft. (Ich hatte den Verdacht, dass sie manchmal etwas Höherprozentiges hineintat.) »Du bist Caroline nach wie vor eine gute Mutter, und das wärst du auch dann, wenn es zum Schlimmsten käme. Und ich glaube nicht, dass du dir wegen deiner Arbeit in der Gemeinde Sorgen machen musst. Die Leute dort wissen doch alle das mit Kurt, oder?«

»Gut, sie wissen, dass er nach Nicks Tod drogensüchtig geworden ist. Aber sie sehen in mir alle die große Trauerberaterin, die Frau, die in den schwersten Stürmen an Gott festhält. Wie kann ich weiter Familien beraten, die einen lieben Menschen verloren haben, wenn sie glauben, dass mein Sohn ein Verbrecher ist, der die Lieben anderer Leute umbringt?«

»Mit euch Christen habe ich mich noch nie ausgekannt, und das wird sich wohl nicht ändern.« Sie stand auf und trug ihren Teller zur Spüle. »Ein Königreich für eine Zigarette!« Sie kippte den Rest des Orangensaftes aus. »Eigentlich blöd, dass ich in meinem Alter das Rauchen eingestellt habe, wenn es für die Gesundheit sowieso zu spät ist.« Die ganze Nacht und mehrere Stunden am Tag hing Lacey an einem tragbaren Sauerstoffgerät, obwohl sie eisern vermied, es bei unseren gemeinsamen Frühstückstreffen zu benutzen.

»Du willst deine Gesundheit ja wohl nicht noch mehr ruinieren«, sagte ich. »Und Sauerstoff und Rauchen, das wäre doch bestimmt gefährlich. Was, wenn der Apparat explodiert?«

»Keine Ahnung, Mädel.« Sie nahm meinen Teller entgegen und hielt ihn unter den Wasserhahn, dann räumte sie ihn in den Geschirrspüler. »Ich wünsche mir, dass ich irgendwann noch einmal das eine tun könnte, was mir echt wichtig ist. Es ist ja nicht so, dass ich *eine Diät mache* und wenn ich genügend Kilos abgenommen hab, kann ich mir ein Stück Kuchen gönnen. Ich darf *nie mehr* rauchen, aber ich muss pausenlos ans Rauchen denken. Es ist zum Verrücktwerden.«

So würde es mir gehen, wenn sie Kurt verhafteten. Ich musste an die starke Fassade denken, die ich so lange aufgebaut hatte. Jawohl, mein Ältester war bei einem brutalen Überfall gestorben. Jawohl, der Schmerz darüber hatte seinen jüngeren Bruder in die Welt der Sucht katapultiert. Aber trotzdem war es einfacher, den Menschen zu sagen, dass ich einen verlorenen Sohn hatte, als dass mein Sohn ein Mörder war. Dieses eine Wort zerstörte jede Hoffnung. Und Hoffnung war das Einzige, was mich noch aufrechterhielt.

Das Problem war nur: Ich wusste schon nicht mehr, auf was ich hoffen sollte.

4

Als am Mittwochmorgen um 8.13 Uhr das Telefon klingelte, stand ich gerade in meinem kürzlich renovierten Badezimmer, musste daran denken, was für eine Raumvergeudung die separaten Schränke für *sie* und *ihn* unter den neuen Umständen waren, und war dabei, hastig mein Make-up (genauer gesagt: den braunen Lidschatten) aufzutragen. Ich werde nie mehr meinen braunen Lidstift aus dem Schrank holen, ohne mich an diesen Augenblick zu erinnern – so wie andere Menschen bei bestimmten Dingen an den 11. September denken müssen oder Pearl Harbour oder den Tag, an dem die Berliner Mauer fiel. Um ein Haar hätte ich »meinen« historischen Augenblick glatt verpasst, denn ein paar Sekunden lang überlegte ich, ob ich den Ruf nicht auf den Anrufbeantworter gehen lassen sollte. Ich war bereits spät dran, und wer außer ein paar windigen Telefonverkäufern rief mich denn an?

Aber irgendetwas ließ mich den Hörer abnehmen.

»Mama, ich bin's.«

Die Stimme war kaum mehr als ein Flüstern, aber in meinen Ohren war sie die schönste Melodie, eine Sinfonie der Sehnsucht, ein fast vergessener Traum, der auf einmal wahr wird.

»O, Kurt.« Sein Name auf meinen Lippen! Unbändige Freude, die sofort in ein anderes Bild überging: Mein Sohn in Polizeigewahrsam, von wo er seinen Anruf machen durfte. Es war der einzig mögliche Grund dafür, dass er anrief. »Kurt, geht es dir gut? Wo bist du?« Ich versuchte, mich an Laceys Worte zu erinnern, mir einzureden, dass eine Verhaftung womöglich das Beste war, was ihm in seiner Lage passieren konnte.

»Danke, gut. Ich bin in Orange County.«

»*Wo* bist du?«

»Mama, ich bin in Reha.«

Reha. Die Hoffnung, die so lange unter dem Wort *verlorener Sohn* begraben gelegen hatte, brach hervor wie der erste Sonnenstrahl nach jahrelangem Regen. »Ich wusste es doch! Ich habe es gewusst! O, Kurt, ich bin ja so stolz auf dich. Seit wann bist du da? Wie geht's dir? Kann ich dich einmal besuchen?«

Sein Lachen klang matt. »Immer mit der Ruhe, Mama.« Ich hörte, wie er ein, zwei Mal tief Luft holte. »Ich bin noch nicht sehr lange hier. Habe gerade den Entzug hinter mir.« Er stieß einen leisen Pfiff aus. »Wenn du so etwas durchgemacht hast, willst du nie mehr kiffen.«

»Ja, das kann ich mir vorstellen.« Ich hatte genug über Entzug und dergleichen gehört, um zu wissen, dass es furchtbar für Kurt gewesen sein musste. Ich sah ihn förmlich vor mir, wie er zitterte, Schweißausbrüche bekam, vor Schmerzen schrie. Aber ich war auch dankbar. Wenn die Erinnerung an den Entzug ihm half, in Zukunft clean zu bleiben …

»Es war echt hart. Aber dieser Anruf ist noch härter.« Er holte wieder Luft. »Es … es tut mir leid. Die Drogen und die Lügen und dass ich dich so im Stich gelassen habe, als du mich am meisten gebraucht hättest. Ich hätte dich nicht damit alleine lassen sollen.«

Alleine. Kurt wusste doch gar nicht, dass sein Vater seit Monaten nicht mehr hier wohnte, und doch sagte er dieses Wort: *alleine.* Wie tief waren wir als Familie gesunken!

»Kurt, es ist alles vergeben! Wann kann ich dich besuchen?«

»Es heißt, dass ich noch so sechs, acht Wochen hier bleiben muss. Ich rufe dich wieder an, wenn ich entlassen werde.« Aus dem Hintergrund kam eine gedämpfte Stimme. »O, ich muss Schluss machen. Alles Liebe, Mama.«

»Warte …« Aber es war zu spät, die Leitung war tot. Er hatte aufgelegt, bevor ich ihn nach dem Namen und der Telefonnummer der Rehaklinik fragen oder auch nur eine Bemerkung machen konnte. Ich starrte die Wand an und versuchte, nicht an den Schmerz in meiner Brust zu denken.

Trotz allem, was passiert war, wusste er, dass ich ihn von ganzem Herzen liebte, auch wenn er gerade aufgelegt hatte, bevor ich ihm das sagen konnte. So war es doch, oder?

Halt, die Telefonnummer musste doch in der Ruferkennung gespeichert sein. Ich nahm das Telefon wieder zur Hand und drückte den Knopf. Das Display begann zu leuchten.

Rufnummer unterdrückt.

Ich ließ mich vor Erschöpfung zitternd auf mein Bett fallen. Ein paar Augenblicke mit meinem Sohn – so viel hatte ich seit über einem Jahr nicht mehr gehabt, und jetzt wollte ich so gerne noch mehr. Aber ich hatte keine Möglichkeit, Kurt zu erreichen, herauszufinden, wo er war, zu sehen, ob er Fortschritte machte. Das sollte mir nicht noch einmal passieren! Und ich begann, durch das ganze Haus zu marschieren und in jedem Zimmer Papier und Bleistift zu deponieren. Wenn Kurt wieder anrief, würde ich ihn als Erstes nach seiner Nummer fragen und sie notieren. Hoffentlich rief er wieder an …

»Mama, wann bist du endlich fertig? Ich komme zu spät zur Schule!« Caroline stand in der Tür, die Hände in die Hüften gestemmt.

Ich rannte zu ihr und nahm sie in die Arme. »O, Schätzchen!«

Sie wich zurück und schaute zu mir hoch. »Warum bist du so komisch?«

»Kurt hat gerade angerufen. Er wird wieder gesund.«

»Kommt Kurt wieder nach Hause?« Sie schlang ihre Arme um mich und quietschte, wie nur ein zehnjähriges Mädchen das kann.

Ja, kam Kurt wieder nach Hause? Vielleicht hätte ich ihr doch noch nichts sagen sollen. Aber alles in mir schrie, dass sie recht hatte. Ich hob sie hoch und wirbelte sie im Kreis herum, und wir riefen im Duett: »Kurt kommt nach Hause, Kurt kommt nach Hause!« Mit jedem Mal glaubte ich es ein bisschen mehr.

Durch eine Kombination aus Geschwindigkeit, Entschlossenheit und purem Glück konnte ich Caroline zwei Minuten vor dem Klingeln vor dem Schuleingang absetzen. Ich schaute ihr hinterher, wie sie zur Tür rannte, ihr blondes Haar im Takt der Schritte hüpfend.

In meinem Hinterkopf rumorte die Stimme der Angst und flüsterte mir zu, dass Kurt kein zweites Mal anrufen, die Reha nicht schaffen würde, dass das alles nur ein Strohfeuer war. Vielleicht hätte ich Caroline doch nichts sagen sollen. Es war nicht richtig, ihr falsche Hoffnungen zu machen.

Ich startete den Wagen wieder und nahm Kurs auf unsere Gemeinde. Während ich fuhr, sang ich aus voller Kehle »Amazing Grace«. Wenn ich die nagende Stimme des Zweifels schon nicht abwürgen konnte, wollte ich sie wenigstens übertönen.

In der Mitarbeiterbesprechung an diesem Vormittag konnte ich kaum still sitzen. Der Leiter des Musikteams stellte sein Projekt »Sommerkinderchor« vor, die Leiterin der Kinderarbeit ihre Pläne für eine Sommerferienbibelschule, in allen Einzelheiten und als ob diese Dinge das Wichtigste von der Welt wären. Sie waren ja wichtig, und ich wusste das. Unsere Gemeinde war die am schnellsten wachsende Kirche in der zentralen Küstenregion Kaliforniens. Wir waren wer, und es war eine Ehre, zu dem Mitarbeiterteam gehören zu dürfen. Aber heute konnte ich an nichts anderes als an meinen Sohn denken.

Ken Maddox, unser leitender Pastor, sah mich an. »Alisa, die Frühjahrsfrauenbibelwochen laufen ja gerade. Ich habe viele positive Rückmeldungen bekommen.« Zustimmendes Nicken um den Tisch herum. »An was denkst du für den Sommer?«

Ich schüttelte den Kopf. »In der Ferienzeit, wenn viele Familien Urlaub machen, ist es nach meiner Erfahrung eher frustrierend, etwas Verbindliches zu machen. Ich habe vor, einmal pro Woche einen Strandtreff für Mütter und Kinder zu machen und dazu vielleicht, über den Sommer verteilt, zwei oder drei Filmabende.«

Unsere Programmkoordinatorin, Beth Williams, schüttelte den Kopf. »Also, jetzt, wenn über tausend Leute in unsere Gottesdienste kommen, solltest du dir das vielleicht nochmals überlegen. Vielleicht nicht sofort, aber wenigstens ab Ende des Sommers, wenn das neue Familienzentrum fertig ist. Ich finde echt, wir sollten dieses Zentrum so bald wie möglich mit voller Kraft nutzen – mit unserem Pfund wuchern, sozusagen.«

Ich tat so, als ob ich mir dies auf meinen Block notierte. »Danke, Beth, ich werde darüber nachdenken.«

Ken Maddox räusperte sich. »Ich hätte noch ein, zwei andere Dinge. Erstens: Die Zeitschrift *American Christian* möchte einen Artikel über unsere Gemeinde bringen – vor allem über dich, Alisa.«

Ich starrte ihn an. »Über *mich*? Warum?«

»Nun, unsere Frauenarbeit wächst und gedeiht, und bei unserem letzten Seminar ›Mit Trauer leben‹, im vergangenen Winter, war eine der Redakteurinnen mit dabei. Sie war tief beeindruckt.« Er schaute auf seine Notizen. »Apropos Trauerseminar: Auf dem nächsten, im kommenden Monat, wirst du ja wieder sprechen, Alisa.« Er lächelte in Beths Richtung. »Und Beth wird wie immer dafür sorgen, dass alles wie am Schnürchen klappt.«

Beth nickte rhythmisch, wie im Takt zu einem unhörbaren Musikstück. »Das ist meine Gabe.«

Ich seufzte. »Ja, das stimmt.«

Beth *war* die geborene Organisatorin. Und eine rasende Dampfwalze, die alles überfuhr, was ihr nicht schnell genug war. Ich versuchte immer, ihr so gut es ging auszuweichen. Ich sah Ken an. »Sollten wir nicht vielleicht jemand anderes für nächsten Monat suchen? Ich könnte ja bei der Planung helfen.«

Beth unterbrach mich. »Ich habe ihr schon gesagt, dass das absolut nicht geht. Das Organisieren kann ich gut machen, aber die Leute kommen von weit her, um Alisas Geschichte zu hören. Sie ist echt toll.« Sie schaute mich an, als habe gerade Gott selbst gesprochen, dann fuhr sie mit dem Finger über ihren Block und fügte, fast schüchtern, hinzu: »Aber ehrlich gesagt, ich fände es besser, wenn du die Fragen bezüglich der Auswirkungen auf deine Familie nicht so in allen Einzelheiten beantworten würdest. Vor allem das mit Kurt. Erst dein so mutmachender Vortrag, und dann Kurt – das wirkt immer wie so eine kalte Dusche. So hoffnungslos.«

Ich hatte nicht vorgehabt, der Runde von Kurts Anruf zu berichten. Aber Beths Worte ärgerten mich (typisch!) so, dass ich herausplatzte: »Nicht mehr. Es gibt gerade ein neues Kapitel in meiner Geschichte.«

Im Raum wurde es mucksmäuschenstill. Jeder hier wusste Bescheid über Nicks tragischen Tod und Kurts Absturz in die Sucht. Sie beteten seit Jahren für ihn, geradeso wie ich auch. »Heute Morgen habe ich einen Anruf von Kurt bekommen. Er ist in einer Reha und dabei, sein Leben wieder in Ordnung zu bringen ...« Ich blinzelte die Tränen aus meinen Augen, um die Gesichter der anderen besser sehen zu können. »Leute, es sieht so aus, als ob mein verlorener Sohn auf dem Weg zurück nach Hause ist.«

»Halleluja!« Ken strahlte. Die übrigen fielen lautstark ein, mit jeder Stimme wurde meine Freude größer. Wir hatten alle um Kurts Rückkehr gebetet, so unmöglich sie auch erschienen war. Ich hatte mich schon gefragt, ob wir da nicht unsere Zeit verschwendeten und Gott um etwas baten, das nicht in seinem Plan war. Jetzt war ich froh, dass ich meine Zweifel in diesem Kreis nie offen geäußert, nie gesagt hatte, dass ich Angst hatte, dass Gott mich gar nicht hörte. So konnte ich mich jetzt mit den anderen freuen, ohne mich meiner dummen Worte von früher schämen zu müssen. Es war der perfekte Abschluss dieser Mitarbeiterbesprechung.

Nach der Besprechung bat Ken mich, mit in sein Büro zu kommen. Er bot mir einen Stuhl an und begann: »Was ich dir jetzt sagen möchte, Alisa, kommt mit deiner wunderbaren Neuigkeit natürlich nicht mit. Aber die Leute hier haben gemerkt, was für einen tollen Job du machst, und der Gemeindevorstand hat beschlossen, dir ab kommenden Herbst eine Vollzeitstelle anzubieten. Das würde natürlich deutlich mehr Gehalt bedeuten.«

»Das könnte ich gut gebrauchen.« Ich musste ihm nicht sagen, warum. Er wusste, dass Rick und ich zurzeit getrennt lebten. Die Zukunft war ungewiss, aber so wie es aussah, würde ich früher oder später ein höheres Einkommen als jetzt brauchen. »Mein einziges Problem bei einer Vollzeitstelle wäre, dass ich nachmittags, wenn Caroline aus der Schule kommt, eigentlich zu Hause sein sollte. Zumindest an den Tagen, wenn sie nicht bei Rick ist.«

»Das ist völlig klar. Wir können es bestimmt so arrangieren, dass du einen Teil der Nachmittagsarbeit zu Hause machen kannst.«

»Das klingt gut.« Ich stand auf, um in mein Büro zurückzukehren. Ken winkte mir, mich wieder zu setzen. »Es gibt noch etwas, über das ich einmal alleine mit dir reden möchte.«

Ich sank zurück auf meinen Stuhl. »Und was ist das?«

»Erinnerst du dich noch an diesen Freund von mir, von dem ich dir erzählt habe, der Verlagsredakteur ist? Ich habe ihm ein paar deiner Artikel und eine CD mit deinen Vorträgen geschickt, und – tja, er würde sich gerne mal mit dir unterhalten.«

»Wirklich?« Ich versuchte, meine Stimme fest zu halten. Das war ja noch fantastischer als die Sache mit der Vollzeitstelle! Vorträge halten – das war etwas, was andere von mir erwarteten. Wovon ich selbst seit vielen Jahren träumte, war, ein Buch zu schreiben. Ein richtiges Buch! Nick war solch eine Leseratte gewesen, und wenigstens ein bisschen von seinem Leben für immer zu Papier bringen zu können ... Wann hatte ich das letzte Mal so einen schönen Tag gehabt?

Ken reichte mir ein Blatt. »Hier, bitte. Er hat mir eine Liste der Dinge gegeben, die er gerne per E-Mail von dir hätte. Eine Zusammenfassung des Inhalts, Kapitelüberschriften, ein, zwei Absätze aus der Einleitung – ich weiß schon nicht mehr, was alles. Ich werde darum beten, dass Gott dir hier den richtigen Weg zeigt, wie er es immer gemacht hat.«

»Danke, Ken.« Ich nahm das Blatt entgegen und ging zurück in mein Büro, so glücklich wie schon lange nicht mehr. Jahrelang war das Puzzle meines Lebens ein Chaos gewesen; jetzt begannen die Stücke endlich wieder zusammenzupassen.

Den Rest des Nachmittags dachte ich darüber nach, wie ich die Nachricht von Kurts Rückkehr meinem Mann am besten beibringen konnte. Der Abend dieses Tages war offensichtlich der beste Zeitpunkt, denn dann kam er immer, um Caroline nach ihrem Softball-Training abzuholen, und aß bei mir zu Abend, bevor er Caroline und ihre Sachen in seinen Transporter lud und sie für drei Tage zu sich mitnahm. Wir hatten das so arrangiert, um Caroline zu zeigen, dass wir uns noch vertrugen und nicht gerade hassten. Das eine, was wir bei unserer Trennung richtig gemacht hatten, war, dass wir wacker versuchten, sie für unser Mädchen so erträglich wie möglich zu gestalten. Egal, wie schwer sie dadurch für uns wurde.

Sollte ich es ihm gleich sagen, wenn er durch die Tür kam? Oder ihn erst essen lassen? Ich ging die verschiedenen Szenarien in meinem Kopf durch, und in jeder Variante war seine Antwort die gleiche: »Du hast die ganze Zeit recht gehabt. Wenn ich nur auch deinen Glauben gehabt hätte.«

Nun ja, manchmal durfte eine Frau auch träumen …

5

Rick und Caroline kamen wie immer in die Küche. Caroline fiel mir um den Hals und gab mir einen feuchten Kuss.

»Hallo, kleine Maus. Wie war's beim Softball?«

»Gut.« Ihr Blick wanderte durch die Küche. »Wo ist Boots?«

»Vorhin lag er auf meinem Bett und schlief.«

»Prima.« Sie rannte hinaus. »Mieze, Mieze, Mieze …«

Rick stand gegen die Küchentheke gelehnt, die Arme vor der Brust verschränkt. Sein Gesicht verfinsterte sich zusehends. Er wartete, bis Caroline die Treppe hochgerannt war. »Heute hat mich ein Polizist auf der Baustelle besucht.« Er starrte mich durchdringend an.

Ich schaute nach unten und begann in meiner Chinapfanne zu rühren, als ob sie jeden Augenblick anbrennen könnte. So viel zum Thema »Wann sag ich's meinem Mann?«. Ich stellte mich wohl am besten dumm. Mal sehen, wie viel er wusste. »Ein Polizist? Und was wollte er?«

»Na, was meinst du, Alisa?«

Der Dampf von den Zwiebeln und der Paprika biss mir in die Augen. Ich musste husten. Ich hustete bestimmt zwanzig Sekunden, bevor ich wieder zu ihm aufsah. »So wie du klingst, wirst du's mir gleich selbst sagen.«

»Da hast du recht.« Er stellte sich so nah neben mich, dass ich Angst hatte, dass seine Wut mir die Haut verbrennen würde. »Er wollte mit mir wegen der Ermordung von diesem Prince letztes Wochenende reden. Aber das weißt du ja schon, oder? Er sagte mir, dass er dich am Montag besucht hat.«

Ich sah ihn fest an. »Könntest du ein Stückchen zurücktreten? Du bist mir im Weg.«

»Das ist mir egal.«

»Es wird dir nicht mehr egal sein, wenn die Chinapfanne anbrennt und wir den Pizza-Service anrufen müssen.«

Er schaute auf den dampfenden Wok und ging zurück an seinen Posten an der Theke. »Wann hättest du mir das gesagt?«

Ich stellte die Herdplatte ab und rührte weiter. »Heute Abend, wenn du's unbedingt wissen willst. Ich sah keinen Grund, dich vorher anzurufen. Der Beamte sagte mir, dass er nur mit Kurt reden wollte. Und wo Kurt ist, weißt du ja die letzten ein, zwei Jahre genauso wenig wie ich. Außerdem wusste ich, dass du dich nur aufregen würdest – so wie jetzt. Ich habe keinen Grund gesehen, dir früher etwas zu sagen.«

»Du hast keinen Grund gesehen, mir etwas zu sagen?« Er starrte mich mit offenem Mund an. »Keinen Grund? Kurt ist auch *mein* Sohn! Habe ich etwa nicht das Recht, zu erfahren, dass mein eigener Sohn jemanden umgebracht hat?«

»Na bitte, da haben wir's schon! Du traust Kurt nur das Schlimmste zu. Du sagst nicht, dass er *verdächtigt* wird, jemand umgebracht zu haben, oder dass die Polizei ihn vernehmen möchte. Nein, du weißt sofort, dass er der Täter war! Ich weiß zufällig, dass Kurt nichts verbrochen hat. Geglaubt habe ich das sofort, und heute habe ich den Beweis erhalten.« Ich funkelte Rick triumphierend an. Diese Diskussion würde ich gewinnen, weil ich die Fakten kannte. Aber warum mussten wir überhaupt diskutieren? Warum konnten wir uns nicht einfach freuen, statt zu kämpfen? Sie waren ungesund, diese Kämpfe. Das wusste ich. Aber was war überhaupt noch gesund an der Art, wie wir miteinander umgingen?

»So? Und was ist der Beweis?«

»Unser Sohn ist zurzeit überhaupt nicht in Santa Barbara. Er ist in Orange County, in einer Rehaklinik, und dabei, sein Leben wieder auf die Füße zu stellen.«

Wohl eine ganze Minute starrte er mich an. Ich konnte förmlich zusehen, wie die Worte zu wirken begannen, seine Wut sich auflöste. »Ist das wirklich wahr?« Seine Stimme klang wie die eines Kindes, das sich verlaufen hat und seine Mutter sucht. Ich gab dem Impuls, ihn zu umarmen, nicht nach.

»Er hat heute Morgen angerufen. Er hat mir gesagt, dass es ihm gut geht, und uns gebeten, ihm zu vergeben.« Gut, eigentlich hatte er *mich* gebeten, aber es schadete wohl nicht, wenn ich *uns* sagte; bestimmt hatte Kurt es so gemeint.

Rick zog einen Stuhl unter dem Küchentisch hervor und setzte sich. »Reha? Echt?« Er fuhr sich mit den Händen über das Gesicht, und einen kurzen Augenblick lang sah ich wieder den Quarterback aus der Footballmannschaft unserer Schule vor mir. Voller Optimismus und Ehrgeiz, in den Tagen, bevor das Leben sein blondes Haar grau gemacht und seine Seele niedergedrückt hatte. »Die letzten paar Stunden war mir speiübel, wenn ich daran dachte, was aus meinem Sohn geworden ist.« Er legte den Kopf in die Hand. »Bist du da ganz sicher, mit der Reha?«

»Ja. Er hat mir gesagt, dass er gerade aus dem Entzug kommt und die nächsten sechs bis acht Wochen noch in der Klinik bleiben muss.«

Ricks Kopf hob und senkte sich. »Ein Teil von mir traut sich schon nicht mehr, zu hoffen.«

Ich wusste nur zu gut, wie ihm zumute war, aber Kurt war mein Sohn, und im Zweifelsfall glaubte ich ihm. Diesmal gab ich meinem Impuls nach und legte die Arme um Ricks Schultern. »Ich weiß. Aber diesmal schafft er es. Warte nur ab.«

Aus seiner Kehle kam ein Geräusch, das wie Lachen klang, aber sicher war ich nicht. »Ja, das hast du damals auch gesagt, als ich ihm das Radfahren beibrachte, weißt du noch?«

»Ja. Und damals habe ich auch recht gehabt.« Ich musste lächeln, als ich an jenen warmen Sommertag dachte. Es war ein Samstag, und wir hatten Kurts Rad zur Schule geschoben, damit er auf dem großen Schulhof Radfahren lernen konnte. Rick rannte hinter ihm her, den Oberkörper vornübergebeugt, und hielt ihn fest, als er einen wackligen Fahrversuch nach dem anderen machte. Rick hatte sich schließlich aufgerichtet und sich das Kreuz gerieben. »Mein Rücken macht nicht mehr mit. Ich glaube, für heute machen wir Schluss.«

»Bitte, Papa, nur noch ein Mal.« Kurts Augen leuchteten vor Entschlossenheit.

»Ja«, fiel ich ein, »bitte, Rick. Diesmal schafft er es, warte nur.«

Er hatte sich weiter das Kreuz gerieben und genickt, und sie hatten es wieder versucht. Und wieder. Rick hatte kein Wort mehr über seinen Rücken gesagt. Erst eine ganze Stunde später hatte Kurt den richtigen Bogen herausbekommen, und den ganzen nächsten Monat hatte Rick jeden Tag seinen Rücken eingerieben, aber mit einem zufriedenen Lächeln auf dem Gesicht. »Das war es wert.« Mehr hatte er nicht gesagt. Das war der Rick, den ich liebte. Der Ehemann und Vater, der seine Familie ohne Wenn und Aber liebte.

Als er mich jetzt ansah, sah ich den Schmerz in seinen Augen. »Hast du ihm das … mit uns gesagt?«

Ich schüttelte den Kopf. »Ich wollte ihm das Herz nicht noch schwerer machen.«

Er nahm meine Hand und drückte sie, und einen Augenblick lang waren sie vergessen, die Jahre des Zorns und der Bitterkeit, war die alte Tiefe wieder da, das Gefühl, zusammenzugehören. Es fühlte sich so gut an, so – richtig. Ich roch wieder den Duft der Grillburger, hörte wieder das ausgelassene Lachen, wenn Vater und Kinder einander nassspritzten, schmeckte die Glückstränen, wenn der nächste Tag, den ich am liebsten festgehalten hätte, in der untergehenden Sonne verglühte.

Er zog seine Hand wieder zurück, und der Bann war gebrochen. »Ich habe diesem Kriminalbeamten versprochen, ihn anzurufen, sobald ich Informationen über Kurt habe. Du glaubst ja nicht, wie erleichtert ich bin, dass ich ihm jetzt sagen kann, dass Kurt gar nicht in der Stadt war, als sie diesen Kerl umgelegt haben.« Er zog Kommissar Thompsons Visitenkarte aus seiner Brieftasche, nahm das Telefon in die Hand und begann zu wählen.

Sein Finger schwebte über der letzten Ziffer. »Wann ist er noch mal in diese Reha gegangen?«

»Das … das weiß ich nicht. Er hat gesagt, dass es noch nicht sehr lange her ist.«

»Noch nicht lange? Ist das alles, was du weißt?«

»Sein Anruf hat mich völlig überrascht. Wir haben nicht sehr lange reden können. Es gibt verschiedene Dinge, von denen ich mir wünsche, dass ich ihn gefragt hätte. Aber ich habe es nicht gemacht.« Ich wandte mich wieder dem Dampfkochtopf zu, in dem der Reis war. »Also, den Entzug hatte er schon hinter sich. Das sind doch mehrere Tage, oder?«

»Und in was für einer Rehaklinik ist er?«

Ich schüttete den Reis in eine große Schüssel und ging zu der Treppe im Flur. »Caroline, komm runter, das Essen ist fertig!« Dann ging ich zurück in die Küche, wütend auf mich selbst, dass ich so wenig wusste. »Das weiß ich auch nicht. Er musste das Gespräch beenden, bevor ich ihn fragen konnte. In der Anruferkennung hieß es ›Rufnummer unterdrückt‹. Aber ich weiß, dass es irgendwo in Orange County ist.«

Rick knallte das Telefon zurück in das Netzteil. »Na, das ist ja prima! Ein Anruf von unserem Sohn. Keiner weiß, woher. Er behauptet, dass er in Reha ist. Was, wenn das nur eine Finte war, weil er Angst hat? Solange wir nicht beweisen können, wo er ist und seit wann, hilft uns dieser Anruf gar nichts. Falls er wieder anruft, musst du unbedingt versuchen, diese Informationen zu bekommen.«

»Gut, das weiß ich, okay? Ich hab einen Fehler gemacht, ich sehe es ein.«

Caroline kam in die Küche und setzte sich an den Tisch. Sie strahlte Rick an. »Ist es nicht toll, dass Kurt nach Hause kommt?«

Er warf mir einen missbilligenden Blick zu, dann hockte er sich vor sie hin und schob ihr Haar hinter ihre Ohren. »Das hoffe ich, Schätzchen, das hoffe ich wirklich.«

Ich betete still, dass mein Sohn bald wieder anrufen würde. Und uns die Antworten geben würde, die wir hören wollten.

6

Ich stellte meinen Wecker extra früh, um Zeit für etwas Morgengymnastik zu haben. Vor Nicks Tod hatte ich das jeden Tag gemacht, aber danach war mir bereits der bloße Gedanke zu schwer gewesen, mit dem Ergebnis, dass ich fünfzehn Pfund zugelegt hatte. Ich mochte diesen Extraspeck überhaupt nicht, aber erst die Aussicht auf Kurts Rückkehr gab mir die nötige Kraft, Ernst zu machen und die Sache anzupacken. Plötzlich war es mir sehr wichtig, mein altes Ich wiederzubekommen, wieder die Person zu werden, an die Kurt sich erinnerte.

Ich hatte viel aufzuholen, also ran an die Arbeit! Ich ging meine kleine Sammlung Gymnastik-DVDs durch und wählte die, die ich als die anspruchsvollste in Erinnerung hatte. *Die schaffst du bestimmt noch,* dachte ich, *die einfacheren sind reine Zeitverschwendung.*

Ein paar Sekunden, und auf dem Bildschirm erschienen knochendürre Frauen in hautengen Gymnastikanzügen, die akrobatische Leistungen vollbrachten, bei denen mein Körper schlicht streikte. Nach zehn Minuten fühlte ich mich wie kurz vor dem Herzinfarkt, und dabei hatten die wirklich schweren Übungen noch gar nicht angefangen. Ich drückte den Aus-Knopf. Vielleicht war es besser, wenn ich einen strammen Spaziergang durch die Nachbarschaft machen würde.

Ich wohnte in einer Sackgasse mit einem Dutzend Häusern – zweistöckige Eigenheime mit kurzgeschorenen kleinen Vorgärten, die meisten mit Garagen, die mit Fahrrädern und Hockey-Ausrüstungen vollgestopft waren. Lauter gutbürgerliche Familienidyllen. Bis auf unsere. Ein bisschen kam ich mir wie ein Fremdkörper vor, aber ich mochte das Viertel nach wie vor.

Die aufgehende Sonne warf ihr orangenes Licht auf die Straße. Ich schaute zum Himmel hoch und betete laut im Gehen. »Himmlischer Vater, ich danke dir, dass Kurt in der Reha ist. Ich *weiß,* dass er dort ist.

Ich *weiß,* dass du die ganze Zeit über ihm gewacht hast. Vergib mir, wenn ich gezweifelt habe. Und bitte gib ihm die Kraft, das zu schaffen, wo er jetzt durchmuss. Bitte bringe ihn sicher zurück nach Hause.« Die Morgenluft war angenehm frisch, der Sonnenaufgang wunderbar. Eine prima Idee, dieser Spaziergang.

Wieder zu Hause, ging ich unter die Dusche. Normalerweise wäre ich jetzt noch im Bett gewesen. Ich kam mir viel wacher vor als sonst. Wie früher halt, als ich jeden Tag etwas für meine Gesundheit getan hatte. Das würde ich jetzt wieder tun. Dieser Morgen war ein Neubeginn, jawohl!

Bis Montag hatte ich nicht nur drei Pfund Gewicht verloren, ich merkte auch, dass ich mehr Geduld mit Caroline hatte, wenn sie morgens fast nicht aus dem Bett kam. Sie schien dies auch zu merken, denn sie fragte mich: »Hast du wieder einen Anruf von Kurt bekommen?«

»Wie kommst du darauf?«

»Du bist so fröhlich, da habe ich gedacht, du hättest vielleicht ein Geheimnis.«

Ich drückte sie. »So etwas Schönes würde ich nicht für mich behalten, das weißt du doch.«

Das Telefon klingelte. Ich war um eine Nasenlänge schneller als Caroline und nahm ab. »Hallo.«

Caroline hopste vor mir auf und nieder, ihre Lippen formten die Frage: »Ist er das? Ist er das?« Ich drehte mich um, um mich besser auf das Gespräch konzentrieren zu können.

»Alisa, hier Marsha. Wie wär's mit einem gemütlichen Abendessen morgen Abend? Carleigh, Tasha und Sarah würde ich auch anfragen.« Marsha und ihre Freundinnen versuchten, mich moralisch aufzurüsten, seit Rick und ich getrennt lebten. Normalerweise gab es nichts Schöneres für mich als die Aussicht auf einen Abend mit meinen Freundinnen. Ich zwang mich, Marsha zuzuhören und nichts von meiner Enttäuschung darüber, dass der Anruf nicht von Kurt kam, zu zeigen. »Abendessen? O ja, das klingt gut.«

Caroline stand schon wieder vor mir und hopste. Ich strich ihr über den Kopf und schüttelte den Kopf. Nein, es war nicht Kurt.

Die nächsten Tage und Wochen wiederholte sich diese Szene, bis die Resignation in uns Wurzel fasste. Er würde nicht anrufen.

Eines Dienstagnachmittags ging ich wieder ans Telefon, vor mir meine hoffnungsvoll hüpfende Tochter. »Hallo.«

»Mrs. Stewart, hier Ray Brooks. Erinnern Sie sich noch an mich?«

Ich bedachte Caroline mit dem üblichen enttäuschten Kopfschütteln, worauf sie mit leicht gesenkten Schultern zurück zu ihren Hausaufgaben, die auf dem Küchentisch lagen, ging. Ray Brooks? Der Name kam mir bekannt vor. Ich wühlte in meinem Namens- und Gesichtsgedächtnis, das mit jedem Jahr etwas mehr zu verblassen schien. Der Klang des Namens schien eine Saite in den Tiefen meiner Seele anzurühren. Er hatte etwas mit einem meiner Jungen zu tun gehabt. »Ihr Name kommt mir bekannt vor, aber ich stehe gerade auf der Leitung.«

»Ich war Kurts Fußballtrainer in der Junior High School.«

Wie hatte ich das vergessen können? Auf einmal sah ich sein Gesicht wieder vor mir. Gute zwanzig Jahre älter als der durchschnittliche Fußballtrainer, hatte Ray Brooks noch lange, nachdem seine eigenen Kinder aus dem Haus gegangen waren, aus Liebe zu den Kids und dem Spiel weitergemacht. »Ach ja, jetzt erinnere ich mich wieder. Kurt war sehr gerne in Ihrer Mannschaft.«

»Ich weiß nicht, ob es Ihnen bekannt war, dass Kurt eine Zeit lang in einer kleinen Hütte auf einer unserer Plantagen gewohnt hat.« Ich erinnerte mich vage, dass die Brooks etliche der Avocado-Plantagen in und um Santa Barbara besaßen.

»Nein, das wusste ich nicht. Wir … in den letzten Jahren haben wir uns etwas aus den Augen verloren.« Was mochte dieser Mann, der so viele Jahre seines Lebens Kindern gewidmet hatte, die nicht seine eigenen waren, von einer Mutter denken, die keinen Kontakt mehr zu ihrem Sohn hatte? Meine Verlegenheit hatte den üblichen Effekt: Ich begann, drauflos zu plappern. »Das heißt, vor ein paar Wochen habe ich mit ihm gesprochen. Er ist in der Reha und dabei, sein Leben wieder unter die Füße zu bekommen.« Ich merkte, wie die Angst in mir hochstieg. Würde Ray Brooks mir gleich eröffnen, dass Kurt die Reha abgebrochen hatte und zurückgekommen war und Probleme machte? Wollte er, dass er seine Plantage verließ?

»Ja, das hab ich auch gehört. Das freut mich echt – für ihn und für Sie. Aber warum ich Sie anrufe: Unsere Familie hat die unteren Plantagen verkauft, und der neue Besitzer will als Erstes diese Hütte, in der Kurt gewohnt hat, abreißen. Aber ich schätze mal, wenn er aus der Reha raus ist und eine Arbeitsstelle hat, wird er sich sowieso etwas Besseres suchen, so dass das kein Problem sein wird.«

»Nein, wahrscheinlich wird er erst mal eine Weile bei uns wohnen, während er sich neu orientiert.« Das war jedenfalls das, was ich hoffte und plante. Der Gedanke, dass Kurt es womöglich anders wollte, war mir unerträglich. Sollte Rick ruhig meckern und sagen, er solle gefälligst für sich selbst sorgen – dies sollte das letzte Mal sein, dass ich einen Anruf von einem ehemaligen Trainer erhielt, der sich besser um meinen Sohn gekümmert hatte als ich. »Danke, dass Sie mir das sagen. Ich gebe Kurt dann Bescheid, wenn ich das nächste Mal mit ihm rede.«

»Also, ein Teil seiner Sachen ist noch in der Hütte. Er hat wohl ein paar Kleider mitgenommen, als er in die Klinik ist, aber ein paar andere Sachen – Fotos und solche Dinge, auch Kleider – sind noch da. Könnte ich Ihnen die nach Hause bringen? Ich habe morgen Nachmittag sowieso in Santa Barbara zu tun. Es ist nicht viel, der Junge ist immer mit leichtem Gepäck gereist.«

Er sagte dies in einem Ton, als ob das etwas Gutes wäre, und ich war dankbar dafür. Was er nicht erwähnte, war natürlich, dass jemand, der jeden Penny, den er verdiente und noch einiges mehr, für Drogen ausgab, kein großes Gepäck haben konnte. Ich sagte Ray Brooks, dass er gerne kommen konnte. Noch konnte ich Kurt selbst nicht wiederhaben, aber seine Sachen waren ein Anfang.

Als ich am nächsten Tag von der Arbeit zurückkam, stand ein alter grüner Lieferwagen in meiner Auffahrt. Als ich vorfuhr, stieg Ray Brooks aus, und als ich mein Auto in die Garage gestellt hatte und ausgestiegen war, hatte er die Laderampe heruntergelassen und hob die erste Kiste hoch. »Wo soll ich das hintun?«

Ich hatte eigentlich vorgehabt, die Sachen in unserem Schuppen aufzubewahren, wo unter anderem die Weihnachtsdekoration lag. Aber ich wollte Ray Brooks nicht noch mehr Umstände machen, und so sagte ich: »Stellen Sie die Kiste einfach vor die Hintertür, den Rest mache ich selbst.« Ich trat zu dem Wagen. »Warten Sie, ich helfe Ihnen.« Ein paar Minuten, und wir waren fertig. Ray Brooks winkte mir zum Abschied aus dem Fahrerfenster zu.

Drei Kisten. Mehr nicht. Das also war der ganze Besitz meines Sohnes. Aber die Hoffnung auf eine Zukunft war jetzt stärker als der Schmerz über die Vergangenheit. Ich nahm mir vor, die drei Kisten nach dem Auspacken aufzubewahren. In ein paar Jahren würde ich sie Kurt zeigen und zu ihm etwa so sagen: »Erinnerst du dich noch, als deine ganze Habe in diese drei Kisten passte? Schau, wie weit du inzwischen gekommen bist.«

Ich stellte mir vor, wie er sein Studium beendete und einen guten Arbeitsplatz bekam, vielleicht sogar in seiner Freizeit mit Problemjugendlichen arbeitete. Er wäre exakt das Vorbild, das diese Kids brauchten – einer, der selbst ganz unten gewesen war und sich dann hochgearbeitet hatte, zurück ans Licht. So träumend und lächelnd verstaute ich die Kisten im Schuppen.

Ich lächelte immer noch, als ich eine halbe Stunde später anfing, das Abendessen zu kochen. Es klingelte an der Tür, und das Klingeln passte perfekt zu der Melodie, die ich summte. Ich erwartete gerade niemanden, aber unerwarteter Besuch war in diesem Viertel etwas Normales und Willkommenes. Ich öffnete die Tür. Welches von den

Nachbarskindern wollte diese Woche Kaffee oder Bonbons oder Einwickelpapier verkaufen? Aber es war Kommissar Thompson.

»Entschuldigen Sie, wenn ich Sie wieder störe, Mrs. Stewart, aber ich versuche immer noch, Kurt ausfindig zu machen. In der Stadt scheint ihn seit einiger Zeit niemand gesehen zu haben.«

Ich sah ihn selbstzufrieden lächelnd an. Ich wusste genau, was der Mann dachte – dass das Verschwinden meines Sohnes vielleicht ein Zeichen für seine Schuld war. Der Mörder, der sich anschließend aus dem Staub gemacht hatte. Es war Zeit, Klartext zu reden. »Da haben Sie völlig recht. Es kann ihn niemand gesehen haben, weil mein Sohn zurzeit in einer Rehaklinik ist. Seit mehreren Wochen schon.«

Er sah mich überrascht an, dann nickte er lächelnd. »Das ist gut. Ich bin Kurt mehrere Male begegnet und habe jedes Mal gedacht, dass er nicht böse ist, nur eben in der falschen Gesellschaft.«

»Das ist er jetzt nicht mehr.« Ich hob mein Kinn eine Spur höher.

Er zog einen Kugelschreiber und ein Blatt Papier aus seiner Jackentasche, legte das Blatt auf seinen linken Handteller und notierte sich etwas. »Wie heißt die Klinik, in der er ist?«

Eine einfache Frage, auf die es eine einfache Antwort hätte geben sollen, nur dass ich die nicht wusste. »Das weiß ich nicht.«

Er unterbrach sein Schreiben und sah mich an. »Das wissen Sie nicht?«

Ich fuhr mit der Hand den Türrahmen entlang. »Es ist irgendwo in Orange County, aber mehr weiß ich nicht. Er rief mich vor ein paar Wochen an, um mir zu sagen, wo er war. Aber bevor ich ihn nach der Klinik und der Telefonnummer fragen konnte, musste er das Gespräch beenden. Bisher hat er nicht wieder angerufen.« Ich bin keine Polizistin, aber es brauchte wohl keinen ausgebildeten Verhörbeamten, um auf den Verdacht zu kommen, dass hier die Mutter ihren Sohn zu decken versuchte. Was natürlich nicht stimmte. Ich sagte die Wahrheit, und ich wollte, dass Kommissar Thompson das wusste. »Aber er ruft bestimmt bald wieder an.«

Der Kommissar rieb sich über den Nacken und legte den Kopf nachdenklich zur Seite. »Mrs. Stewart, ich möchte Ihnen nicht Ihre

Freude verderben, wirklich nicht. Aber Sie haben mir selbst gesagt, dass Sie es sich nicht leisten können, ahnungslos zu sein.«

»Wie meinen Sie das?«

»Vielleicht ist Ihr Sohn wirklich in der Reha und macht Fortschritte, und bald wird alles wunderbar sein. Das hoffe ich, für Sie und für Kurt. Aber ich habe ein bisschen zu viel von der anderen Seite dieser Welt gesehen, um hier nicht auch andere, hässlichere Möglichkeiten in Betracht zu ziehen.«

»Zum Beispiel?«

»Nun, vielleicht ist das mit der Reha eine Lüge, mit der Ihr Sohn sich uns für ein paar Wochen vom Leib zu halten versucht. Oder er ist tatsächlich in einer Klinik, aber nur um sein schlechtes Gewissen ruhigzustellen.«

Ich öffnete meinen Mund, um ihm zu sagen, dass das nicht stimmte. Dass ich doch Kurts Siebensachen in meinem Schuppen hatte und dass er sie gerne inspizieren konnte, wenn er wollte. »Ich würde gerne …« Die Worte rutschten zurück in meinen Kopf, und ich versuchte nicht, sie wieder hervorzuholen. Nicht, weil ich Zweifel gehabt hätte. Ich wusste, dass Kurt niemand ermordet hatte. Vielleicht lag es daran, dass meine mütterlichen Beschützerinstinkte in den letzten Wochen doppelt stark geworden waren.

»Ja, was würden Sie?«

»Meinen … meinen Herd abdrehen, bevor das Abendessen anbrennt.«

»Dann will ich Sie nicht länger stören, entschuldigen Sie bitte. Auf Wiedersehen.« Er begann, die Haustürstufen hinabzusteigen, dann hielt er an und drehte sich um, als sei ihm gerade noch eine Idee gekommen. Aber ich wusste, dass es mehr war. »Könnten Sie mir einen Gefallen tun und mich dann, wenn Kurt sich das nächste Mal gemeldet hat, anrufen und mir den Namen der Rehaklinik sagen? Ich glaube, es täte uns beiden gut, wenn ich seine Akte schließen könnte.«

»Natürlich.« Ich sah ihm hinterher, wie er zu seinem Auto ging. Glaubte er mir oder wartete er nur darauf, dass ich einen Fehler machte?

7

Mich um Caroline kümmern, die Sorgen um Kurt, das Buchprojekt, über das ich grübelte und betete, dazu der tägliche Stress bei meiner Arbeit – die Fahrten zu und von der Gemeinde waren die einzigen ruhigen Momente, die ich in den letzten Wochen gehabt hatte. Die meiste Zeit lief mein Gehirn im Automatikgang. Ich war schon in meine Einfahrt gefahren, als ich endlich merkte, dass mir ja seit mehreren Minuten ein Lieferwagen folgte, der jetzt direkt hinter mir anhielt.

Eine unruhige Sekunde lang dachte ich, dass das wieder der Kommissar war, doch dann stieg Kevin Marshall aus seinem Auto und lächelte mich ein wenig verlegen an.

»Äh … hallo. Ich war heute gerade in der Stadt, und Chris hat mich gebeten, dir etwas vorbeizubringen.«

Sein Oberkörper verschwand in seinem Auto. Als er wieder herauskam, hatte er eine kleine Tragetasche in der Hand. Er kam zu mir, die Hand mit der Tasche ausgestreckt. Selbst auf ein paar Schritte Entfernung bemerkte ich seine blauen Augen – Augen, wie man sie in Frauenromanen findet.

»Chris hat … äh, kürzlich bei sich aufgeräumt, und da hat er ein paar Fotos von Nick gefunden. Wir dachten, dass du die vielleicht haben möchtest.« Sein Gesicht wurde rot; er schien sich gerade zu fragen, ob er nicht doch hätte zu Hause bleiben sollen.

»Doch, gerne.« Ich nahm ihm die Tasche ab, und unsere Hände berührten sich. Einen kurzen Augenblick nur sahen wir einander in die Augen, aber es reichte, um den Kummer eines halben Lebens auszutauschen. »Möchtest du einen Kaffee?«

»Danke, ich muss zurück.«

War da nicht auch eine Spur Schuldbewusstsein in seinem Blick? Vielleicht, weil er den Sohn hatte, der überlebt hatte? Oder vielleicht war es auch gar kein Schuldbewusstsein, sondern nur der Spiegel meines Neides. Ich vermied es, in die Tasche hineinzuschauen. »Wie geht's Chris so?«

»Danke, gut. Bis auf das Hinken natürlich, das wird für den Rest seines Lebens bleiben. Aber ansonsten kann er eigentlich alles machen.«

»Da bin ich froh.« Was stimmte. Ich hatte Chris vor dem schrecklichen Tag nur ein paar Mal gesehen, aber er war einer von Nicks besten Freunden an der University of Southern California gewesen, und er war einer der beiden jungen Männer, die den Mardi Gras*-Überfall überlebt hatten. Ich wollte, dass er das Leben leben konnte, das Nick versagt gewesen war.

Kevin nickte und drehte sich um. Ich folgte ihm zu seinem Auto, die Tasche an der Hand schlenkernd. »Sag Chris Dankeschön von mir.«

»Mach ich.« Er räusperte sich. »Ich muss dich vorwarnen. Ich glaube, es sind ein paar Bilder aus New Orleans dabei. Wir haben uns zu Hause darüber unterhalten, ob wir die nicht besser wegwerfen sollten, aber Sheila fand, dass eine Mutter Bilder von ihrem Sohn, die einen Tag vor seinem Tod aufgenommen sind, bestimmt haben will. Ich weiß das nicht genau, aber ich schätze mal, Frauen kennen sich mit solchen Dingen besser aus als Chris oder ich.«

»Da hat sie recht.« Ja, Sheila hatte recht, aber ich fragte mich, ob ich je den Mut haben würde, diese Tasche zu öffnen und hineinzuschauen.

Kevin nickte zu meinem Ford Escape hin. »Als du gerade angehalten hast, habe ich gesehen, dass dein rechtes Bremslicht nicht funktioniert.«

»Ja, das ist schon ein paar Wochen so. Irgendwie bekomme ich nicht die Kurve, zur Werkstatt zu fahren.«

»Das ist doch eine Kleinigkeit, das macht Rick in einer Minute. Sag ihm, er soll mich anrufen, wenn er Fragen hat.«

---

* Karneval in New Orleans

»Wir sind …« Ich schaute das Auto an, dann wieder Kevin. »Wir leben gerade getrennt.«

Seine Hand rutschte vom Türgriff seines Transporters ab, er schüttelte den Kopf. »Da habe ich geradeso versucht, nichts Dummes zu sagen, und jetzt das! Das tut mir echt leid.«

»Ist schon gut. Wir sind schon ein paar Monate getrennt. Erst Nicks Tod und dann Kurts Sucht, das war ein bisschen viel auf einmal, verstehst du?«

»Besser als du dir vorstellen kannst.« Er schüttelte traurig den Kopf, und ich erinnerte mich daran, was Nick mir über Chris' Mutter erzählt hatte. Sie hatte eine Schönheitsoperation nach der anderen machen lassen, bis ihr ein verpfuschter Eingriff chronische Schmerzen bescherte, worauf sie sich in Alkohol und Medikamente flüchtete. In Kevins Gesicht konnte ich lesen, dass in den letzten paar Jahren nichts besser geworden war.

»Aber jetzt muss ich echt wieder weg.« Er stieg in seinen Wagen, und ich blieb in der Einfahrt stehen und schaute ihm hinterher, als er wegfuhr.

Einen Augenblick später stand ich vor der Tür von Nicks Zimmer und versuchte, meinen Mut zusammenzunehmen und sie zu öffnen. Nicks Zimmer war seit seinem Tod mehr oder weniger unverändert geblieben; schon bald hatte ich gelernt, dass jede Minute, die ich dort verbrachte, Wunden öffnete, mit denen ich immer noch nicht zurechtkam.

Das Verdrängen war schon immer eine meiner Abwehrstrategien gewesen. Außer dann und wann zum Reinigen betrat ich das Zimmer selten.

Der Raum war dunkel und roch nach Staub. *Nächste Woche putzt du hier wieder*, nahm ich mir vor, *aber nicht heute*. Ich legte die Tasche mit den Bildern auf Nicks blaue Bettdecke, ohne mehr als einen halben Blick auf die gerahmten Zeugnisse an der Wand zu werfen, die Poster der Dodgers oder das kleine Regal mit den Preisen, die Nick gewonnen hatte – die meisten nicht für sportliche, sondern für schulische Leistungen. Ich ließ die Fotos und den Rest der Erinnerungen in dem Zimmer und schloss die Tür wieder. Ansehen würde ich sie mir irgendwann später; jetzt hatte ich nicht die Kraft dazu.

Am Samstagmorgen trat ich in dem Seminar ›Mit Trauer leben‹ auf das Podium. Die Gesichter wechselten von Mal zu Mal, ihr Ausdruck nicht. Ein unsichtbarer, lähmender Nebel des Schmerzes lag über dem Saal, dichter als der Nebel, der öfters vom Pazifik hereinrollte. Die meisten dieser Menschen steckten so tief in ihm, dass in manchen Stunden die totale Auflösung, der Übergang ins Nichts die einzige Lösung zu sein schien. Ich kannte diesen Zustand gut. Eigentlich war ich immer noch in ihm, aber das brauchten diese Menschen nicht zu hören. Sie brauchten nicht zu wissen, dass ich immer noch weinend aufwachte, immer noch von Nicks Ermordung träumte, immer noch manchmal schreien und toben wollte. Nein, was sie brauchten, war jemand, der ihnen sagte, dass das Leben mit Gottes Hilfe weitergehen konnte.

Die PowerPoint-Präsentation lief wie geschmiert. Ich begann immer mit ein paar Bildern von Nick als Kind. »Schon als kleiner Junge wollte mein Sohn Nick Missionar werden. Er stellte seine Stofftiere in Reih und Glied auf und hielt ihnen Predigten über den Glauben und die Erlösung allein durch Gottes Gnade.« Ich rief das nächste Bild auf, das Nick in seinem Lieblingskostüm zeigte, das Gesicht grün angemalt. »Natürlich wollte er auch eine Teenage Mutant Ninja Turtle* sein.« An dieser Stelle lief immer ein raunendes Kichern durch den Raum. Unsere lieben Kleinen – das kam immer an. Dann das nächste Bild: »Hier sehen wir Nick, wie er das Zimmer seines Bruders neu streicht.« Ein allgemeines »Ooh« und »Aah«. Ich fuhr rasch fort: »Damit jetzt keiner von Ihnen glaubt, dass das ein gemeinnütziger Arbeitseinsatz war: Nick muss den Satz ›Kurt ist ein Dummkopf‹ und

---

* US-amerikanische Comic-Serie

mehrere ähnliche Bemerkungen, die er mit Ölfarbe an die Wand gemalt hatte, überstreichen. Jawohl, mein Sohn hat Wände beschmiert, und das im Hause seiner eigenen Eltern.«

Mehr Anekdoten, mehr Schmunzeln. Aus dem Schuljungen wurde ein schlaksiger Teenager, der nicht wusste, wohin mit seinen Armen und Beinen. Ich wartete immer, bis meine Zuhörer aufgetaut waren, bevor ich zu dem schwierigen Teil überging. Das letzte Bild, das ich zeigte, war an dem Tag aufgenommen, als Nick in das Studentenheim umgezogen war.

»Als mein Sohn aufs College ging, lernte er dort eine christliche Gruppe kennen, die sehr missionarisch eingestellt war. Als Mardi Gras kam, nahmen er und noch ein paar Freunde sich eine Woche frei und fuhren nach New Orleans. Sie fanden, dass es niemanden auf der Welt gab, der erlösungsbedürftiger war als die jungen Leute, die dort auf den Straßen ihre Faschingsparty feierten.«

An dieser Stelle bekam ich immer einen Kloß in den Hals. Ich hasste das herzlich. Hier stand ich und hielt einen Vortrag, wie man Trauer überwindet, und selbst war ich vier Jahre später fast immer noch nicht in der Lage, meine Geschichte fertig zu erzählen. Meine Zuhörer schienen das zu verstehen, aber ich kam mir jedes Mal wie eine Versagerin vor. Wenn ich wirklich in der Kraft Christi lebte, musste ich doch wohl in der Lage sein, diese Geschichte zu erzählen, ohne zu heulen, oder?

»Sie stießen auf ein paar junge Männer, die sich für ihre Botschaft von Jesus zu interessieren schienen – aber nur so lange, bis sie Nick und seine Freunde in einen Hinterhof gelockt hatten, wo sie sie ausrauben konnten. Aber die Jungen hatten zusammen nur ungefähr fünfzig Dollar dabei, und das ließ ihre Widersacher ausrasten. Sie prügelten meinen Sohn buchstäblich tot.« Jedes Mal, wenn ich an diese Stelle kam, dankte ich im Stillen dem Polizeibeamten, der damals empfohlen hatte, dass nicht ich, sondern jemand anderes Nick identifizierte, so dass ich nach wie vor das Bild des gesunden, fröhlichen Jungen in meinem Kopf hatte, den ich immer gekannt hatte. »Einer seiner Freunde wurde bewusstlos geschlagen, und erholte sich aber von seinen Verletzungen, der andere wird für den Rest seines Lebens hinken.« Für den Bruchteil einer Sekunde sah ich Kevin Marshalls blaue Augen vor mir. Irgendwie trösteten sie mich.

Wie immer lief ein mitfühlendes Raunen durch meine Zuhörerschaft. Jetzt hatte ich sie endgültig gewonnen, jetzt war es Zeit, ihnen den Zuspruch zu geben, der ihnen helfen würde, die Lebenskrise, in der sie gerade steckten, zu bewältigen.

Ich sprach über den Tag danach. Die Reise nach New Orleans, um Nicks Leiche zu identifizieren. Ich sprach über die Woche und die Monate danach, über die Beerdigung und den Prozess, versuchte, sowohl die tiefe Trauer als auch die tröstlichen Augenblicke, die ich erlebt hatte, in Worte zu fassen. Ich sprach über den Trost, den manche meiner Freunde mir gegeben hatten, und über die allmähliche Entfremdung von anderen, die plötzlich Angst vor mir zu haben schienen. Ich versuchte, ehrlich und transparent zu sein; alles andere hätten meine Zuhörer sofort durchschaut.

»Ich werde immer wieder gefragt, ob mich diese Sache auf Gott wütend gemacht hat. Ich möchte Sie nicht anlügen; dazu sind Sie alle viel zu wertvoll. Ja, ich war wütend auf Gott. Jawohl, ich bekam Glaubenszweifel. Ich meine, wenn Gott wirklich alles kann, warum hat er damals nicht eingegriffen und meinen Sohn und seine Freunde gerettet? Warum ließ er sie so leiden?« Mit jeder Frage wurde das Gewicht auf meiner Seele schwerer, auch jetzt noch.

»Ich möchte nicht hier vorne stehen und Sie für dumm erklären, indem ich behaupte, heute die Antwort zu kennen. Aber eines weiß ich: Gott war damals da. Und noch mehr: Wenn ich bedenke, was mein Sohn da kurz vor seinem Tod erlebte und wie weh es ihm getan haben muss, dass ausgerechnet die Menschen, denen er helfen wollte, ihm das antaten – ja, dann begreife ich, dass der Eine, der das versteht, ja der es noch viel besser versteht als ich, Jesus ist. Wie muss es ihn getroffen haben, dass die Menschen, die er erlösen wollte, ihn schlugen und misshandelten, ihn anspuckten und beschimpften. Noch schwerer muss es für seinen Vater gewesen sein, der das alles miterlebte und die Schmach seines Sohnes spürte, als ob sie seine eigene war. Er hätte das stoppen können, hätte jedem in der höhnischen Menge das geben können, was er verdiente. Aber das machte er nicht. Er hat mich so geliebt, dass er diesen Schmerz auf sich nahm – für mich, ja für all die, die seinen Sohn verachteten und ablehnten.«

An dieser Stelle musste ich immer innehalten. Auch wenn die Worte mehr oder weniger immer die gleichen waren – die enorme Tiefe der Liebe Gottes überwältigte mich jedes Mal neu. Die Liebe, die ihn dieses Opfer hatte bringen lassen, nein, ich konnte sie nicht ermessen.

Ich ging zu ein paar ganz praktischen Schritten zum Umgang mit der Trauer über, mit Beispielen aus meinem persönlichen Erleben und dem Erleben von Menschen, mit denen ich gesprochen und denen ich geholfen hatte.

»Ich musste es lernen, Gottes Liebe anzunehmen. Punkt. Und meine Last loszulassen. Es ist Knochenarbeit, den Schmerz ständig mit sich herumzutragen.« Hundert Köpfe nickten zustimmend. »Sie werden es merken: Die Last wird viel leichter, wenn wir sie von Gott tragen lassen und nicht versuchen, sie alleine zu tragen.« Ich musste an Kurts Sucht denken und an meine zerbrechende Ehe, und wieder betete ich stumm zu Gott, mir durch all das hindurchzuhelfen.

Ich beendete meinen Vortrag, wie üblich, mit einigen weiteren Bildern, darunter ein paar lustige aus Nicks Teenagerjahren, um die Stimmung aufzuhellen. Dann lud ich meine Zuhörer ein, ihre Fragen zu stellen.

Eine Dame in einem Kleid und mit zitternden Händen erhob sich. »Wie lange hat es gedauert, bis Sie Ihren Sohn nicht mehr vermisst haben?«

Ein tapferes Gesicht aufsetzen war eines, regelrecht lügen etwas anderes. Ich schüttelte den Kopf. »Ehrlich gesagt: Für mich bedeutet an Nick denken, ihn zu vermissen. Und ich werde meinen Sohn nie vergessen. Aber die Erinnerungen bringen mir immer öfter Freude und nicht nur Schmerz. Heute kann ich, wenn ich an ihn denke, wieder lachen. Und mit jedem Tag habe ich mehr dieses Gefühl, dass ich es nicht erwarten kann, in den Himmel zu kommen und ihn dort wiederzusehen. Ich stelle mir vor, dass dort sogar sein Zimmer immer aufgeräumt sein wird, was ich von seinem Zimmer hier unten nicht sagen konnte.« Wieder vereinzeltes Lachen. Ich musste plötzlich wieder an die Bilder denken, die in der Tasche auf Nicks Bett lagen und darauf warteten, dass ich mich aufraffte und sie betrachtete. Es wäre sicher ein schmerzliches Erlebnis.

Eine Stimme aus den hinteren Reihen riss mich aus meinem Grübeln. »Was hat der Tod Ihres Sohnes für Ihre Familie bedeutet?«

Diese Frage kam jedes Mal, und ich hasste sie von Herzen. Aber wie hatte Beth noch in der Mitarbeiterbesprechung gesagt? Dass sie es besser fand, dass ich diese Frage nicht so ausführlich beantwortete. Dann würde ich sie gerade beantworten! Ich war es diesen Menschen hier schuldig, ihnen reinen Wein einzuschenken. »Nicks Bruder, der ein paar Jahre jünger ist als er, fiel nach seinem Tod in tiefe Depressionen und wurde schließlich drogensüchtig.« Dieser Satz wurde immer mit einem allgemeinen Aufstöhnen quittiert, das aus den Tiefen der Seelen kam. Doch heute konnte ich ein Stück Hoffnung anschließen. »Aber das ist noch nicht das Ende der Geschichte. Inzwischen ist mein verlorener Sohn in einer Rehaklinik und dabei, wieder zurück ins Leben zu finden.« Meine Trennung von Rick erwähnte ich nicht, sie war ja nur vorübergehend. Wir würden es schon noch schaffen, besonders jetzt, wenn Kurt die Kurve bekommen hatte.

Ganz hinten ging eine Hand hoch. »Ja, dort hinten, bitte?«

»Was ist aus den Jugendlichen, die Ihren Sohn umgebracht haben, geworden?«

Auch diese Frage kam meistens, obwohl ich ihr immer auszuweichen versuchte. Der Wechsel vom Thema »Trauerarbeit« zum Thema »Strafe« konnte alles, was ich in meinem Vortrag gesagt hatte, ruinieren. »Sie sind vor Gericht gekommen und zu ›lebenslänglich‹ verurteilt worden.« Ich schaute in die Runde. »Hat noch jemand eine Frage?«

»Macht es Ihren Schmerz erträglicher – wenigstens ein bisschen –, dass die Schuldigen hinter Gittern sind? Möchten Sie das anderen

Eltern von Jugendlichen, die Opfer von Gewaltverbrechen geworden sind, auch wünschen?« Es war dieselbe Stimme wie bei der letzten Frage, und diesmal erkannte ich sie. Kommissar Thompson.

Ich linste zu der letzten Reihe hin, aber konnte von dort, wo ich stand, sein Gesicht nicht genau erkennen. »Nichts, was Menschen tun können, kann meine Trauer über den Verlust meines Sohnes mindern. Das kann nur Gott.

Ob das Wissen, dass die Täter im Gefängnis sind und nie mehr jemanden totschlagen und Eltern ihren Sohn wegnehmen können, mir guttut? Natürlich.« Wenn Thompson seine Hausaufgaben gemacht hatte (und ich war sicher, dass er sie gemacht hatte), dann wusste er, dass die Jugendlichen, die meinen Sohn umgebracht hatten, allesamt polizeibekannte Gewalttäter gewesen waren. Der Fall war zu einer Art Aushängeschild für Initiativen geworden, die härtere Strafen für Gewaltverbrechen forderten, aber dieses Fass wollte ich jetzt nicht aufmachen.

»Würden Sie also sagen, dass es ein Grundrecht aller Eltern von durch Gewaltverbrechen umgekommenen Kindern ist, dass die Täter vor Gericht gestellt und angemessen bestraft werden?«

»Mit elterlichen Grundrechten kenne ich mich nicht aus. Alles, was ich weiß, ist, dass mein Sohn ein Leben lebte, auf das er stolz sein konnte. Und dass ich ihn nach seinem Tod dadurch ehre, dass ich so weiterlebe, wie er das von mir gewollt hätte. Dazu gehört, dass ich nicht in das Loch der Verbitterung falle und mich frage: Was wäre gewesen, wenn? Oder: Wer war schuld? – Gibt es jetzt noch weitere Fragen?«

Es gab keine mehr. Beth trat nach vorne, um etwas zu den Workshops am Nachmittag zu sagen. Als sie fertig war, eilte ich durch den Mittelgang nach hinten, entschlossen, eine Erklärung von Kommissar Thompson zu verlangen.

Wie konnte er es wagen, hierher zu kommen und meine Bemühungen zu torpedieren?

»Mrs. Stewart, könnte ich eben mit Ihnen reden?« Eine Schwarzamerikanerin in einem eleganten Kostüm hielt mir ihre Hand hin.

»Mein Name ist Reisha Cinders, ich moderiere die Talkshow *Christian America*. Haben Sie schon von unseren Sendungen gehört?«

Ich verspürte absolut kein Verlangen nach einem Gespräch über Talkshows, aber unhöflich wollte ich auch nicht sein. Und ich wusste ja, wo ich Kommissar Thompson finden konnte, er hatte mir schließlich seine Karte gegeben. Ich sah die Frau an. »Ja, natürlich. Worum geht es?«

»Hätten Sie Lust, einmal als Gast in unsere Talkshow zu kommen?«

»Ich?«

»Ich glaube, Ihr Vortrag könnte vielen Menschen helfen. Und wie Sie die Fragen eben beantwortet haben, da kann nur der Heilige Geist selbst dahinterstehen. Nächsten Monat haben wir eine Serie über Milde im Justizsystem. Die Mörder Ihres Sohnes sind ja zunächst auch milde behandelt worden. Da dachte ich, wenn einer etwas zu dem Thema zu sagen hat, dann Sie. Es geht um die Frage, was ein Leben stärker prägt – Gerechtigkeit oder Gnade.«

Ich fragte mich, ob sie mir immer noch den Heiligen Geist untergeschoben hätte, wenn sie gewusst hätte, dass die Fragen von dem Kriminalbeamten kamen, der gegen meinen Sohn ermittelte, und dass die Antworten von einer Mutter kamen, die alles zu tun bereit war, um ihren Sohn zu schützen. Aber ich nahm ihre Karte entgegen. »Das Thema klingt gut. Lassen Sie mich darüber nachdenken und beten, ich melde mich dann bei Ihnen.«

Sie nickte. »Ich würde Ihre Rückmeldung bis Anfang nächster Woche benötigen.«

»Ich lasse von mir hören.« Ich ging weiter den Mittelgang entlang. Wo war Kommissar Thompson? Aber er war nicht mehr zu sehen.

8

Die Vorbereitung des Trauerseminars, das Halten meines Vortrags, dazu die Freude über Kurts Kehrtwende – all das störte meine Schreibversuche nicht, wie zunächst befürchtet, sondern gab mir extra Kraft für sie. Spätabends, wenn Caroline im Bett lag, saß ich an meinem Computer und brachte meine Ideen zu Bildschirm und Papier, bis ich nach vier Wochen genügend zusammen hatte, um es anderen zu zeigen und sie um ihre Meinung zu bitten. Ich wusste: Meine Freundinnen würden mich nicht schonen, wenn sie dachten, dass ich auf dem Holzweg war.

»Alisa, das ist perfekt. Absolut perfekt!« Marsha hielt meine paar Seiten hoch, als seien sie das große Gewinnlos einer Lotterie. Zum Glück war das Café, in dem wir uns nach dem Gottesdienst getroffen hatten, laut und überfüllt, so dass niemand von uns Notiz nahm. »Ich kann's nicht glauben! Ich werde eine Bestsellerautorin zur Freundin haben!«

»Also, jetzt übertreibst du ein bisschen.« Eigentlich wollte ich die Augen rollen, aber ich musste über Marshas Begeisterung lächeln.

»Nein, das tu ich nicht.« Sie sah fast beleidigt aus. »Das ist deine große Lebensberufung. Du hast deinen Platz gefunden, den Platz, zu dem Gott dich die ganze Zeit geführt hat. Dein Gelobtes Land sozusagen.«

Ich schaute die anderen an. »Gut, so viel zu Marshas Träumen. Was muss ich besser machen?«

Tasha schob ihr Exemplar meiner Ergüsse in meine Richtung. An den Rändern konnte ich in roter Tinte ihre Bemerkungen ausmachen. »Dies *ist* echt stark, und Marsha hat recht: Du bist eine geborene Schriftstellerin. Aber ich würde es nicht ›perfekt‹ nennen. Du weißt ja, wie ich über korrekte Grammatik denke und über ihr Nichtvorhandensein bei dir.« Sie lächelte. »Aber deswegen hat Gott mich ja dir über den Weg geführt – um dir aus dem Dschungel der unfertigen Sätze herauszuhelfen.«

»Und … und mich hat Gott dir über den Weg geführt, weil einige deiner Kapitelüberschriften etwas zu wünschen übrig lassen«, sagte Carleigh. »Ein paar sind gut, aber ich finde, das Beste sollte uns gerade gut genug sein, findest du nicht auch? Ich habe hier ein paar Verbesserungsvorschläge gemacht.« Sie reichte mir ihr Exemplar meines Manuskriptes zurück.

»Vielen Dank euch allen«, sagte ich. »Ich wüsste nicht, wie ich das ohne euch schaffen sollte.«

»Gar nicht«, lachte Carleigh. Sie hob ihr Eisteeglas hoch. »Auf unser Buchprojekt!«

Die Gläser klirrten.

Lacey sah mich über den Rand ihrer Porzellanteetasse an. Sie nahm einen kleinen Schluck, stellte die Tasse zurück auf die Untertasse und musterte mich weiter. Abwartend.

Es brachte nichts, wenn ich so tat, als wäre nichts; dazu hatten wir uns zu oft zu diesen Dienstagmorgenfrühstücken getroffen. »Der Polizist, der bei mir zu Hause war, ist jetzt auch an anderen Orten gesichtet worden.«

Ihre Augen waren die hellblauesten, die ich je gesehen hatte. »Und wo war das, wenn man fragen darf?«

»Er hat Rick bei der Arbeit besucht.«

Lacey lachte zweimal, dann ging das Lachen in ihren üblichen trockenen Husten über. Sie hustete ein paar Takte, dann nahm sie einen Schluck Wasser und holte tief Luft. Als sie endlich sprach, grinste sie immer noch. »Bei der Arbeit? Na, da wird dein Mann ja begeistert gewesen sein.«

Rick hatte sich in Rekordzeit vom einfachen Zimmermann zum Bauleiter hochgearbeitet, was zum Teil an seiner eisernen Prinzipientreue lag. Er hatte sehr strikte Vorstellungen darüber, wer ihn wann während der Arbeit besuchen durfte. Der Anlass musste schon *sehr* dringend sein. »Ja, gut, die Kollegen haben sich sicher gefragt, was die Polizei von Rick wollte.« Ich fuhr mit dem Zeigefinger an dem eleganten Henkel der Teekanne entlang. »Oder vielleicht auch nicht. Wahrscheinlich haben sie gedacht, dass es irgendwas mit Kurt war.«

»Und da haben sie nicht ganz falsch gelegen, wie? Aber du hast gesagt: ›an anderen Orten‹, in der Mehrzahl. Wo war er noch?«

»Letztes Wochenende kam er in mein Trauerseminar.«

»In dein Trauerseminar?« Die Falten an ihrer Stirn wurden noch tiefer. »Hat er eine Szene gemacht?«

Ich schüttelte den Kopf. »Ich habe erst ganz am Ende meines Vortrags überhaupt gemerkt, dass er da war. Er saß in der hintersten Reihe, und in der Fragerunde wollte er etwas über Nick wissen.«

»Und was war das?«

»Ob mir das Wissen, dass die Täter hinter Gittern sitzen, in meiner Trauer geholfen hat. Und ob ich glaube, dass es allen Eltern, deren Kinder Opfer von Gewaltverbrechen geworden sind, wichtig ist, dass die Täter bestraft werden, oder so ähnlich.«

Lacey starrte zum Fenster hinaus und nickte langsam. »Er versucht, die Daumenschrauben anzuziehen, da gibt's keinen Zweifel.«

»Er denkt bestimmt, dass ich etwas weiß, aber es ihm nicht sagen will.« Ich nahm einen Schluck von meinem Tee. »Ich wollte, ich wüsste wirklich etwas. Ich würde alles darum geben, zu wissen, wo Kurt jetzt genau ist und wie es ihm geht.« Wie sehr ich darum betete, dass die Antwort auf diese Frage war, dass mein Sohn wirklich in Reha war, behielt ich wohl besser für mich. So machte ich das, was ich immer machte, und setzte eine optimistische Miene auf. »Wenn ich das genaue Datum seiner Anmeldung in der Klinik wüsste und das nachweisen könnte, würde die Polizei Kurt auf der Stelle von der Liste der Verdächtigen streichen. Was ich möchte, ist ein wasserfestes Alibi für ihn.«

»Da hast du recht. Wir können nur hoffen, dass der Junge noch vor dem Mord in die Klinik gegangen ist. Ich habe noch ein paar Bekannte aus meinen Anwaltstagen, und nach dem, was ich so höre, ist die Kripo gerade für jede Spur dankbar. Sie scheint keine konkreten Beweisstücke in der Hand zu haben, nur diese Liste der Leute, die dem Toten Geld schuldeten. Ihre Strategie scheint zu sein, die Verdächtigen so lange unter Druck zu setzen, bis einer einen Fehler macht und sich verrät.«

»Ich verstehe nicht, warum dieser Thompson so wild darauf ist, mit Kurt zu sprechen. Er hat mir selbst gesagt, dass er Kurt ein paar Mal getroffen hat und ihn für jemand hält, der nicht böse, sondern nur in schlechte Gesellschaft geraten ist.«

»Mädel, wann hast du das letzte Mal die Zeitung gelesen? Zwei Schießereien zwischen verfeindeten Gangs, eine Messerstecherei im Osten der Stadt und mehrere bewaffnete Raubüberfälle auf Touristen. Genau die Geschichten, bei denen die Industrie- und Handelskammer das große Hosenflattern kriegt. Die Geschäftsleute wollen Aktionen sehen und der Bürgermeister bekommt es mit der Angst zu tun. Die ganze Stadt hat die Nase voll von all den Gewaltverbrechen. Der Druck auf die Polizei, einen Täter zu finden und vor Gericht zu bringen, ist enorm. Die Leute mögen's nun mal nicht, wenn ein Mörder frei herumläuft, selbst dann, wenn der Tote selbst ein Ganove war und die Stadt eigentlich froh sein kann, dass er weg ist.«

Ich nickte. Es gab noch eine andere Angst, die an mir nagte und von der ich noch niemand erzählt hatte. Wenn ich sie einem anvertrauen konnte, dann Lacey, und ich *musste* endlich mit jemandem darüber reden! »Ich frage mich allmählich, ob er überhaupt noch in der Reha ist. Würde er dann nicht öfters mal anrufen? Würde die Klinik uns nicht vielleicht sogar einladen, einmal vorbeizukommen, für eine Familientherapie oder so? Was, wenn er nach ein paar Tagen gemeint hat, dass er es doch nicht schafft, und wieder in sein altes Leben zurück ist?«

»Er hat dir doch gesagt, dass er den Entzug bereits hinter sich hatte, nicht? Und der Entzug ist das Schwerste an der ganzen Sache, könnte ich mir vorstellen. Wenn er wirklich wieder in Santa Barbara wäre, in der alten Szene, hätte die Polizei ihn schon drei Mal aufgespürt und dein Freund, der Kommissar, würde dich in Ruhe lassen. Nein, Kurt ist noch in dieser Klinik.«

»Warum habe ich dann nichts weiter von ihm gehört?«

»Jede Rehaklinik hat ihre eigene Richtlinie, was Anrufe nach Hause und Familientherapie betrifft. Ich schätze mal, dass du erst dann wieder von ihm hören wirst, wenn er so weit ist und sie ihn entlassen können. Er will ganz sichergehen, dass alles in Ordnung ist, bevor er zurück nach Hause kommt.«

»Ich hoffe, dass du recht hast.« Und wie ich hoffte! Denn das Glauben fiel mir mit jedem Tag schwerer.

9

Am nächsten Tag fuhr ich zum Supermarkt. Ich schob meinen Einkaufswagen fast im Lauftempo durch die Gänge; was, wenn Kurt zu Hause anrief, während ich hier war? Als ich um die Ecke zu den Backwaren bog, holte ein Scheppern und ein Stoß meine Aufmerksamkeit in das Hier und Jetzt zurück. Ein anderer Einkaufswagen war von rechts mit meinem zusammengestoßen.

»O, Entschuldigung, ich hab nicht aufgepasst …« Als ich sah, wer den anderen Wagen schob, gefroren mir die Entschuldigungen auf den Lippen.

»O, hallo, sind Sie auch hier?« Die Miene, die Jeans, das T-Shirt und die Angels-Baseballmütze – jeder normale Mensch hätte gedacht, dass Kommissar Thompson überrascht war, einen alten Freund im Supermarkt zu treffen. Ich war natürlich sofort im Bilde.

»Verfolgen Sie mich?«

Er legte die Ellbogen auf den Rand des Wagens und flüsterte: »Ich mache nur ein paar Einkäufe.« Er zeigte auf die Chips und Salsa in seinem Wagen, dann lächelte er mich an. »Warum sollte ich Sie verfolgen?«

Ich erinnerte mich daran, wie Lacey gesagt hatte, dass die Polizei im Dunkeln tappte. In meinem Kopf wusste ich, dass dieser Mann nur seinen Job machte. Er wollte einen Mörder stellen, damit die Leute sich wieder beruhigten. Was alles schön und gut war – aber jetzt gehörte mein Sohn zu seinem Job. »Wissen Sie, was? Ich wünschte wirklich, ich könnte Ihnen etwas sagen. Ich wünschte, ich wüsste, wo mein Sohn ist. Ich wünschte, ich könnte Ihnen den Namen der Klinik nennen, in der er seit zwei Monaten ist, und Ihnen helfen. Aber ich kann's nicht. Warum verfolgen Sie nicht eine andere Spur und lassen die unschuldigen Bürger von Santa Barbara in Ruhe?«

»Hmm, ich wusste nicht, dass Einkaufen im Supermarkt ein Fall von Polizeischikane ist. Bitte um Entschuldigung.« Er tippte an den

Schirm seiner Mütze und lächelte gelassen. »Aber wissen *Sie,* was? Mein Bauch sagt mir, dass jemand, der nichts zu verbergen hat, sich über so eine zufällige Begegnung nicht so aufregen sollte. Sind Sie wirklich sicher, dass es nichts gibt, was Sie mir sagen wollen?«

Ich packte meinen Wagen so fest, dass meine Finger taub wurden. »Ich weiß *nichts.* Wie lange wird es noch dauern, bis Sie das in Ihren Kopf reinbekommen?«

»Mein Kopf hat es bereits akzeptiert, aber mein Bauch ist noch nicht so weit.«

»Dann sagen Sie Ihrem Bauch bitte, er soll sich beruhigen und mich in Ruhe lassen.«

»Schön. Ich gehe dann weiter in die Obstabteilung, andere Bürger schikanieren. Findet das Ihre Zustimmung?« Er wendete seinen Einkaufswagen und schlenderte »Yankee Doodle« pfeifend davon.

Ich ging die zwei Dutzend Sachen durch, die ich auf meinem Einkaufszettel noch nicht abgehakt hatte, und fand, dass die meisten nicht nötig waren, um die nächste Woche zu überleben. Ich sauste nur noch zur Kühltheke und packte Milch, Joghurt und Carolines geliebten Mozzarellakäse in den Wagen. Die Karamellbonbons und Chickennuggets müssten bis zum nächsten Mal warten. Keine Sekunde länger als nötig blieb ich an einem Ort, wo dieser Mann war!

Als ich in meine Straße einbog, war mein erster Gedanke, ob ein Polizeiwagen vor meinem Haus stand. Oder zwei oder drei. Aber die Luft war rein. Ich wurde ruhiger. Ich trug die ersten zwei Einkaufstüten ins Haus und stellte sie auf die Küchentheke. Dann ging ich wie immer zum Telefon und hörte den Anrufbeantworter ab. Es gab eine neue Nachricht. Ich drückte den Knopf, hielt die Luft an und wartete.

»Hallo, ich bin's. Ich muss mal mit dir reden, sobald du Zeit hast. Ruf mich zurück, okay?« Die Stimme meiner Schwester war so ruhig und unaufgeregt wie immer. Man merkte es Jodis Stimme – oder auch ihrem Gesichtsausdruck – selten sofort an, ob sie sich gerade freute, traurig war, wütend war oder Angst hatte. Sie wirkte immer ... ja, mir fällt kein besseres Wort ein als »zufrieden«.

Keine Nachricht von meinem Sohn, aber das hielt mich nicht von dem zweiten Schritt beim Abhören des Anrufbeantworters ab – dem Abfragen der Anruferkennung. Nicht jeder Anrufer hinterließ eine Nachricht. Vielleicht hatte Kurt das auch nicht gemacht. Es war der berühmte Strohhalm, aber es war alles, was ich hatte.

Aha, es hatte heute Vormittag drei Anrufe gegeben. Der erste kam von Lacey; sie sprach nie auf den Anrufbeantworter. Der zweite war der von meiner Schwester. Und der dritte war »Rufnummer unterdrückt« gewesen. Mein Herz begann zu stolpern.

Ich erhielt täglich Anrufe mit »Rufnummer unterdrückt«, also ohne Angabe der Nummer des Anrufers. Sie kamen von Telefonverkäufern, von dem Secondhandladen für Bedürftige, der einem mitteilen wollte, wann die nächste Kleidersammlung war, oder von Freunden, die ihre Privatsphäre schützen wollten. Aber all dies hatte ich im Augenblick ausgeblendet. Wenn es um meine Kinder ging, hörte die Logik auf. Dieser Anruf war von Kurt, er *musste* von Kurt sein! Und das war ja nicht nur ein Bauchgefühl, es gab ja auch gewisse Fakten.

Als er das erste Mal anrief, war der Anruf auch »Rufnummer unterdrückt« gewesen. Er hatte mir gesagt, dass er mich wieder anrufen würde, wenn er vor seiner Entlassung stand, wahrscheinlich in sechs oder acht Wochen. Nun, jetzt waren es genau sieben Wochen und elf Stunden; dieser Anruf *musste* von ihm sein! Vielleicht war er schon unterwegs nach Hause. Und was ich mehr brauchte als alles andere, war doch, dass ich das Gesicht meines Sohnes sah – sah, dass er gesund und bei Verstand war und dabei, sein Leben auf die Reihe zu bekommen.

Was, wenn dies seine einzige Möglichkeit gewesen war, mich anzurufen, und ich hatte sie verpasst? Würde er dann trotzdem kommen, oder würde er auf mein Okay warten? Irgendwo tief in meinem Hinterkopf wurde eine nagende Stimme wach, die mir sagte, dass dies unmöglich Kurt gewesen sein konnte, weil er wahrscheinlich die Rehaklinik ein, zwei Tage nach seinem Anruf wieder verlassen hatte. Oder vielleicht hatte Kommissar Thompson auch recht, und er war nie in einer Reha gewesen. Ich presste die Hände auf die Ohren, um die Stimme zu dämpfen. Aber wie ich auch versuchte, positiv zu bleiben, die negativen Gedanken schoben sich dazwischen.

Aber es gab eine Möglichkeit, den Kampf zu gewinnen. Ich würde mich einfach so verhalten, als ob ich das Positive glaubte. Ich würde Kurts Zimmer für seine Ankunft richten.

Ich ging den Flur entlang und öffnete die Tür, die viel zu lange verschlossen gewesen war. Sobald ich das Licht anknipste, bereute ich es, dass ich mich nicht besser auf diesen Augenblick vorbereitet hatte. Die Bettdecke war sauber, aber mindestens zehn Jahre alt, und irgendwie hatte ich Zweifel, dass bunte Surfbretter ein altersgemäßes Motiv für die Daunendecke eines Einundzwanzigjährigen waren. Die blauen Streifen an den Vorhängen sahen ausgebleicht aus. Ich hatte das noch nie bemerkt. Warum hatte ich die Dinger nicht ersetzt, als ich die Zeit dafür hatte? Vielleicht war dieses Zimmer zu voll von bösen Erinnerungen für Kurt. Oder würde er sich so erst recht zu Hause fühlen, so, als ob sein altes Zimmer die ganze Zeit treu auf ihn gewartet hatte?

Ich putzte die Fenster, dann staubte ich die Möbel ab und saugte den beigen Teppich. Wenigstens sollte es hier sauber sein, wenn Kurt wiederkam.

Ich öffnete den fast leeren Kleiderschrank, um zu sehen, ob irgendetwas geglättet werden musste. In der Ecke hing eine alte Skijacke, eine Erinnerung an glücklichere Zeiten, als wir noch als Familie in die Ferien gefahren waren. Ich hoffte, dass jetzt, wenn Kurt frei von den Drogen war, diese Zeiten zurückkommen würden. Wirklich so wie früher könnte es natürlich nie werden; Nick war fort und würde nie wiederkommen. Aber es winkten doch bessere, ja gute Zeiten.

Der Kleiderschrank, einst voll, jetzt leer, erinnerte mich an Kurts Sachen, die draußen in unserem Schuppen standen. Was, wenn ich sie dort herausholte, säuberte und hier in sein Zimmer legte? Es wäre die ideale Art, ihm zu zeigen, dass er zu Hause willkommen war und gerne länger bleiben durfte.

Aber wie würde Rick darüber denken? Bestimmt hätte er Probleme damit. Es war eines seiner Prinzipien, dass erwachsene Kinder, die einmal ihr Nest verlassen hatten, nicht mehr zurückkommen sollten. Punkt. Und auch wenn er zurzeit nicht hier wohnte, gehörte das Haus juristisch gesehen zur Hälfte ihm. Außerdem hatten wir immer versucht, als Team zu arbeiten, wenn es um unsere Kinder ging. Jedenfalls bis vor Kurzem.

Bestimmt wäre selbst er bereit, unter diesen Umständen eine Ausnahme zu machen. Wie konnte er nicht einsehen, dass wir alles Menschenmögliche tun mussten, damit unser Sohn es schaffte? Eine gesunde Umgebung, gesundes Essen und ein sicheres Dach über dem Kopf waren unerlässlich in dieser Phase.

Als das Telefon klingelte, rannte ich in den Flur und durch die Küche. Wo war der nächste Apparat? Dort drüben! Ich packte ihn und schaute auf die Anruferkennung. Rufnummer unterdrückt.

Mein Herz begann zu hämmern. »Hallo?«

»Mama, ich bin's.«

Ich sank auf das Bett. Schon verstopften Freudentränen mir den Hals. »Kurt, wie geht's dir?«

»Ich mache Fortschritte. Morgen entlassen sie mich aus der stationären Behandlung.« Seine Stimme klang kräftiger als das letzte Mal. Gesund, glücklich. Wie früher.

»Ich war gerade in deinem Zimmer und habe sauber gemacht und alles für dich vorbereitet. Dann kommst du also morgen?« Mein Sohn kam zurück nach Hause, es war wirklich wahr! Ich konnte es kaum fassen. Es war seit dem Tag, als er ausgezogen war, solch ein unwirklicher Traum gewesen, dass ich ihn kaum wahrgenommen hatte. Aber jetzt wusste ich: Ich würde alles tun, *alles,* damit mein Sohn frei von den Drogen blieb. Ich würde auf ihn achten, ihm helfen, ihm eine Stütze sein. Es würde vielleicht lange dauern und nicht einfach sein, aber zusammen würden wir es schaffen, jawohl! Ich sah das Blatt und den Bleistift auf dem Nachttisch und nahm sie zur Hand. »Was für eine Telefonnummer hast du gerade?«

Ich hörte, wie mein Sohn am anderen Ende der Leitung atmete, er war also noch da. Aber warum sagte er nichts? »Kurt?«

»Ich … hat Tante Jodi dich noch nicht angerufen?«

»Tante Jodi?« Ich dachte daran, was sie auf den Anrufbeantworter gesprochen hatte. »Wir haben uns am Telefon verpasst. Sie hat eine Nachricht hinterlassen. Ich wollte sie gerade zurückrufen.«

»Hat sie dir nichts gesagt? Ich meine, in der Nachricht.«

»Sie sagte nur, dass ich sie zurückrufen sollte. Sie wollte mit mir reden. Was hast du denn gedacht, was sie mir gesagt hat?«

Wieder waren seine Atemzüge das Einzige, das mir zeigte, dass er noch am Apparat war. Dann seufzte er auf und fuhr fort: »Dass ich zu ihnen ziehe.«

Eine unsichtbare eiserne Hand quetschte die Luft aus meiner Lunge, als ob mein Körper verhindern wollte, dass der Schmerz in mein Herz floss. Ich konnte kaum atmen. »Warum?«, krächzte ich.

»Die Rehaklinik, in der ich war, hat eine Außenstelle in Paso Robles, da soll ich jeden Tag ambulant in die Therapie. Ich habe den Eindruck, dass ich besser nicht zurück nach Santa Barbara sollte, wo meine alten Freunde und mein altes Leben nur einen Telefonanruf weit entfernt sind. Außerdem hat Onkel Monte mir einen Job in seinen Olivenplantagen angeboten, auf Stundenlohnbasis plus kostenlose Unterkunft und Verpflegung, solange ich echt arbeite, keinen Stuss mache und gute Noten habe.«

Mein Verstand sagte mir, dass ich eigentlich froh sein sollte, dass mein Sohn jetzt clean war und einen Neuanfang in seinem Leben machte. Warum tat mir der Gedanke, dass er bei meiner Schwester und nicht bei mir wohnen wollte, so höllisch weh? Warum kam ich mir auf einmal wieder wie eine Versagerin vor, wie so oft schon in all den Jahren? »Noten? Was für Noten?«

»Ich bin gerade dabei, meine alten Zeugnisse zusammenzusuchen, damit ich den Sommerkurs am Cuesta College belegen kann. Ich hab mit der Studienberaterin dort gesprochen, und sie meint, wenn ich mich reinkniee und gute Noten bringe, habe ich gute Aussichten, zurück an die Cal Poly* zu gehen und dort mit meinem vorletzten Studienjahr weiterzumachen.«

---

* California State Polytechnic University

»Ich kann's fast nicht glauben, dass derselbe Mensch, der hier wohnte und nie auch nur an die nächste Woche dachte, die nächsten Jahre seines Lebens so wunderbar vorausgeplant hat.« Ich unterbrach mich, um nicht vor Rührung loszuheulen. Ich musste zweimal tief Luft holen, bevor ich fortfahren konnte. »Ich bin so stolz auf dich.«

»Es ist lange her, dass ich diesen Satz gehört habe.« Seine Stimme war geradeso belegt wie meine. »Egal, von wem. Aber keine Bange, Mama, es hat sich was verändert. *Ich* hab mich verändert. Und nicht zu knapp.«

Die eiserne Hand wurde mit jedem seiner Worte lockerer. »Wir müssen uns sehen. Ich möchte dir doch wenigstens bei deinem Umzug zu Jodi helfen. Und Caroline wird verrückt, wenn sie dich nicht bald in die Finger bekommt.«

Er lachte. »Wie geht's der Kleinen? Sie ist bestimmt eine richtige kleine Dame geworden, seit ich sie das letzte Mal gesehen habe.« Er unterbrach sich kurz, dann fuhr er fort. »Morgen Abend, wenn ich nach Templeton fahre, komme ich durch Santa Barbara. Möchtest du mit mir zu Abend essen oder so?«

Ich überlegte, was ich auftischen würde. Kurts Lieblingsessen war immer Rinderragout à la Stroganoff gewesen, auch wenn ich es ihm nicht sehr oft geboten hatte, wegen des vielen Fetts und des Aufwands, wenn man es richtig machen wollte. Diesmal war mir beides egal. »Natürlich essen wir zu Abend. Warte es ab, ich mache dir ein Abendessen, dass du dich fragen wirst, was du die ganze Zeit ohne mich gemacht hast.«

»Ich weiß, was ich ohne dich gemacht habe, Mama, und es war nicht schön.« Wieder wurde seine Stimme belegt. Ich hörte, wie im Hintergrund jemand sagte, dass seine Gesprächszeit um war. »Du, ich muss jetzt aufhören. Möchtest du lieber, dass wir uns bei McDonald's treffen oder so? Die Kleine wird begeistert sein, und ich weiß doch, dass Papa nicht will, dass ich zu euch komme. Ich möchte dir keine Probleme machen.«

Dies war wohl nicht der richtige Augenblick, um ihm von unserer Trennung zu erzählen. Ich würde dafür sorgen, dass Rick da war, wenn Kurt zum Essen kam, und wir würden so tun, als sei alles in Ordnung. »Natürlich will er, dass du kommst! Er wird sich geradeso freuen wie ich.«

Kurt lachte wieder; es klang eine Spur bitter. »Okay. Ich rufe nochmals an, kurz bevor ich fahre, falls ihr es euch bis morgen anders überlegt habt.« Er unterbrach sich einen Augenblick. »Mama, ich liebe dich.« Es machte *Klick*; das Gespräch war zu Ende.

»Halt! Ich liebe dich auch. Ich liebe dich auch.« Die Tränen flossen mir über das Gesicht, während die Worte aus meinem Herzen herausbrachen und in den Hörer schossen, wieder und wieder. Ich wusste, dass er aufgelegt hatte, bevor er das erste Wort hören konnte, aber ich konnte nicht aufhören. Wie viele Jahre hatte ich mich danach gesehnt, ihm dies hier zu sagen? Als ich angefangen hatte, konnte ich nicht mehr aufhören.

10

Ich hielt das Telefon noch in der Hand, als die Haustürklingel ging. Wie lange hatte ich so dagesessen? Zwei Minuten? Zwei Stunden? Ich wusste es nicht, ich wusste nur, dass ich die ganze Zeit von der Rückkehr meines Sohnes geträumt hatte.

Ich sammelte mich, legte das Telefon zurück in sein Netzteil und ging zur Tür. Erst als ich sie geöffnet hatte und den Blick in Kevin Marshalls Gesicht sah, merkte ich, wie ich aussehen musste.

Er machte einen Schritt zurück. »Entschuldige. Ich hätte wohl besser erst angerufen.«

Ich wischte mir die Tränen ab und lächelte. »Nein, nein, das ist schon gut. Das sind Freudentränen.« Ich fuhr mit den Fingern unter meinen Augen entlang, in der Hoffnung, die zerlaufene Wimperntusche abzuwischen und nicht noch mehr zu verteilen. »Ich habe eine absolut fantastische Neuigkeit.«

»Das höre ich gerne.« Sein Lächeln lief mir warm den Rücken hinunter.

»Was führt dich hierher?«

»Gestern habe ich in der Werkstatt ein paar Scheinwerfer repariert, da musste ich wieder an dein Bremslicht denken. Und da ich heute sowieso in Santa Barbara zu tun hatte, habe ich gedacht, dass ich mal kurz vorbeikomme und nachschaue, ob du das erledigt hast.«

Wann hatte Rick sich das letzte Mal für mich angestrengt, einfach so, aus Nettigkeit? Ich konnte mich beim besten Willen nicht erinnern, auch wenn er natürlich wahrscheinlich das Gleiche über mich sagen konnte. »Nein, das hab ich vollkommen verschwitzt. Willst du das jetzt machen? Das wäre echt toll.«

»Ich hole nur meine Werkzeuge. Wir treffen uns in der Garage, okay?«

Ich sauste durch das Haus, drückte den Knopf für das Garagentor, dann sauste ich wieder nach draußen und schaute Kevin zu, wie er in seiner Werkzeugkiste suchte. »Das haben wir in einer Minute.« Er zog eine passende Glühbirne heraus und machte sich an die Arbeit, während er weiterredete. »Heute hab ich einen echt verrückten VW-Käfer auf der Straße gesehen. Er war ganz mit Steinplatten verkleidet, geradeso, als ob der Besitzer den Gehweg vor seinem Haus nicht mehr mochte und ihn aufgerollt und um sein Auto getan hat. Das Teil muss eine Tonne gewogen haben.«

»Ja, den habe ich auch gesehen. Caroline nennt ihn das ›Steinauto‹.« Was konnte ich noch sagen? Ich durchsuchte mein Gehirn nach einer witzigen Bemerkung und fand nicht mehr als: »Aber die Idee ist clever, das musst du zugeben.«

»Da hast du recht, und wenn du mich fragst: Was die Welt mehr gebrauchen könnte, sind Sachen, die lustig sind. Vom Gegenteil hab ich in den letzten paar Jahren mein Quantum abgekriegt, mein Bedarf ist gedeckt.« Er schaute über seine Schulter zu mir hoch. »Nicht, dass ich mich beklagen will.«

Ich zuckte die Achseln und setzte meine Tapferkeitsmiene auf, die gleiche, die ich für meine Vorträge benutzte. »Deine Probleme sind genauso real wie meine.«

»So, fertig.« Er schob die Plastikabdeckung zurück über die Glühbirne und sah mich an. Er hatte die gleichen Augen wie der Schauspieler Paul Newman. »Du hast gesagt, du hast eine fantastische Neuigkeit. Darf man wissen, was das ist?«

»Ja, gerne.« Ich sagte es halb geistesabwesend, denn ich musste gerade daran denken, dass ich für die acht oder neun Pfund minus in den letzten paar Wochen noch nie so dankbar gewesen war wie heute. Es war nur ein flüchtiger Gedanke, aber ich erkannte instinktiv die Gefahr.

Warum war es mir auf einmal wichtig, ob Kevin Marshall mich gutaussehend fand? »Erinnerst du dich an Nicks jüngeren Bruder, Kurt?«

Er nickte, aber sagte nichts. Und was hätte er auch sagen sollen, außer: *Ach, das war doch der Junge, der ruckzuck vom Musterstudenten zum Drogensüchtigen wurde …*

Ich fuhr fort: »Also, morgen kommt er aus der Reha. Ich habe gerade mit ihm gesprochen, es ist ihm ernst damit, wieder auf die Füße zu kommen. Dann wird wenigstens dieses Elend in unserer Familie vorbei sein.«

»Das ist ja toll!« Er trat einen Schritt näher, und einen kurzen Augenblick lang dachte ich, er würde mich umarmen, aber das tat er nicht. »Chris wird begeistert sein, wenn er das hört. Er hat sich immer Sorgen um Kurt gemacht und um euch alle.«

Einer von Nicks Freunden hatte sich bis heute Sorgen um uns gemacht. Ich musste schlucken. Und ich hatte mir manchmal eingeredet, dass ich ganz allein war mit meinem Elend … Aber da waren Menschen – Menschen, die ich überhaupt nicht richtig kannte –, die an mich dachten. Besser an etwas anderes denken, sonst würde ich nur wieder losheulen. Ich fuhr mit der Hand über die Rücklichter meines Autos. »Also, ganz herzlichen Dank, Kevin. Was bin ich dir schuldig?«

»Nichts. Ein kleiner Freundschaftsdienst.«

»Also, das war echt nett von dir.« Ich streckte meine Hand aus. Er schüttelte sie.

Seine Hand fühlte sich warm an, sein Griff fest, sicher, selbstbewusst. Ich wünschte mir, dass dieser Händedruck ewig dauern möge. Er musste das gespürt haben, denn ich bin ziemlich sicher, dass wir uns ein paar Sekunden länger die Hand drückten, als es nötig gewesen wäre. Oder spürte er es nicht, war das nur mein eigenes Wunschdenken?

Ich verbannte diese Gedanken aus meinem Kopf und nickte zu Kevins Lieferwagen hin. »Grüß Chris von mir und sage ihm, dass bei uns jetzt alles gut wird.«

»Mache ich gerne.« Er stieg ein und fuhr davon.

Ich schaute seinem Wagen hinterher. Noch lange, nachdem er verschwunden war, stand ich in meiner Garageneinfahrt, stumm und starr und mutterseelenallein.

11

Rick kam am Donnerstag früher als sonst, mit einem großen Blumenstrauß in einer Vase. »Ich dachte, die machen sich gut auf dem Tisch.«

Ich starrte die Farbenpracht an. Ich war so platt, dass ich einen Moment nicht wusste, was ich sagen sollte. »Ohh! Danke.« Blumen? Von Rick? Auch wenn sie nur die Wohnung für Kurt verschönern sollten, wusste ich, dass die Geste Rick bestimmt nicht leichtgefallen war, und das machte sie mir nur noch lieber. Mein Mann strengte sich wirklich an, es war ihm ernst. Als ich mich von der Überraschung erholt hatte, nahm ich ihm die Blumen ab und stellte sie auf den Tisch. Die Blumen, die schon dort standen, trug ich zu dem Couchtisch im Wohnzimmer.

»Hätte ich dir das vorher sagen sollen mit den Blumen? Dann hättest du nicht die anderen kaufen müssen.«

Ich winkte abwehrend mit der Hand. »Ein Mädchen kann nie genug Blumen haben.«

Er drehte sich um und trat an das Fenster. »Ich hab Angst, Alisa. Ich möchte, dass das Realität ist.«

Ich nickte. Ich wusste genau, was er meinte. Wir setzten uns und warteten. Die meiste Zeit schwiegen wir. Es war kein feindseliges Schweigen, es war noch nicht einmal betreten. Ich glaube, wir waren beide einfach zu nervös, um uns zu unterhalten.

Als draußen die Rostlaube in die Einfahrt rollte, schoss eine Freude durch meine Adern, die ich nicht in Worte fassen kann. Ich musste an all die Male denken, als ich die Geschichte vom verlorenen Sohn gehört hatte, erst, als Kind, in der Sonntagsschule, später, als Erwachsene, in Predigten, und ich merkte plötzlich, dass ich noch in meinen Erwachsenenjahren immer nur an den Sohn und seine Rückkehr gedacht hatte und wie viel Mut es ihn gekostet haben musste, zu seiner Niederlage zu stehen. Erst jetzt in diesem Augenblick ging mir die ganze Tiefe der Liebe und des Schmerzes des Vaters auf, wie er Tag um Tag da draußen gestanden und zum Horizont geblickt hatte. Ich dachte an die Szene, wie er seinen Sohn erspähte, noch in der Ferne, und ich schaute zu dem müden roten Auto in meiner Einfahrt hin und begriff, wie es ihn gepackt haben musste, als er ihn sah. Heute Abend fühlte ich mich geradeso wie dieser Vater in dieser alten Geschichte. Das Einzige, was fehlte, war das gemästete Kalb, aber für Kurt war Stroganoff-Ragout wahrscheinlich noch besser.

Meine Finger pressten sich um die Türklinke, bereit, sie aufzureißen, als ich Ricks Hand auf meiner spürte. »Wir müssen vernünftig sein, Alisa. Gib ihm unter keinen Umständen Geld.«

Seine Worte waren wie eine kalte Dusche. »Wie kannst du so etwas sagen? Unser Sohn ist wieder da. Er ist dabei, sein Leben in Ordnung zu bringen. Wie kannst du ihn so herabsetzen?« Ich bemühte mich, leise zu sprechen, damit Kurt mich nicht von draußen hören konnte, aber jede Faser in mir wollte schreien.

»Ich kenne meinen Sohn. Darum kann ich das sagen.« Seine Augen hatten wieder jenen stumpfen Ausdruck, an den ich mich so gewöhnt hatte. Was war aus dem Mann geworden, den ich früher gekannt hatte, dem Mann, der noch vor einem Augenblick in diesem Wohnzimmer gestanden hatte, dem Mann, der sich getraut hatte, ein kleines bisschen zu hoffen? Vielleicht würden wir es doch nicht schaffen, diesen Abend hinter uns zu bringen, ohne dass Kurt merkte, dass wir getrennt lebten.

Ich ließ die Klinke abrupt los. Rick schien die Geste zu begreifen. »Gib ihm wenigstens eine Chance«, sagte ich.

»Das werde ich tun. Ich werde ihm lediglich kein Geld geben, und ich möchte, dass du das auch nicht machst.«

Es gab jede Menge in Kurts Vergangenheit, was diesen Wunsch verständlich machte, das wusste ich nur zu gut. Aber ich war bereit, all das Schlechte zu den Akten zu legen und mit dem verlorenen und wiedergefundenen Sohn in eine neue Zukunft hineinzugehen. So riss ich die Haustür auf und rannte nach draußen, ohne einen Blick zurück zu dem Mann, der früher mein Ehemann gewesen war. »Kurt, mein Junge …« Ich umarmte ihn, und er drückte mich fester, als er mich in seinem ganzen Leben gedrückt hatte, und ließ mich nicht los.

»O, Mama, das ist so schön, dass ich dich wiedersehe.« Er hielt mich weiter fest. »Es tut mir alles so leid.«

Ich drückte ihn so lange, bis meine Rührung mich zwang, ihn loszulassen. Die Tränen kitzelten meine Augen, und ich wollte diesen Augenblick nicht ruinieren, indem ich losheulte. Ich wollte keine schwache Frau sein, ich wollte seine starke Mutter sein, die für ihn da war und zu ihm stehen und ihm helfen würde. Egal, was kam. Sein Haar war kurz geschoren, das Gesicht etwas blass, sein Körper furchtbar dünn. Die vier Drogen- und Vagabundenjahre, die er hinter sich hatte, ließen ihn älter als seine einundzwanzig Jahre aussehen, aber bestimmt würde er, wenn er weiter clean blieb, bald seinen früheren Charme zurückgewinnen. Ich war entschlossen, alles zu tun, um ihm dabei zu helfen.

»Na, wen haben wir denn da?« Ricks Stimme war fest, aber nicht unfreundlich. Er hielt Kurt seine Hand hin, und der schüttelte sie. Ich begriff nicht, wie Männer sich in solch einer Situation die Hände schütteln konnten, selbst wenn sie einander fast entfremdet waren. »Schön, dich zu sehen, Kurt.«

Kurt nickte. »Ich freue mich auch, dich zu sehen, Papa.« Ich fragte mich, ob sie sich beide an ihre letzte Begegnung erinnerten. Ob Kurt wieder die Härte im Gesicht seines Vaters deutlich vor sich sah, als der ihm eröffnet hatte, dass er in diesem Haus nicht mehr willkommen war.

Ob Rick wieder den Schmerz sah, der wie ein Schleier über Kurts Augen lag, seiner aufsässigen Miene zum Trotz. Und ob sie wieder Kurts Abschiedsworte von damals hörten, die manchmal immer noch durch meine schlimmsten Alpträume geisterten: *»Eher sterbe ich, als dass ich hierher zurückkomme.«*

Die Szene war mir immer noch so real und lebendig, dass mir förmlich schlecht wurde, wenn ich zu lange an sie dachte. Ich nahm mir vor, sie ab jetzt als bösen Traum zu behandeln, als etwas, das nie geschehen war. Meine Realität begann hier und jetzt, in diesem Augenblick.

»Wo ist die Kleine?« Kurt schaute um sich, als erwartete er, dass Caroline jeden Augenblick herbeirennen würde.

»Sie ist gerade beim Softball-Training. Der Vater ihrer Freundin Jenny liefert sie hier ab, so in zwanzig Minuten.« Ich sagte ihm nicht, wie Caroline geweint hatte, als ich ihr eröffnete, dass sie nicht hier wäre, wenn er kam. Auch nicht, dass Rick darauf bestanden hatte, dass sie erst später dazu kam, »wenn wir die Lage gepeilt haben«.

Kurts Augen sahen müde aus, fast leer, als ob ein unsichtbarer Staubsauger seinen Geist aus ihm herausgezogen hatte. Mir wurde mulmig, als wir uns umdrehten, um ins Haus zu gehen. Was, wenn er sich gleich umdrehen und wegrennen würde? Aber das würde ich nicht zulassen.

Als wir durch die Haustür gingen, hakte ich meinen Arm bei ihm unter und drückte ihn fest. Wenn er seinen Schritt auch nur verlangsamen würde, würde ich mich an ihn klammern und nicht mehr loslassen. Es war gerade schwer genug für mich, dass er in ein paar Stunden wieder fortfahren würde, um bei meiner Schwester zu wohnen. Das konnte ich nur ertragen, weil ich wusste, dass sie ihn fast genauso liebte wie ich.

Kurt ging durch die Tür und blieb abrupt stehen. Er schaute um sich, als ob er sein Elternhaus zum ersten Mal sah, nickte mehrere Male dabei und holte ein paar Mal tief Luft. »Ich hatte ganz vergessen, wie sehr ich das hier vermisst habe.«

Es lag mir auf der Zunge, etwas zu sagen wie: »Ohne dich war es nicht mehr dasselbe«, aber ich verbiss es mir; ich wollte nichts sagen, was er womöglich als Anschuldigung verstehen würde. Stattdessen sagte ich einfach: »Komm, wir setzen uns erst mal ins Wohnzimmer. Ich hole uns ein paar Chips und Guacamole, und wir unterhalten uns ein paar Minuten, bevor wir essen.«

Aus der Einfahrt kam das Geräusch eines vorfahrenden Autos. War Carolines Softball-Training heute früher aus gewesen? Sie hatte sicher nichts dagegen gehabt, gab es ihr doch mehr Zeit für Kurt. Ich ging zur Haustür und öffnete, bereit, Jennys Vater mein Dankeschön zuzurufen und ihm anzubieten, nächste Woche selber den Chauffeur für die Mädchen zu machen.

Als ich den schwarzen Polizeiwagen sah, wollte mir übel werden. Ich schaute zu Rick hin, der mit seinem Sohn im Wohnzimmer saß, dessen Miene keine Spur schuldbewusst war. Wie konnte er nur?? Das konnte nur *er* eingefädelt haben! Jetzt wusste ich, warum es ihm so wichtig gewesen war, dass Caroline in ihr Softball-Training ging. Er wollte nicht, dass sie hier war, wenn die Polizei kam, um ihren Bruder zu vernehmen.

»Wer ist das?«, fragte Kurt.

Ich sah von Rick zu Kurt und versuchte, meine Stimme ruhig zu halten. »Jemand von der Polizei, der dich schon seit Längerem sprechen möchte.«

»Sprechen? Mich?« Wie überrascht seine Stimme klang. Ehrlich überrascht. Er sah seinen Vater an und nickte. »Ich gehe mal eben raus und erledige das.« Er stand auf und ging zur Tür. Kommissar Thompson stand schon in der Eingangsveranda. Kurt hielt ihm seine Hand hin, als sei dies ein Bewerbungsgespräch und keine polizeiliche Vernehmung. »Ich bin Kurt Stewart. Sie möchten mich sprechen?«

Kommissar Thompson nickte in meine Richtung. »Ich weiß, dass Sie gerade ein Familientreffen haben, und möchte nicht stören. Wenn Sie mir nur bitte eben ein paar kurze Fragen beantworten könnten.«

Kurt nickte. »Schießen Sie los.«

»Haben Sie Rudy Prince gekannt?«

Kurt sah mich für den Bruchteil einer Sekunde an, dann nickte er. »Ja, ich kenne ihn.«

Aha, er sagte »kenne« und nicht »kannte«. Hoffentlich merkte der Kommissar das auch. Offenbar wusste Kurt noch gar nicht, dass Rudy Prince tot war, was der beste Beweis dafür war, dass er nichts damit zu tun haben konnte.

»Ihr Freund Rudy ist vor einigen Wochen totgeprügelt worden, und jetzt sind wir dabei, jeden, der mit ihm verkehrt hatte, zu befragen.«

»Er war kein Freund von mir, und ich habe nicht mit ihm *verkehrt*. Ich hab Drogen von ihm gekauft; wahrscheinlich schulde ich ihm noch Geld.« Kurts Stimme war so ausdruckslos wie der Blick in seinen Augen. Ohne Emotion, ohne Feuer. Ich konnte nur hoffen, dass dies eine vorübergehende Nebenwirkung der Strapazen des Entzugs war und nicht das Endresultat der Drogenjahre. »Etwas über tausend Dollar, nach seinen Unterlagen«, sagte der Kommissar.

»Ach so, sind Sie deswegen hier – um das Geld einzutreiben? Muss ich das jetzt seinem nächsten Verwandten zahlen?«

Kommissar Thompson schien Kurts Sarkasmus zu überraschen. »Ich würde sagen, bei den Schulden schlagen Sie sich gut. Mal sehen, ob das bei der Wahrheit auch so ist. Ich brauche den Namen der Rehaklinik, in der Sie waren, und das Datum Ihrer Aufnahme.«

»Ich bin im Serenity by the Sea gewesen und habe keine Ahnung, wann. Es war vielleicht vor zwei Monaten, ich glaube, ein Samstag, aber sicher bin ich nicht. Die letzten Wochen sind zum größten Teil ein Nebel, in den ich lieber nicht mehr hineinsehen will.«

Thompson lächelte freundlich. »Das kann ich gut verstehen. Aber jetzt will ich Sie wirklich nicht länger von Ihrem Abendessen abhalten. Ich bräuchte nur noch eine Adresse und Telefonnummer, wo ich Sie erreichen kann, wenn ich ein paar Sachen geprüft habe.«

Kurt gab ihm die Adresse und Telefonnummer meiner Schwester. »Ich weiß nicht, womit ich Ihnen helfen kann, aber Sie können mich jederzeit anrufen.« Es lag eine solche Überzeugung und Aufrichtigkeit in seiner Stimme, dass ich sicher war, dass Kommissar Thompson einsah, dass dieser Besuch die reine Zeitverschwendung gewesen war.

Wir gingen zurück ins Haus. Ich funkelte Rick an und wünschte mir, einen Augenblick mit ihm allein sein zu können, damit ich ihm sagen konnte, was ich von seinem kleinen Manöver hielt. Er vermied es, mich anzusehen, und blickte stattdessen auf den Teppich. Fast glaubte ich, einen feuchten Schimmer in seinen Augen zu sehen. Gut. Jetzt sah bestimmt selbst er ein, wie falsch er gelegen hatte. Ich wandte meine Aufmerksamkeit zurück zu Kurt, entschlossen, den Abend zu retten. »Was möchtest du trinken?«

Er sah mich an, und sein Mund klappte auf. Er schloss ihn sofort wieder und schüttelte lächelnd den Kopf. »Jetzt habe ich glatt einen Moment gedacht, dass du mir einen Martini anbieten möchtest, bis ich gemerkt habe, von wem das Angebot kam. Es ist ja so lange her, Mama.« Er legte seinen Arm um meine Schultern und grinste, und einen Augenblick glaubte ich einen Funken des alten Kurt zu sehen. »Habt ihr Vanille-Limo im Haus?«

»Klar, haben wir.« Unsere Vorratskammer war vollgestopft mit allem und jedem, was Kurt meiner Erinnerung nach gemocht hatte, und Limonade mit Vanillegeschmack hatte er schon als kleiner Junge am liebsten getrunken. Es würde Wochen dauern, bis Caroline und ich uns durch die Reste gegessen hatten, aber das war mir egal.

Mein Sohn war nach Hause gekommen.

Eine Vanillelimonade später, als uns die unverfänglichen Gesprächsthemen gerade ausgehen wollten, hörte ich wieder, wie draußen ein Auto vorfuhr. Diesmal war mir etwas mulmig, als ich zur Haustür ging. Als ich gerade die Klinke packen wollte, flog die Tür auf, sodass ich fast zu Boden ging.

»Kurt! Kurt!« Bevor ich wusste, wie mir geschah, war Caroline durch das Zimmer gestürmt und hatte sich auf Kurts Schoß geworfen.

Ich rieb mir über meine schmerzende Schulter, machte einen Schritt nach draußen und winkte hinter dem Wagen her, der schon am Zurücksetzen war. »Das nächste Mal nehme ich dann Jenny mit nach Hause!«

»Kein Problem!« Ihr Vater winkte mir durch das offene Fahrerfenster zu, während er wegfuhr.

Ich ging zurück ins Wohnzimmer. Caroline hatte ihre Arme um Kurts Hals geschlungen und murmelte immer wieder: »Ich hab dich so vermisst. Ich hab dich so vermisst.« O, die Ungezwungenheit eines Kindes, wie beneidete ich sie in diesem Augenblick.

Kurt hielt seine Arme um sie geschlungen und drückte sie, die Augen geschlossen. »Ich hab dich auch vermisst, Kleine, ich hab dich unheimlich vermisst.«

Er küsste sie auf ihren Haarschopf. »Und was hast du alles gemacht in der Zeit, als ich nicht da war? Bist du schon verheiratet oder verlobt oder so was?« Sein Blick wurde verschmitzt, seine Stimme hatte wieder ein Stück von ihrer früheren Kraft.

»Rede nicht so einen Quatsch, ich bin erst zehn.«

»Zehn? Zehn? Soll das ein Witz sein? Du siehst so erwachsen aus, dass ich dachte, du bist mindestens fünfzehn oder sechzehn.«

Sie schwellte stolz ihre Brust, dann beugte sie sich etwas zurück und nahm sein Gesicht in ihre Hände. »Ich bin elf Jahre jünger als du, weißt du das nicht mehr?«

»Das kann nicht sein, dann wäre ich ja ein alter Mann. Zweiunddreißig oder so.«

»*Einundzwanzig*. Elf plus zehn macht einundzwanzig.«

»Das stimmt.« Er wiegte sie auf seinen Knien, nach rechts und nach links, und drückte sie wieder. »Wollte nur wissen, ob du in Mathe aufgepasst hast.«

Ich schaute zu Rick hin, der die Szene beobachtete. Er wischte sich mit dem Handrücken über die Augen, dann drehte er sich in meine Richtung, sah mich ein paar Sekunden fest an, nickte ganz knapp und schaute hinunter auf den Fußboden. Ich wusste: Er kämpfte genauso wie ich darum, nicht die Fassung zu verlieren.

Caroline legte ihren Kopf auf Kurts Schultern. »Bitte benutze dieses Wort nie mehr in meiner Gegenwart.«

»Welches Wort?«

»M-a-t-h-e«, buchstabierte sie.

»Entschuldige, ich habe es nicht böse gemeint.«

»Ich vergebe dir. Diesmal.«

Mit jeder Sekunde erhob sich mehr von dem Sohn, den ich gekannt hatte, aus dieser Hülle eines kaputten jungen Mannes. Und ich begriff: Es würde geschehen. Es konnte seine Zeit dauern, aber Kurt war dabei, zurückzukehren. Zu mir. Zu uns. Mit Haut und Haaren.

12

»Und was hast du so gemacht die letzten Jahre?«

Die Gabel rutschte mir aus der Hand und klapperte auf den Teller, sodass die Stroganoff-Soße mit saurer Sahne über das halbe Tischtuch und meine saubere weiße Bluse spritzte. Ich betupfte einen der Flecken auf meiner Bluse, nicht wegen des Flecks, sondern weil ich ziemlich sicher war, dass ich, wenn ich meine Hände nicht beschäftigt hielt, gleich mit kräftigen Schlägen auf dem Hinterkopf meines Mannes versuchen würde, ihn zu Verstand zu bringen. Auch wenn er dieses Wiedersehen vielleicht weniger optimistisch sah als ich: Wie konnte er seinem ehemals drogensüchtigen Sohn mit einer solchen Frage kommen? Was für eine Antwort hätte Kurt denn geben sollen, die wahr war und die weder ihm noch uns die Schamröte ins Gesicht trieb?

»Ist was, Mama?« Carolines unschuldige Frage kam zwischen zwei Bissen Eiernudeln. »Eigentlich müsste *mir* etwas runterfallen, weil ich ja gerade mit links esse.« Sie aß in der Tat mit links, meinen mütterlichen Ermahnungen zum Trotz, denn ihr rechter Arm hielt den linken ihres Bruders umklammert. Der Arme konnte ihn kaum bewegen, aber so, wie er grinste, wenn er zu ihr hinunterschaute, machte ihm das nicht viel. Selbst Rick ließ die beiden mit ihrem Techtelmechtel gewähren.

»Mir geht's gut. Bin halt etwas ungeschickt, wie immer.« Mein gekünsteltes Lachen wird niemanden überzeugt haben, aber ich nutzte die Gelegenheit für mein nächstes taktvolles Themenwechselmanöver. »Erzähle uns mal, was Tante Jodi und Onkel Monte mit dir vorhaben.«

Ich wusste das natürlich schon. Nach meinem Telefongespräch mit Kurt gestern hatte ich gleich Jodi angerufen und über eine Stunde lang mit ihr über alles gesprochen, bis ins kleinste Detail.

Er zuckte die Achseln und kaute seinen Bissen Stroganoff fertig.

»Also, Onkel Monte hat offenbar beschlossen, seine Oliven nicht mehr nebenbei zu züchten, sondern etwas richtig Professionelles hochzuziehen. Ich soll die alte Plantage, die schon da war, auf Vordermann bringen. Danach werden wir noch zwei, drei Hektar neu anlegen. Sie bauen auch eine Geschenkboutique, und da werde ich wohl auch das eine oder andere machen.«

Rick schüttelte seinen Kopf. »Ich werde aus den beiden nicht schlau. Templeton liegt mitten in einem Weinbaugebiet, da fahren die Leute hin, um die Weinkellereien zu besuchen, Weinproben zu machen und sich die Weinberge anzuschauen. Wer wird sich da für eine Olivenplantage interessieren?«

»Tante Jodi meint, mehr, als man denkt«, erwiderte Kurt. »Sie sagt, dass dies mal etwas anderes ist. Außerdem nehmen die Leute heute alle Olivenöl zum Kochen, und biologischer Anbau zieht. Sie sagt, wenn wir was bringen, das nachhaltig und aus der Region ist, greifen die Kunden zu. Ich glaube, sie hat auch vor, aus einem Teil des Öls Olivenseife zu machen und vielleicht noch andere Sachen.«

Mein Herz wurde weit. So viel auf einmal hatte Kurt an diesem Abend noch nicht gesagt. Ich glaubte, seinen alten scharfen Verstand wieder zu spüren. Es war geradeso, als ob mit jeder Minute das nächste Glied der unsichtbaren Kette, die ihn fesselte, abfiel.

»Seife?«, schnaubte Rick. »Das sieht ihr ähnlich. Wenn es je ein Hippiemädchen gegeben hat, das nicht die Kurve bekommen hat, dann ist es deine Tante Jodi.«

Kurt stocherte auffällig unauffällig in seinen Nudeln. Er schaute kurz zu mir hin, dann wieder auf seinen Teller. Bestimmt spürte er die Spannung zwischen Rick und mir. Dazu noch die ständigen Reibereien mit seinem Vater, die schon vor zehn Jahren begonnen hatten, lange vor der Drogensucht, plus die Tatsache, dass Kurt jetzt also zu den Leuten ziehen würde, die nach Ricks Meinung mit schuld an Nicks Tod waren. Sagen wir mal, dass die Luft zum Schneiden dick war.

So durfte es nicht weitergehen! Ich war die Mutter, den Ton in meinem Haus bestimmte immer noch ich! Wir mussten ein anderes, neutraleres Thema finden. Wenigstens dieser eine Abend sollte ohne Wutausbrüche enden, ohne Anschuldigungen, ohne das übliche Hickhack zwischen meinem Mann und meinem Sohn.

Ich suchte hektisch nach einem unverfänglichen Thema. Kurts alte Freunde aus der Schule, die ich noch kannte, gingen nicht. Die meisten von ihnen standen kurz vor dem College-Examen und an der Schwelle zu einer vielversprechenden Berufskarriere. Es brachte nichts, wenn wir uns daran erinnerten, was Kurt hier verpasst hatte. Und die Freunde, die er nach seiner Schulzeit gehabt hatte, waren erst recht tabu; viele von ihnen steckten nach wie vor in der »Szene« und warteten nur darauf, Kurt zurück in das Loch der Sucht zu ziehen, in dem sie selbst saßen.

Ich stellte schließlich die Frage, die am nächsten lag. »Wie war es in dieser Rehaklinik, Kurt? Hast du dort neue Freunde gefunden?«

»Es war echt hart. Das Härteste, was ich je erlebt habe.« Er stieß seine Gabel in ein Stück des Ragouts. »Außer der Geschichte mit Nicks Tod natürlich. Aber es hat mir gutgetan. Ich habe viel über einige der Sachen nachgedacht, die mich überhaupt in die Drogen getrieben haben. Die Therapeuten haben mir gezeigt, dass ich lernen muss, mit meiner inneren Unsicherheit anders umzugehen. Und dass ich mir selbst vergeben muss, dass Nick tot ist.«

Unsicherheit? Auf der Ocean Hills High School war Kurt einer der beliebtesten Schüler gewesen. Fußballstar, kontaktfreudig, jemand, der ständig Anrufe von Mädchen bekam. Sogar bei den Lehrern war er beliebt gewesen, aber das lag wohl mehr an seinem ungeheuren Fleiß als an seiner Kontaktfreudigkeit.

Wie konnte es bei ihm bloß sein, dass er sich minderwertig vorgekommen war? Aber seine zweite Bemerkung war noch merkwürdiger. Ich konnte sie nicht unkommentiert lassen. »Warum musst du es dir vergeben, dass Nick tot ist? Du warst doch gar nicht dabei, als das passiert ist.«

Kurt zuckte die Achseln. Seine Augen schienen die Tischdecke zu studieren. »Er war halt immer der Schwächere von uns beiden, das weißt du doch.«

Ja, das wusste ich. Auch wenn Nick zwei Jahre älter gewesen war – Kurt war immer der Stärkere gewesen, in jeder Hinsicht.

»Er wollte damals, dass ich mitfuhr. Er ließ mir keine Ruhe mit dem Thema – wie gut mir das tun würde und dass es Zeit war, dass ich ›ganze Sache mit Jesus machte‹ und was er alles hatte, nachdem er aufs College gegangen war.«

Es stimmte: Nick war immer schon ziemlich religiös für sein Alter gewesen, aber als er dann Student war, kannte sein Eifer (ein besseres Wort fällt mir nicht ein) keine Grenzen mehr. Ich sah ihn wieder vor mir, wie er nach dem Abendessen mit Rick am Tisch sitzen blieb und bis tief in die Nacht mit ihm diskutierte. Und wie Ricks Gesicht mehr als ein Mal puterrot wurde – nicht nur, weil er sich so darüber aufregte, dass einer seiner Söhne ein »Fanatiker« geworden war, sondern weil Nick meistens als Sieger aus der Diskussion hervorging.

»Dass du dir damals nicht die Woche freinehmen wolltest, um mit ihm zu fahren, bedeutet doch nicht, dass du in irgendeiner Weise für das, was ihm passiert ist, verantwortlich warst. Sei dankbar, dass sie dich nicht mit ausgeraubt und zusammengeschlagen haben.«

»Wenn ich dabei gewesen wäre, hätte ich ihn beschützen können.«

»Und wärst vielleicht selbst gestorben. Kurt, du weißt doch, dass der Mann, der Nick totschlug, drogensüchtig bis zum Gehtnichtmehr war. Der hätte seine eigene Mutter umgelegt, um an das Geld für seinen Stoff zu kommen.« Kaum hatte ich diese leidenschaftlichen Worte ausgesprochen, hätte ich sie am liebsten wieder ungesagt gemacht. Ich musste an die Sucht meines eigenen Sohnes denken. Und an den hartnäckigen Verdacht von Kommissar Thompson. Konnte es sein, dass Kurt etwas Ähnliches gemacht hatte wie der junge Mann, der Nick ermordet hatte? Nein, unmöglich, dazu waren sie zu verschieden.

Ich wollte einen Schluck Wasser nehmen, aber meine Kehle war zu. Ich schaute zu Kurt hin. Dachte er gerade das Gleiche wie ich?

Seine rechte Hand schob weiter die Nudeln über den Teller. Seine linke ging, Carolines Griff zum Trotz, nach oben, und er rieb sich mit ihr die Stirn, wie jemand, der starke Kopfschmerzen hat. Dann legte er die Gabel ab und schaute hoch, Rick direkt in die Augen. »Ich habe mich damals nicht aufgerafft, wie du sagen würdest, Papa. Ich bin stattdessen voll durchgedreht und habe alle mit in den Schlamassel reingezogen. Aber gut, jetzt bin ich clean, und wenn ich eines Tages Nick im Himmel wiedersehe, wird er mir hoffentlich sagen können, dass ich mich bis auf ein paar heftige Jahre gut geschlagen habe.«

Es wurde mir warm ums Herz wie seit Jahren nicht mehr. Es war das gleiche Gefühl wie das, das eine Mutter unter dem Weihnachtsbaum hat, wenn sie gerührt zuschaut, wie ihr Kind sich über ein Geschenk freut, das es nicht erwartet hatte. Oder wenn sie hört, dass ihr Junge sein erstes Tor in einem Fußballspiel geschossen oder den ersten Preis im Buchstabierwettbewerb in der dritten Klasse gewonnen hat.

Ich beugte mich zu meinem Sohn hin und schlang beide Arme um seine Schultern. »Ich weiß, dass du es schaffen wirst. Ich werde alles tun, um dir dabei zu helfen. Alles.« Und das war mir ernst, jedes Wort.

13

Ich stand mit Rick und Caroline in der Einfahrt und winkte, während die Rücklichter von Kurts Auto sich entfernten. Über eine Minute blieben wir schweigend stehen; niemand war nach Reden zumute. Dann sagte Rick: »Caroline, wir müssen jetzt auch fahren.«

Sie umarmte mich und stieg wortlos in Ricks Lieferwagen. Schon rollten ihr die Tränen über die Wangen.

»Das war mehr, als ich je zu hoffen gewagt hätte.« Ricks Stimme war erstickt, ich konnte ihn kaum verstehen. Er beugte sich zu mir und küsste mich auf die Wange. »Danke.«

Der Kloß in meinem Hals war so dick, dass ich nur nickte. Dann schaute ich zum zweiten Mal in wenigen Minuten den Rücklichtern eines Autos hinterher.

Die Stille im Haus war mir spätabends immer am unheimlichsten. Vor allem heute Abend, als mir das Herz von Kurts viel zu frühem Abschied noch wehtat. Ich brauchte mehr Zeit mit ihm. Viel mehr. Dass ich ausgerechnet an diesem Abend nur das Schweigen des Hauses um mich hatte und noch nicht einmal Caroline da war, um mich aufzumuntern! Sie konnte einem auf die Nerven gehen mit ihrem endlosen »Mama, kommst du noch mal?«, wenn sie schon längst im Bett war, mit ihrem Gejammere über ihre Hausaufgaben und dem Dreck, den ihre Schuhe auf dem Teppich hinterließen – aber wenn sie dann fort war, fiel mir die Decke auf den Kopf. Heute Abend war es doppelt so schlimm.

Wie ich diese zweite Hälfte der Woche hasste. Caroline war von Mittwochabend bis Samstagmorgen bei Rick. Manchmal hatten wir ein gemeinsames Abendessen, aber in der letzten Zeit nicht mehr so oft. Meistens versuchte ich, mich mit irgendetwas zu beschäftigen. Wie heute Abend.

Ich ging an meinen Computer und rief meine E-Mails ab. Seit ich meine (nach den Tipps meiner Freundinnen verbesserten) Probeseiten an Kens Freund aus dem Verlag geschickt hatte, tat ich dies mehrmals am Tag. Zwei Wochen, und immer noch nichts. Warum brauchte er so lange, um mir zu antworten?

Aber dafür gab es zwei andere E-Mails. Die eine war von Sally Spiro, der Vorsitzenden der Eltern-Lehrer-Vertretung. Ich öffnete sie nicht, sie hatte Zeit.

Die zweite war von Reisha Cinders. Reisha Cinders? Wo hatte ich den Namen schon einmal gehört? Ich holte die Nachricht auf den Bildschirm.

Liebe Mrs. Stewart,
ich habe noch keine Rückmeldung von Ihnen erhalten bezüglich unserer Talkshow Christian America. *Sie wollten ja vielleicht unser Telefongast sein. Wir könnten Ihnen einen Termin in etwa einem Monat anbieten, am Montag, den 19. Es wäre schön, wenn Sie das machen könnten. Die Sendung beginnt um 14.00 Uhr, und Sie sollten ab 13.45 Uhr an unserem Studiotelefon sein. Falls dieser Termin nicht geht, nennen Sie mir bitte Alternativtermine. Ich rufe Sie am kommenden Montag an, um alles zu besprechen.*
Gott segne Sie!
Reisha Cinders

Ich sah es als einen Teil meiner Lebensberufung an, anderen Trauernden zu helfen. Ich klickte auf »Antworten«.

Liebe Mrs. Cinders,
Montag, der 19., dürfte gehen. Ich freue mich darauf und auf Ihren Anruf am kommenden Montag.
In Christus,
Alisa Stewart

Ich schickte die E-Mail ab. Ich musste wieder an die neue Hoffnung denken, die Kurts Rückkehr mir gab und wie viel schöner meine Geschichte durch sie wurde. Meine Geschichte? Na klar, mein Buch!

Großer Geistesblitz: ein neues Nachwort. Das Happy End nach der Rückkehr des verlorenen Sohnes. Zwei Stunden später hatte ich sieben Seiten geschrieben, die den perfekten Abschluss des Buches bildeten. Ohne lange zu überlegen, schickte ich sie zusammen mit einer Begleit-E-Mail an Dennis Mahan vom Verlag Allenby Publishers.

Wie spät war es jetzt? Zehn Uhr, aber ich war viel zu aufgedreht, um zu schlafen. Ich musste noch etwas Nützliches machen, etwas, um Kurt zu helfen.

Aber was? Die drei Kisten im Schuppen draußen! Als Kurt mir sagte, er würde zu Jodi ziehen, war ich so enttäuscht gewesen, dass ich überhaupt nicht mehr daran gedacht hatte, die Kisten durchzugehen. Jetzt würde er sie dort in Templeton brauchen.

Also gut, ich würde alle Kleider, die drin waren, herausholen und waschen und bügeln. Dann hätte ich etwas zu tun – und einen triftigen Grund, um gleich am Wochenende zu ihm zu fahren und ihn zu besuchen.

Ich ging zur Hintertür hinaus durch unseren kleinen Garten und öffnete die Tür des Schuppens. Der vertraute Geruch von gemähtem Gras und Maschinenöl begrüßte mich. Ich knipste das Licht an, schob mich nach hinten und holte die drei Kisten heraus. Ich schleppte sie mit einiger Mühe in Kurts Zimmer und ging ans Werk.

Die Kisten waren aus stabilem Karton. An den Seiten waren Avocado-Bilder, die Deckel waren mit Klebeband verschlossen. Ich erinnerte mich daran, dass ich die Kisten als Andenken aufbewahren wollte, und zog entsprechend vorsichtig am Klebeband. Das erste Stück ging leicht ab, fast ohne den Karton zu beschädigen. Jetzt das zweite, über Kreuz geklebte Stück. Auch dies machte keine Probleme, und ich konnte den Deckel der ersten Kiste öffnen.

Sie war mit Kleidern vollgestopft. Jawohl: gestopft. Es sah geradeso aus, als ob jemand wahllos alles aus dem Kleiderschrank geholt und in die Kiste geschmissen hatte. Meine erste Reaktion war Wut. Hatten die nicht sorgsamer mit Kurts Sachen umgehen können? Aber dann war ich extra froh, dass ich beschlossen hatte, die Kartons zu inspizieren, bevor ich Kurt den Inhalt brachte. Er sollte nicht den Eindruck bekommen, dass man seine Sachen nicht mit dem Respekt behandelt hatte, den sie verdienten und den er verdiente.

Zehn Minuten später war die erste Kiste leer, und um mich herum auf dem Fußboden lagen drei kleine Stapel Kleider zum Waschen, vor allem ausgeblichene Jeans und T-Shirts, dazu drei Paar ausgelatschte Tennisschuhe und ein Sweatshirt mit dem Aufdruck »Ocean Hills High School«. Das fast zu Grau verblichene Marineblau ließ mir die Tränen in die Augen treten. Ich drückte das Sweatshirt an meine Brust und atmete tief ein. Roch es noch nach meinem Sohn, und wenn auch noch so wenig? Nein. Alles, was ich riechen konnte, war Staub, Rauch und Moder.

Als Nächstes öffnete ich die kleine Kiste. In ihr waren Kurts persönliche Erinnerungen. Der signierte Fußball, den seine Mannschaftskameraden aus der 10. Klasse ihm geschenkt hatten, nachdem er in den Schulmeisterschaften das entscheidende Tor geschossen hatte. Eine Wolldecke des Los Angeles Galaxy Teams, die er seit dem 8. Schuljahr besaß. Und drei gerahmte Bilder. Ich drehte das erste um, und Nick sah mich an, der für sein Schulabgangsbild in die Kamera lächelte. Ich fuhr mit dem Finger über das Glas und starrte in die unschuldigen Augen meines Ältesten. War diesem hübschen jungen Mann je die Möglichkeit durch den Kopf gegangen, dass ihn kaum ein Jahr nach diesem Bild jemand für fünfzig Dollar buchstäblich totschlagen würde? Hätte er immer noch so lächeln können, wenn er gewusst hätte, dass sein Tod die ganze Familie zerstören würde – dass sein Bruder in die Hölle der Drogen fahren und seine Eltern zu Fremden werden würden? Was war ich froh, dass er es nicht gewusst hatte und jene letzten glücklichen Monate gehabt hatte, ohne zu ahnen, was kommen würde. Aber was wünschte ich mir, dass *ich* es vorher geahnt hätte. Dann hätte ich es ihm nie erlaubt, nach New Orleans zu fahren. Nick war achtzehn gewesen und damit »erwachsen«, aber ich war immer noch seine Mutter. Ich hätte ihn damals nicht fahren lassen dürfen.

Aber irgendetwas war seltsam an dem Bild. Ich hielt es ans Licht und kniff die Augen zusammen. Dann sah ich es: Irgendjemand hatte das Bild zerknüllt, später war es dann wieder geglättet worden. Wer war das gewesen? War es jemand, den Kurt in den Jahren, als er verschwunden gewesen war, kennengelernt hatte? War Kurt wütend auf diese Person geworden, hatte er ihr befohlen, ihm nie mehr unter die Augen zu treten? So musste es wohl gewesen sein, denn Kurt war immer Nicks Beschützer gewesen. Dass er selbst das Foto zerknüllt hatte – unmöglich! Er war der Jüngere gewesen, aber in jeder Hinsicht der Stärkere. So war es uns jedenfalls vorgekommen.

Ich drehte das zweite Bild um und sah eine vielleicht zweijährige Caroline, die bis zu den Knien in einer Pfütze stand, das Gesicht dreckverschmiert und glücklich. Richtig – dieses Bild hatte Kurt für den Fotokurs in der Schule gemacht. Ich musste jedes Mal lachen, wenn ich es sah.

Das letzte Bild zeigte die beiden Brüder, vielleicht acht beziehungsweise zehn Jahre alt, wie sie mit mir am Pazifischen Ozean standen und in die Kamera lächelten. Dieses Foto hatte immer zu der Erinnerungsgalerie von mehreren Dutzend Bildern gehört, die das Regal an der Längswand des Flurs füllten. Jetzt stellte ich halb schockiert fest, dass ich es nie bemerkt hatte, dass es nicht mehr da war. Nun gut, irgendwie passte das. Ich hatte seit Nicks Tod so vieles übersehen. Zum Beispiel die frühen Warnzeichen von Kurts Drogensucht, bis es dann zu spät gewesen war. Ja, ich hatte vieles falsch gemacht. Aber wie sollte eine Mutter, die gerade einen Sohn verloren hatte, es schaffen, nichts zu übersehen?

Der Nebel des Schmerzes war so erstickend dicht gewesen in jenem ersten Jahr (ja manchmal noch jetzt), dass ich außer ihm fast nichts hatte sehen können. Das bloße Weiterleben war Schwerstarbeit für mich gewesen. Wie ein Roboter ging ich durch meinen Alltag, machte meine Arbeit in der Gemeinde, chauffierte Caroline und ihre Freundinnen, ging zu Kurts Fußballspielen. Wenn ich morgens aufwachte, war mein einziger Gedanke, wie ich den Tag, der da vor mir lag, bewältigen sollte. Warum hatte ich meine Augen nicht geöffnet und mir die Mühe gemacht, durch den Nebel hindurchzusehen? Dann hätte ich früher gemerkt, was Kurt in seiner Verzweiflung machte, um seinen eigenen Schmerz zu betäuben. An Nicks Tod hatte ich nichts ändern können, aber an Kurts Abstieg in die Drogenszene? Ich hätte sehen müssen, was da im Gang war. Ich hätte es sehen und eingreifen müssen.

Immerhin war dies etwas, wo Gott mir eine zweite Chance gegeben hatte. Diesmal, ja diesmal wäre ich da, wenn Kurt meine Hilfe brauchte. Dieses Mal würde ich nichts versäumen und verpassen.

Ich legte die Sachen in den kleinen Karton zurück. Ich würde sie nachher in Kurts Zimmer bringen, aber erst einmal wollte ich die letzte und größte der drei Kisten auspacken; bestimmt waren in ihr die nächsten Kleider für meinen kleinen Wäscheberg. Ich pellte vorsichtig das Klebeband ab. Richtig, der nächste Kleiderhaufen. Ich verteilte ihn auf die drei Stapel, dann ging ich den Rest der Kiste durch. Der bestand aus diversem Krimskrams.

Ein Handzettel von einem Rockkonzert. Ein paar Plastikbecher und -gabeln. Eine ramponierte graue Decke. Die würde ich mit auf den Wäschestapel tun. Als ich sie hochhob, hörte ich ein dumpfes Geräusch; irgendetwas war aus der Decke gefallen. Ich legte die Decke auf den Fußboden und schaute in die Kiste und mein Herz wollte stillstehen.

Auf dem Boden der Kiste, genau in der Mitte der übrigen Sachen, lag ein Baseballschläger, Marke »Louisville Slugger«. Ich hockte mich hin, versuchte, ruhig zu atmen, und wartete darauf, dass die Panik aufhörte und mein Verstand wieder einsetzte. Was er nach ein paar tiefen Atemzügen auch tat.

Louisville-Slugger-Schläger gab es wie Sand am Meer. Kurt war schon immer sportlich gewesen; wahrscheinlich war er in einen Softballverein gegangen oder etwas Ähnliches. Natürlich, es konnte nur so sein!

Als ich in die Kiste griff, um den Schläger herauszuholen, wickelte ich zuerst ein Hemd um meine Hand. Nein, nicht wegen der Fingerabdrücke; ich wusste ja, dass es eine völlig vernünftige Erklärung für den Schläger gab. Ich hatte wohl einfach zu viele Kriminalfilme gesehen.

Ich hielt den Schläger hoch, sodass er mehr vom Licht der Deckenlampe abbekam. Das Holz fühlte sich abgenutzt an, an dem einen Ende war es richtig rau. Wenn man lange genug Baseball spielte, war das wohl zu erwarten. Ich drehte den Schläger langsam. Nein, er sah vollkommen normal aus. Aber was war das dort? An ein paar Stellen sah das Holz dunkler aus. Ich zog ein zweites T-Shirt aus dem Wäschestapel und rieb damit über das Holz. Im Stillen betete ich, dass das Hemd nicht rot werden würde. Nein, kein Blut. Eigentlich gar nichts. Natürlich war das kein Blut, sondern irgendein alter Fleck, was sonst? Wie hatte ich das andere nur denken können? Ein kleiner Flecken – wahrscheinlich Lehm. Wenn es Blut gewesen wäre, wäre es ja wohl rot gewesen und nicht so schmutzigbraun, oder?

Da hatte ich wieder einmal aus einer Mücke einen Elefanten gemacht. Ich schaute wieder in die Kiste. Was war noch darin? Ich zog ein Handtuch heraus, das vor Dreck stand. Unter dem Handtuch waren ein Paar Stollenschuhe und ein Basketball, dem die Luft ausgegangen war. Sportsachen. Natürlich. Wie der Schläger.

Ja, der Schläger. Was sollte ich damit machen? Ich überlegte. Ihn in Kurts Zimmer tun, als Trophäe sozusagen? Oder ihn besser verstecken, bis ich ganz sicher war? Oder sollte ich Kommissar Thompson anrufen und ihn bitten, sich das Ding anzusehen?

Nach mehreren Jahren als Rednerin in Trauerseminaren wusste ich, was ich einer Frau, die in meiner Lage war, geraten hätte: Rufen Sie die Polizei an, sofort. Wenn nichts dabei herauskommt, können Sie anschließend ruhiger schlafen, in dem Wissen, dass Sie es richtig gemacht haben. Falls dies aber tatsächlich die Mordwaffe ist, die die Kripo seit zwei Monaten sucht, dann hat Ihr Sohn ein Problem und muss wahrscheinlich gewisse Konsequenzen tragen.

Nur die Wahrheit macht Sie frei.

Aber hier gab es kein »Sie«. Hier gab es nur mich. Und *meinen Sohn*.

14

Am nächsten Morgen stand ich vor Laceys Haustür. Ich schaute unwillkürlich über meine Schulter, als ich die Klingel drückte. Ich konnte dieses Gefühl, dass die ganze Nachbarschaft wusste, dass und warum ich hier stand, nicht abschütteln. Das war natürlich Blödsinn. Auf der ganzen Straße war niemand zu sehen. Aber was war das für ein Schatten da hinter der Gardine an einem der Fenster des Coleschen Hauses, im ersten Stock?

»Was für eine angenehme Überraschung an einem Freitagmorgen. Komm rein.«

Laceys Stimme ließ mich unwillkürlich zusammenzucken und mich umdrehen. Sie schien es nicht zu bemerken. Gut.

Aber wie sah sie aus? Die Ringe unter ihren Augen waren noch dunkler als sonst. Oder war ihr Gesicht blasser? An ihrem Hinterkopf stand das Haar in alle Richtungen ab, als ob sie gerade aus dem Bett gestiegen war.

»Entschuldige, dass ich so reinplatze. Hast du geschlafen?«

»Du weißt doch, dass du jederzeit reinplatzen kannst. Ich freue mich, wenn du kommst. Nein, ich habe nicht geschlafen. Habe nur im Bett gelegen und mir dieses blöde Frühstücksfernsehen angeschaut. Diese Sendungen, nach denen man jedes Mal ein paar Gehirnzellen weniger hat, du weißt schon.« Sie lachte bellend. »Der Rest von meinem Gehirn heißt dich willkommen. Komm rein und setz dich.«

Sie drehte sich um und ging in ihre Küche, ohne sich umzudrehen und zu sehen, ob ich ihr auch folgte; dergleichen war bei unserer Freundschaft nicht nötig. »Möchtest du was Kaltes zu trinken oder lieber einen Kaffee?«

»Danke, ich kann nicht lange bleiben. Ich wollte dich nur eben etwas fragen.«

Sie ließ sich auf einen der Stühle am Küchentisch fallen, als sei der Weg zur Haustür und zurück ein Gewaltmarsch gewesen. »Schieß los.«

»Also, die gute Nachricht ist, dass Kurt gestern Abend zum Essen da war. Es war wunderbar. So gut hat er schon lange nicht mehr ausgesehen. Er war richtig glücklich und ist wild entschlossen, wieder auf die Beine zu kommen.«

»Na, das klingt ja gut.«

»Ja, so weit schon. Aber der Rest ist ein bisschen – wie soll ich sagen?«

Sie fuhr mit der Hand über die weiße Leinentischdecke. »Lass hören.«

»Vor einigen Wochen hat Kurts ehemaliger Vermieter mir ein paar von seinen Sachen vorbeigebracht. Ich habe sie zunächst in den Schuppen getan, für später. Gestern Abend, als Kurt wieder weg war, kam es mir, dass er ja die Sachen in diesen Kisten brauchen würde. Da habe ich gedacht, das ist *die* Gelegenheit, alles durchzugehen, die Kleider zu waschen und zu bügeln. Du weißt schon, der Mutterinstinkt.«

Lacey lehnte sich zurück und legte ihren einen Arm um die Rückenlehne des leeren Stuhls neben ihr. »Lass mich raten. Du hast in diesen Kisten etwas gefunden, das du lieber nicht gefunden hättest. Und jetzt fragst du dich, was du damit machen sollst.« Ihre Augen fixierten mich, aber ansonsten blieb ihr Gesicht ganz ruhig. In diesem zerbrechlichen Körper wohnte der Geist einer unglaublich scharfsinnigen Frau.

»Woher weißt du das?«

»Das ist nicht sehr schwer. Der Junge war drogensüchtig und hat die letzten ein, zwei Jahre praktisch auf der Straße gelebt. Der *muss* ein paar Leichen in seinem Keller haben, und es ist nur zu erwarten, dass einige dieser Leichen Spuren in seinen persönlichen Siebensachen hinterlassen haben.«

Ihr flapsiger Ton zeigte mir, dass sie dem Gedankengang nicht bis zu seinem tatsächlichen Ende gefolgt war. Sie glaubte wohl, dass ich in den Kartons Drogen oder Spritzen gefunden hatte, und ich war noch nicht bereit, diese Annahme zu korrigieren. »Und was würdest du an meiner Stelle mit dem, was ich da gefunden habe, machen?«

»Es natürlich wegwerfen.« Sie machte eine wegwerfende Geste, als ob das Thema es nicht wert war, dass man sich weiter darüber unterhielt.

»Aber ist das nicht illegal?«

»Hör zu, Mädchen, es gibt ›legal‹ und es gibt ›richtig‹.« Sie beugte sich vor, auf ihre Ellbogen gestützt. »In diesem Fall hat dein Sohn sein Leben, das ein entgleister Zug war, zurück auf die Schienen geschoben und ist in der richtigen Richtung losgefahren. Was immer du da gefunden hast, gehört zu seiner Vergangenheit. Das war gestern, und jetzt lebt er im Heute. In so einem Fall gibt's nur eins: die Trümmer beseitigen, damit er ohne Ballast weiterfahren kann. Vergiss den Mist von gestern. Wirf ihn weg.«

»Irgendwie ist das halt … nicht richtig.«

»*Du* bist diejenige mit den christlichen Skrupeln, nicht ich. Aber steht in der Bibel nicht irgendwo etwas, wo Gott unsere Missetaten in den Osten verschiebt oder so ähnlich?«

»Hä?« Ich sah sie verdutzt an. Was meinte sie? Dann kam es mir. »Gut, da ist ein Vers, in dem es heißt, dass Gott unsere Sünden so weit wegwirft, wie der Osten vom Westen entfernt ist.«

Sie zeigte auf mich und nickte. »Bingo! Diese Stelle habe ich gemeint. Wenn Gott vergibt, vergisst und weitermacht im Text, warum sollst du das nicht auch tun, statt dich mit Skrupeln rumzuschlagen? So wie ich es sehe, gibt es den alten Kurt doch gar nicht mehr. Warum soll es dann sein Gepäck noch geben?«

Ich wusste, dass ihre Argumentation ein paar Schwächen hatte, aber sie gab mir eine Antwort, nach der sich alles in mir sehnte. Und die Bibel zitiert hatte sie auch. Vielleicht sprach Gott durch sie zu mir? Warum sollte er das nicht können?

Ich wollte sie weiterfragen, sie weiterreden lassen, so lange, bis sie mich ganz überzeugt hatte. Aber wenn ich das machte, würde sie herausbekommen, *was* ich da gefunden hatte. Doch das wollte ich nicht; nicht, solange ich mir noch nicht im Klaren war, was ich mit dem Ding machen sollte.

»Danke, Lacey. Ich wusste, dass du die Antwort hättest.« Ich erhob mich und umarmte sie. Ich redete mir ein, dass jetzt alles gut war.

Wieder zu Hause, ging ich die verschiedenen Szenarien in meinem Kopf durch, so gründlich, wie ich den Baseballschläger studiert hatte. Ich ermittelte sogar die Bibelstelle, an die Lacey da gedacht hatte. Es war Psalm 103,12: »So fern der Osten vom Westen ist, hat er unsere Verfehlungen von uns entfernt.« Jawohl, die Bibel gab mir recht, selbst Lacey hatte das gewusst. Und ich traf meine Entscheidung.

Ich schob die erste Ladung von Kurts Kleidern in die Waschmaschine, dann öffnete ich die Falltür zum Kriechboden unter dem Dach. Mit der rechten Hand zog ich mich die Leiter hoch, in der linken hielt ich den Schläger. Noch bevor ich den Boden erreicht hatte, hatte ich das Gefühl, dass das Dach immer enger wurde und mich gleich ersticken würde. Hier oben war der ganze Boden (er war eigentlich nicht begehbar) von einer Staubschicht bedeckt, die so dick war, dass man die rosa Wärmedämmung darunter kaum sehen konnte. Langsam und tief atmend, kroch ich so weit über die Balken, wie ich mich traute. Als die Angst, durch die Zimmerdecke zu brechen, größer wurde als die Angst vor dem, was ich da in meiner Hand hatte, hielt ich an, zog vorsichtig die oberste Schicht der Dämmung beiseite, drückte den Schläger so in die unteren Schichten hinein, dass er fast ganz flach lag, und zog die oberste Schicht so wieder zurück, dass sie den Schläger vollständig bedeckte. Ich glättete sogar die Staubschicht wieder, so gut es ging. Dann kroch ich langsam zurück.

Das Beste, was ich im Augenblick machen konnte, war, nichts zu tun. Ich hatte nicht alle Fakten, und ich hatte meinen Sohn lange nicht mehr gesehen. Ich musste in Erfahrung bringen, ob er tatsächlich eine Rolle bei dem Mord an Rudy Prince gespielt hatte, oder ob dies ein ganz gewöhnlicher Baseballschläger war. Wenn es das Erste war, müsste ich als Nächstes herausfinden, wie tief und echt die Veränderung in Kurts Leben war. Ich nahm mir vor, so lange nicht mehr an dieses Stück Holz zu denken, wie ich keine klaren Antworten hatte.

Als ich durch die Tür des Gemeindebüros trat, erhob sich Jana, eine der Gemeindesekretärinnen, von ihrem Schreibtisch. »Ich kann nicht glauben, dass du das gemacht hast.«

Mein Verstand sagte mir, dass sie unmöglich wissen konnte, was ich gerade zu Hause gemacht hatte, aber ein schlechtes Gewissen ist offenbar genauso unvernünftig wie ein Herz, das trauert. »Was soll ich gemacht haben?«

»Na, angerufen und die Nachricht hinterlassen, dass du zwei Stunden später kommst, ohne zu sagen, warum. Wie war das Abendessen gestern Abend? Wir wollen alles hören.«

Ich schaute mich in dem leeren Raum um und versuchte ein Lächeln. »*Wir?*«

Sie drückte mehrere Knöpfe an ihrem Telefon und sprach in den Hörer. »Carleigh, Beth, Ken – Alisa ist da.« Dann schaute sie mich wieder an und nickte. »Jawohl, wir.«

Beth kam herbeigerannt und setzte sich an ihren Schreibtisch. Dann kam die Leiterin der Kinderarbeit; sie japste wie nach einem Marathonlauf. Sie ließ sich in einen Sessel an der gegenüberliegenden Wand fallen und fasste sich an die Brust. »Wollte nichts verpassen.« Ihr Blick ging durch den Raum. »Wo ist Ken?«

»Ich bin hier.« Unser Pastor stand in der Tür, an den Rahmen gelehnt, und lächelte gutmütig wie immer.

Ich hielt die Hände hoch, zuckte die Achseln und versuchte, so begeistert zu sein, wie ich es vor zwölf Stunden gewesen wäre. Bevor ich die Kisten geöffnet hatte.

Ich wusste, dass der Schläger harmlos war, wusste es ganz gewiss, aber eine schwarze Stimme in mir raunte mir ständig zu, dass das nicht stimmte.

Aber jetzt war nicht die Zeit, auf sie zu hören, jetzt galt es, einen guten Eindruck zu machen. »Was soll ich euch sagen? Er sah gut aus, er ist entschlossen, clean zu bleiben, und es war geradeso wie in den alten Zeiten.« Ich unterbrach mich und zuckte wieder die Achseln, diesmal ehrlich. »Na ja, im Großen und Ganzen.«

Beth beugte sich über ihren Schreibtisch und nahm meine Hand. »War er traurig, als er hörte, dass Rick und du euch getrennt haben?«

Unsere Trennung – noch gestern war sie ein Riesenproblem gewesen. Heute Morgen fand ich sie plötzlich … unwichtig. »Äh, das haben wir ihm noch nicht gesagt.«

»Bist du verrückt?« Im Bruchteil einer Sekunde zuckte Beths Hand weg von meiner und hoch an ihren Mund.

Ich schaute zu Ken Maddox hin. Sein Gesicht zeigte weder Zustimmung noch Missbilligung. Es war der Gesichtsausdruck, den er in seinen Jahren als leitender Pastor bis zur Perfektion eingeübt hatte. Für das durchschnittliche Gemeindeglied, das in die Seelsorge kam, mochte das angehen. Aber ich wollte wissen, was Ken dachte. Ich nahm mir vor, ihn später zu fragen, wenn ich mich genug gefasst hatte, um mich zu erinnern, warum mir das wichtig war.

»Ent-, entschuldige«, stotterte Beth. »Ich hab das gerade nicht so gemeint. Es ist nur so, er wird doch … Ich meine, ich dachte halt … ja, dass ihr's ihm sagen würdet.«

Es war etwas dran an dem, was Beth da sagte. Das wusste ich. Aber es gab hier noch andere Dinge, an die man denken musste. »Da hast du wohl recht. Wir wollten ihm bei seiner Rückkehr nicht gleich das Herz schwer machen.«

»Was, wenn er es jetzt zuerst von anderen Leuten hört?«

»Das wird nicht geschehen. Ich werde ihn gleich dieses Wochenende bei meiner Schwester besuchen, und dann werde ich ihn aufklären. Es wird einfacher für ihn sein, wenn er ein paar Tage Zeit gehabt hat, sich wieder in dem Alltag außerhalb der Rehaklinik zurechtzufinden.« Ich hoffte, dass ich bis dahin auch wüsste, wie ich ihm die Sache mit dem Baseballschläger beibringen sollte.

Ken Maddox nickte. Er sah mich an, als wollte er mehr hören, sagte aber nichts. Er würde später mit mir reden. Es war ein Gespräch, auf das ich mich freute und vor dem mir graute. In dem Sturm, der zu meinem Familienalltag geworden war, war Ken der feste Fels gewesen, und ich schätzte seine Meinung. Andererseits kannte er mich so gut, dass ich Angst hatte, dass er merken würde, dass ich ihm nicht alles sagte. Aber nie im Leben würde er auf mein Geheimnis kommen, da war ich mir sicher.

Ich merkte, wie sie mich alle weiter ansahen, auf mehr warteten. Ich wusste, worauf sie warteten. Wir hatten in dem Gespräch den Punkt erreicht, an dem ich Gott für die Rettung meines Sohnes zu danken hatte. Und das war ja völlig in Ordnung.

Aber dass ich das jetzt sagen sollte, bloß weil die anderen das von mir erwarteten – irgendwie fand ich das nicht richtig. Vor allem, wenn ich mir vergegenwärtigte, dass Gott meinen Sohn ja vielleicht ein bisschen spät gerettet hatte.

Aber gut, es musste wohl sein. »Gott hat uns echt gesegnet durch diese Gebetserhörung.« Die Frauen nickten, aber sahen mich weiter an, als erwarteten sie noch mehr.

Nun gut, dann sollten sie es haben. »Ihr erinnert euch doch an diese Nachbarin von mir, von der ich euch erzählt habe? Lacey Scatterfield? Die hat mich echt überrascht. Als ich ihr das mit Kurt sagte, hat sie glatt aus der Bibel zitiert.« Okay, das war ein bisschen dick aufgetragen, aber gelogen war es auch nicht.

»Echt? Was hat sie gesagt?« Carleigh beugte sich vor.

»Sie fragte mich, ob nicht irgendwo in der Bibel steht, dass Gott unsere Sünden so weit wegwirft, wie der Osten vom Westen entfernt ist. Ich finde es echt toll, dass Gott das tun kann, sogar bei jemand mit Kurts Vergangenheit, findet ihr nicht auch?« Begeistertes Kopfnicken. Hätten die auch so genickt, wenn sie gewusst hätten, in welchem Kontext Lacey den Vers erwähnt hatte?

»Dann gehen wir mal wieder an unsere Arbeit. Wir freuen uns mit dir, Alisa.« Ken nickte und marschierte zurück in sein Büro.

Ich war dankbar dafür, wie der Morgen verlaufen war. Ich hatte es geschafft, meine tapfere christliche Fassade vor meinen Kollegen intakt zu halten, was ja genau das war, was man in der Gemeinde von mir erwartete. Für mein Fragen, Zweifeln und Stolpern war das stille Kämmerlein zu Hause da.

Als ich in mein Büro trat, stand auf meinem Schreibtisch eine Vase mit zwei Dutzend roten Rosen. Ich schaute Jana an, die über das ganze Gesicht grinste. »Von wem sind die denn?«

Sie zuckte die Achseln. »Die sind vor etwa einer Stunde gekommen.«

Ich ging langsam zu dem Schreibtisch und öffnete die Karte, die unter dem Strauß lag.

Du hast recht: Ein Mädchen kann nie genug Blumen haben.
Das Abendessen gestern Abend war wunderbar. Danke, dass Du die Stimme der Hoffnung warst, die uns allen einen Grund gegeben hat, wieder zu glauben.
In Liebe,
Rick

15

Am Samstagnachmittag fuhren Caroline und ich zwei Stunden nach Norden, zu dem Städtchen Templeton. Früher nicht viel mehr als ein Dorf, war es in den letzten Jahren zusehends gewachsen, mit immer neuen Wohnhäusern und Restaurants. Seine Nähe zu Paso Robles und das ideale Weinbauklima hatten es attraktiv für gut betuchte Fremde gemacht, die von ihrem eigenen Weinberg mit Weinkellerei träumten. Man sah viele solche Kellereien an den malerischen Hängen.

Ich hatte kurz mit dem Gedanken gespielt, mit diesem Besuch noch etwas zu warten, damit es nicht so aussah, als ob ich meinen Verwandten und meinem Sohn nicht traute. Aber mehr als zwei Tage schaffte ich einfach nicht. Ich musste wissen, wie es meinem Sohn ging! Und seine Kleider brauchte er ja auch.

Ich fuhr den langen Kiesweg hoch, der zu dem hundert Jahre alten Bauernhaus führte. Als Jodi und Monte das Anwesen gekauft hatten, hatten wir sie alle für verrückt erklärt. Jetzt, drei Jahre später, war unter Jodis kundiger Hand aus einem Bretterhaufen mit abblätternder weißer Farbe ein schmuckes gelbes Bauernhaus geworden, mit weißen Fensterläden und Veranda. Ich hoffte, dass es ihr gelingen würde, auch meinem Sohn bei der Renovierung seines Lebenshauses zu helfen. Ehrlich gesagt, kannte ich niemanden, der dafür geeigneter gewesen wäre als meine Schwester. Wenn es in der großen weiten Welt eine Frau gab, die eine innere Stärke besaß, die ansteckend war, dann war es Jodi.

Ich drosselte das Tempo und schaute an dem Haus vorbei zu den gut vierzehn Hektar olivenbaumbestandenen Hängen hin, durch die sich ein in der Regel ausgetrockneter Bach schlängelte. Ich musterte die Baumreihen mit zusammengekniffenen Augen. Bewegte sich da etwas, war dort irgendwo die schlaksige Silhouette meines Sohnes zu sehen? Aber ich sah nur das Grün der Bäume.

Eine zur Begrüßung winkende Jodi stand auf der Eingangsveranda, als ich anhielt. Sie trug ihre übliche Kombination aus langem Rock, flachen Sandalen und T-Shirt. Ihr langer, seit zehn Jahren grauer Pferdeschwanz hing lose über ihre rechte Schulter und hüpfte im Takt ihres Winkens.

Caroline sprang aus dem Auto und direkt in Jodis Arme.

»Tante Jodi!« Sie schlang ihre Arme um den Hals meiner Schwester und drückte sie. »Ich hab dich so vermisst!«

»Und ich dich auch. Wie ist es in der fünften Klasse?«

Caroline bog sich zurück und rollte die Augen. »Langweilig.«

Jodi schaute lachend über Carolines Schulter zu mir hin. »Du kommst gerade recht. Ich hab ein paar neue Rezepte ausprobiert und brauche einen Vorkoster.«

»Neue Rezepte?« Caroline leckte sich über die Lippen und schaute zum Haus hin.

»Jawohl. Vielleicht gebe ich ein Kochbuch heraus, für die Geschenkboutique. *Das große Stevens Farm-Olivenöl-Kochbuch.* Ich meine, wenn die Leute unser Olivenöl kaufen, müssen sie ja wissen, was sie damit machen sollen, oder?«

»Klar.« Carolines Stimme hatte einen Teil ihrer anfänglichen Begeisterung verloren. »Hast du auch ein paar leckere Plätzchen, die ich probieren kann?«

»Plätzchenrezepte habe ich noch keine, aber dafür ein paar pikante Tunken für Brot, eine Olivenpesto und Olivenpommes, die deine Geschmacksknospen begeistern werden, wenn ich das so bescheiden sagen darf.«

»Und wo sind Kurt und Monte?« Carolines Interesse an Lebensmitteln, die keine Plätzchen waren, beschränkte sich auf Nudeln, Cheeseburger und hin und wieder eine Banane. Die bloße Erwähnung von Oliven-Pesto und -Pommes reichte, um sie in die Flucht zu schlagen. Und endlich ihren Bruder sehen wollte sie natürlich sowieso.

Jodi zeigte auf ein geländetaugliches Vehikel, das hinten bei den Bäumen geparkt stand. »Siehst du das Quad da hinten, hinter den alten Gärten? Da sind sie gerade und schneiden Bäume aus. Du kannst gerne zu ihnen. Sie freuen sich bestimmt, wenn du ihnen hilfst.«

»Danke.« Caroline sauste los, ohne uns noch eines Blickes zu würdigen. Ihre blonden Locken hüpften im Takt mit den Staubwolken, die ihre Schuhe aus dem trockenen Lehmboden hochwirbelten.

»Monte hat sich über die Geheimnisse des Olivenanbaus kundig gemacht. Es scheint, dass es noch lange nicht reicht, wenn man die Bäume wässert und düngt.«

»Wer hätte das gedacht?« Ich schaute meine Schwester an und lachte. »Ich kann's immer noch nicht glauben, dass ihr beiden das gemacht habt. Als ihr alles verkauft habt und hierher gezogen seid, dachte ich, ihr hättet nach ein, zwei Jahren die Nase voll. Aber jetzt zieht ihr das tatsächlich durch. Obwohl ich immer noch denke, ihr wart verrückt, als ihr das gemacht habt.«

Sie zuckte die Achseln. »Wir hatten eben den Eindruck, es war unser Weg.«

Ich war mit der Gemeinde aufgewachsen. So lange ich mich zurückerinnern konnte, hatte ich immer an Gott und die Bibel geglaubt. Aber ich konnte mich nicht erinnern, je so davon überzeugt gewesen zu sein, dass Gott zu mir sprach, dass ich bereit war, alle meine Pläne umzustoßen und etwas ganz Neues zu wagen. Das galt selbst für mein Schriftstellern. Schön, ich schrieb gerne, aber wenn dies meine Berufung war, warum hatte es dann die Stimme eines Redakteurs gebraucht (und nicht die Gottes), damit ich anfing? Hatte ich je einen Schritt ins Unbekannte gewagt, nur weil ich den Eindruck hatte, dass dies »mein Weg war«? Ich konnte mich nicht erinnern. Hatten Monte und Jodi mehr Glauben als ich? Oder hatte Rick recht, wenn er sagte, dass sie eben weniger gesunden Menschenverstand hatten? Wie auch immer, heute stand ich voller Hochachtung vor der Entscheidung, die sie da getroffen hatten.

Wenn Kurt nicht hier zurück auf die Füße kommen und wieder ein produktives Glied der Gesellschaft werden konnte, wo dann? Hier war er unter Verwandten, Monte und Jodi würden ihn perfekt unter ihre Fittiche nehmen. Zugleich war Kurt weit genug von seinen alten

»Freunden« entfernt, um nicht rückfällig zu werden. Sagte ich mir jedenfalls immer wieder.

»Weißt du, was?«, sagte Jodi. »Wie wär's mit einer kurzen Besichtigung unserer künftigen Geschenkboutique, bevor ich dich mit meinen Leckereien verwöhne?«

»Klingt gut.« Vielleicht würde uns diese Besichtigung ja auch in die Nähe von Kurt und Monte bringen. Ich konnte es nicht erwarten, Kurt zu sehen.

Jodi lud mich in ihren Prius und fuhr mit mir zu der Baustelle. Die Fundamente des geplanten Ladens waren bereits zu sehen. Jodi zeigte in eine der Ecken. »Dort kommt ein kleiner Lagerraum hin.« Dann machte sie eine ausholende Geste. »Und hier wird der eigentliche Laden sein. Da drüben wird's eine kleine Probierecke geben, vielleicht mit einem kleinen Ofen, zum Schaukochen.« Sie starrte einen Augenblick in die Richtung, und ihrem Gesichtsausdruck nach sah sie nicht mehr den nackten Betonboden, den ich sah, sondern einen glänzenden Parkettfußboden, von Waren überquellende Regale plus die Kunden, die sich in dem Laden drängen würden.

»Das sieht toll aus.« Es war keine Lüge, eher eine ungenaue Art, mich auszudrücken. Ich sah nicht mehr als ein rechteckiges Stück Beton, aber gut, es *klang* toll, und das reichte ja wohl. Ich ging um das Fundament herum und wartete taktvoll so lange, bis ich fand, dass ich es wagen konnte, die Frage zu stellen, die mir eigentlich auf dem Herzen lag. »Wie macht Kurt sich so?«

Wie ich es nicht anders erwartet hatte, schaute Jodi nachdenklich in die Ferne, während sie sich ihre Antwort zurechtlegte. »Er kann echt arbeiten. Kurt war immer ein Arbeiter. Er hat sich viel mit Monte darüber unterhalten, was er mit seinem Leben vorhat, wie er frei von den Drogen bleiben will und wie es weitergehen soll.« Sie zwirbelte eine Strähne ihres langen grauen Haars um einen Finger.

»Aber?«

Sie sah mich an und legte den Kopf zur Seite. »Was macht dich so sicher, dass da ein Aber ist?«

»Du bist meine Schwester, ich kenne dich.«

»Ja, das tust du.« Sie nahm meinen Arm. »Komm, wir gehen zu der Plantage, während wir reden.«

»Hört sich gut an.« Ich freute mich, wie normal meine Stimme klang.

Jodi hielt die Hand vor die Augen und linste gegen die Spätnachmittagssonne. »Vielleicht können wir gleich unsere Männer bei der Arbeit sehen.« Sie kicherte und fuhr fort: »Ich schätze mal, Caroline hält sie voll auf Trab.«

»Das glaube ich auch.« Ich ging weiter zu den Bäumen hin, die Ohren gespitzt. Ich wartete darauf, dass meine Schwester weitersprach.

Nach etwas, was mir wie eine halbe Ewigkeit vorkam, sagte sie: »Eine Sache macht mir – ich meine, Monte und mir – etwas Sorgen. Ich weiß nicht recht, wie ich es ausdrücken soll, aber ... etwas an Kurt ist seltsam, irgendetwas *scheint* nicht zu stimmen. Monte und ich haben uns lang und breit darüber unterhalten, und wir beide spüren das Gleiche: Es ist so, als ob Kurt mit irgendetwas kämpft – irgendetwas, mit dem er nicht zurechtkommt. Monte nimmt sich gerade extra Zeit für ihn, um sein Vertrauen zu gewinnen, damit er auftaut und ihm sagt, wo ihn der Schuh drückt.«

»Vielleicht sind ihm die verlorenen Jahre einfach peinlich.«

Sie nickte. Es war etwas zu langsam, um »Ja« zu bedeuten. »Das könnte sein. Aber ... eigentlich wollte ich dir das Nächste nicht erzählen.«

»Was?«

»Gestern Abend war er mehrere Stunden verschwunden. Das war, nachdem er mit seiner Arbeit fertig war. Gegen zehn war er wieder da. Ich meine, er ist erwachsen, er kann kommen und gehen, wann er will. Aber dann diese leisen Telefongespräche, bei denen er offenbar nicht wollte, dass jemand zuhörte – es ist alles ein bisschen seltsam.«

»Habt ihr ... ich meine, als er wiederkam, roch er da nach Zigarettenrauch oder so? Waren seine Augen glasig?«

»Nein, überhaupt nicht. Glaube mir, wir achten auf diese Dinge. Vielleicht höre ich auch die Flöhe husten, aber wenn da wirklich etwas ist, was ihn innerlich quält, dann … tja, dann wären Drogen natürlich ein gutes Betäubungsmittel.« Sie hielt wieder die Hand vor die Augen und zeigte zu der Plantage hin. »Da hinten sind sie.«

Unter einem sperrig und stolz aufragenden alten Olivenbaum schauten mehrere Füße hervor. »Warum liegen sie da auf dem Rücken?«

»Irgendetwas mit Zurückschneiden. Man legt sich unter dem Baum auf den Rücken und schaut nach oben. Ich kenne mich damit nicht weiter aus, aber die beiden scheinen den Durchblick zu haben, also lasse ich sie.«

Die Zweige in dem Baum über ihnen bewegten sich heftiger, als der leichte Wind dies erwarten ließ. Ich schaute hoch und sah, dass Caroline auf den Baum geklettert war. Dann hörte ich ihre Stimme: »Der Zweig da rechts, ich glaube, der muss weg.«

Ich verbiss mir das Lachen, während wir zu dem Baum schlenderten. Ich wollte Carolines Gefühle nicht verletzen, und ich wollte nicht, dass die Männer uns hörten. Als ich nah genug war, berührte ich Kurts einen Fuß mit meinem eigenen. »Hallo, Olivenfarmer Kurt, wie geht's?«

Kurt rutschte unter dem Baum hervor, richtete sich auf und wischte sich Erde und Rindenstücke von den Armen, bevor er mich drückte. »Seit Farmerin Caroline hier ist, ist es absolut Spitze. Sie klettert auf die Bäume, sagt uns, welche Äste verdächtig aussehen, und spart uns so einen Haufen Zeit und Arbeit.«

Monte lachte und stand ebenfalls auf. »Ich überlege gerade, ob ich sie auch einstelle.«

»Bitte, Mama, darf ich?« Caroline sagte es mit solchem Ernst, dass ich lächeln musste.

»Vielleicht fahren wir beide in den Sommerferien wieder für ein, zwei Tage hierher.«

»Das ist nicht dasselbe. Ich möchte ganz hierbleiben, bei Onkel Monte und Kurt.«

»Glaub mir, Kleine«, grinste Kurt, »zu Hause ist es schöner für dich.« Er ließ mich los und nickte. »So früh hatte ich noch gar nicht mit euch gerechnet.«

Er schien zwei oder drei Pfund zugenommen zu haben, und seine Wangen sahen nicht mehr ganz so blass aus. Vielleicht lag das nur an der Arbeit in der Sonne, aber ich zog es vor, es auf das Konto der Rückkehr in den Schoß der Familie zu buchen. »Ich wollte eben mal sehen, wie es hier so ist und ob Onkel Monte nicht womöglich im Sessel sitzt und Illustrierte liest, während du die ganze Arbeit machst. Ich weiß ja, wie er ist.«

Monte nickte. »Genau das habe ich gemacht, bis ich dein Auto sah. Ich schaue mir den ganzen Tag Seifenopern im Fernsehen an und esse Bonbons nebenher. Aber einer muss ja den Aufpasser machen, nicht?« In seinem kurz geschorenen grau melierten Bart hingen Holzspäne, und sein Gesicht war rot vor Anstrengung. »Tatsache ist: Dein Sohn bringt mir den frühen Tod. Mein Stolz verlangt, dass ich mit ihm Schritt halten kann, aber dazu bin ich zu alt und zu schlaff.« Er klopfte auf seinen Bauch, der in den letzten zehn Jahren deutlich runder geworden war. »Ich habe eine Idee, Kurt. Da deine Mutter schon da ist, machen wir heute früher Feierabend, damit es mit dem Abendessen nicht so spät wird. Ich weiß ja, dass sie nicht gerne mitten in der Nacht die lange Rückfahrt nach Hause macht.«

»Faulenzer.« Kurt grinste Monte an und nickte. »Ich schneide nur eben den Baum hier fertig, dann komme ich. *Einer* muss ja die Arbeit machen …«

Jodi hatte ein mediterranes Fladenbrot gebacken. Es sah aus wie Pizza, war aber mit Spinat, Oliven und Fetakäse belegt. Wie köstlich und gesund. Was mochte mein Sohn in den letzten beiden Jahren gegessen haben? Ich wurde immer dankbarer, dass Monte und Jodi hierhergezogen waren.

Ich beobachtete Kurt verstohlen, suchte nach Zeichen der inneren Unruhe, von der Jodi vorhin gesprochen hatte. Gut möglich, dass des Rätsels Lösung mit dem Louisville Slugger auf meinem Dachboden zusammenhing. Wenn es denn wirklich *der* Louisville Slugger war. In den letzten paar Tagen hatte ich an kaum etwas anderes denken können. Ich redete mir ein, dass der Schläger rein gar nichts bedeutete. Oder dass Kurt durch einen puren Zufall an ihn gekommen war. Oder ... oder hatte er ihn im Auftrag des Täters bei sich versteckt? Das würde sein Grübeln gut erklären. Nein, Kurt hatte mit diesem Schläger bestimmt nichts gemacht; er war geradeso harmlos wie der Basketball, die Stollenschuhe und der Fußball, die auch in diesen Kisten gewesen waren.

Was Jodi gesagt hatte, schien dem zu widersprechen, aber vielleicht lagen Jodi und Monte einfach falsch. Ich hatte mir vorgenommen, Kurt nichts von dem Schläger zu sagen, aber sollte ich es vielleicht nicht doch tun?

Es ist atemberaubend, was für Theorien eine Mutter basteln kann, um ihre Kinder zu decken. Erst jetzt erkannte ich so richtig, wie es Kurt gelungen war, seine Drogensucht so lange vor mir zu verheimlichen. Ich war bereit gewesen, so ziemlich alles zu glauben, solange ich nicht das Schlimmste glauben musste.

Als das Abendessen vorbei war, sah ich Kurt an. »Trainer Brooks hat deine Sachen vorbeigebracht, während du in Reha warst. Ich habe sie mitgebracht, sie liegen im Kofferraum. Könntest du mir eben helfen, sie hereinzutragen?«

Ich beobachtete sein Gesicht. Wie würde er auf diese Nachricht reagieren? Seine Miene veränderte sich nicht, aber für den winzigen Bruchteil einer Sekunde glaubte ich, etwas wie Panik in seinen Augen zu sehen, aber vielleicht bildete ich mir das auch nur ein. Er stand auf und ging mit mir durch die Tür nach draußen. Während wir zu meinem Auto gingen, sagte er: »Bist du selbst zu der Hütte gefahren und hast die Sachen eingepackt, oder hat er das gemacht?«

Die Frage klang harmlos, aber ich fürchtete, dass ich wusste, warum er sie stellte. Es war die gleiche Frage, die auch mich umtrieb. »Er hat seinen Vorarbeiter alles in ein paar Kisten packen lassen, und dann hat er sie mir gebracht.«

Ich wandte mich zur Seite, um in der untergehenden Sonne Kurts Profil zu mustern. Seine Augen blinzelten schneller als normal. »Ach so, ja, Juan Miguel.« Er rieb sich den Nacken und atmete tief aus – sehr tief, wie mir schien. »Der ist in Ordnung. Wahrscheinlich ein illegaler Immigrant, aber mordsfleißig. Er spricht nicht mehr als ein Dutzend Wörter Englisch, aber ›hart arbeiten‹, das kennt er und das macht er. Ich konnte mit ihm nie Schritt halten.«

Ich war mehr als erleichtert. Falls (was natürlich völlig unwahrscheinlich war) dies doch der Schläger von Rudy Prince war, war eine meiner Hauptsorgen gewesen, wer ihn in die Kiste gepackt hatte und ob er dies der Polizei sagen würde. Aber wenn dieser Jemand kein Englisch sprach, schaute er sich wohl kaum die Sechs-Uhr-Nachrichten im Fernsehen an. Wenn er dazu noch ein illegaler Einwanderer war, war das noch besser. So jemand spazierte bestimmt nicht auf die nächste Polizeiwache, um eine Aussage über ein Gewaltverbrechen zu machen.

Noch besser konnte es gar nicht sein. – Halt, das stimmte nicht. Das Allerbeste wäre natürlich gewesen, wenn es diesen Schläger überhaupt nicht gegeben hätte.

Ich öffnete den Kofferraum meines Ford Escape und zeigte auf Kurts Kleider, die alle säuberlich auf Bügeln hingen. »Auf der Fahrt sind sie vielleicht wieder ein bisschen faltig geworden, aber ich habe sie alle gewaschen und gebügelt. Für die nächste Zeit hast du genug anzuziehen.«

Er nickte geistesabwesend und begann, den Karton mit den restlichen Sachen zu inspizieren. Nach einem Augenblick sah er mich an. Ich wusste nicht, ob das, was ich da in seinen Augen sah, Angst oder Erleichterung war. »War das alles?«

Ich sah ihn mehrere Sekunden lang an und überlegte, dann sagte ich: »Fehlt etwas?«

Er schüttelte den Kopf. »Nein.«

»Gut, denn das ist alles.«

16

Als ich am Montagmorgen aufwachte, stand mein Entschluss fest, auch wenn ich noch etwas Bauchschmerzen hatte. Den ganzen Sonntag hatte ich über die Sache nachgedacht. Ich hatte sogar darüber gebetet, wenn auch vielleicht nicht mit meiner sonst üblichen absoluten Offenheit. Eigentlich wollte ich über der Entscheidung, die ich bereits getroffen hatte, zur Ruhe kommen. Immerhin hatte ich noch einen Tag gewartet, um nicht aus einer Augenblickslaune heraus etwas zu tun, was ich später bereuen würde. Aber warum sollte ich es bereuen? Eine Mutter tut das Beste für ihren Sohn, dazu sind Mütter da …

Es gelang mir, das Morgenprogramm abzuspulen, als ob alles wie immer wäre. Ich weckte Caroline, machte sie für die Schule fertig, gab ihr ihr Pausenbrot mit, und dann stand ich wie immer lächelnd und winkend in der Tür und rief mit meiner fröhlichsten Ab-in-die-Schule-Stimme: »Einen schönen Tag in der Schule!«

Sie drehte sich um und rollte die Augen. »›Schön‹ nennst du das?« Dann rannte sie mit hüpfendem Schulranzen los.

Einmal mehr staunte ich über mich selbst. Was für eine gute Schauspielerin war ich doch! Äußerlich schien es ein ganz normaler Tag zu sein, in Wirklichkeit war es gerade umgekehrt. Der Gedanke ließ mich schaudern; an meinem Entschluss änderte es aber nichts.

Ich ging zurück ins Haus, die Tür sorgfältig hinter mir schließend. Dann ging ich, lässig und langsam, zu den Nebeneingangstüren und versicherte mich, dass auch sie verschlossen waren, bevor ich mich im Wohnzimmer vor den Kamin setzte und gähnend alle viere von mir streckte. Ich weiß nicht, wen ich zum Besten halten wollte mit dieser Nummer. Die einzige Person im Haus war ich, und ich wusste natürlich, wie es wirklich war.

Ich blieb ein paar Minuten so sitzen, dann holte ich tief Luft, nahm ein paar alte Zeitungen zur Hand, knüllte sie zusammen und baute daraus im Kamin etwas, das so ähnlich aussah wie das Indianerzelt, das Nick vor vielen Jahren bei den Pfadfindern gelernt hatte. Dann holte ich die Schachtel mit den Streichhölzern vom Kaminsims. Ich hielt sie in meiner Hand und betrachtete sie prüfend. Sie war rechteckig und fühlte sich leicht an. Was für ein läppisches Stück Karton, aber wenn ich es einmal geöffnet und den roten Kopf des Streichholzes die Reibfläche entlanggezogen hätte, gäbe es kein Zurück mehr für mich.

Also gut.

Ein paar Sekunden, und die Flamme war vom Streichholz zum Anmachpapier gesprungen. Ein winziges Holzstöckchen hatte die Macht, alles Mögliche zu zerstören – Gegenstände, die so viel stärker aussahen als das Hölzchen. Als das Papier lichterloh brannte, warf ich ein paar kleine Stücke Feuerholz darauf und schaute zu, wie das Feuer sich langsam, aber unerbittlich die nächste Nahrung suchte. Ich legte ein größeres Stück Holz dazu. Dies hier musste ein *richtiges* Feuer sein; ich wollte es nicht riskieren, dass womöglich Spuren übrig blieben.

Das Feuer wuchs zu einem Flammenberg. Gut, jetzt konnte ich es eine Weile allein lassen. Ich kletterte auf den Dachboden hoch und musterte die monotonen Reihen der staubbedeckten rosa Isoliermatten. Plötzliche Panik. Was, wenn ich das Ding nicht mehr fand?

Ich kletterte vom einen Balken zum nächsten, in die Richtung, wo ich, wie ich mich erinnerte, den Schläger versteckt hatte. Als die Angst, durch die Decke zu brechen, fast unerträglich wurde, schob ich die eine Hand zwischen das Holz und die Isolierung und pellte diese zurück. Nichts. Ich tastete mich zur nächsten Matte hin und wiederholte die Prozedur, mit demselben Ergebnis. Zehn Minuten später lag ich flach auf dem Bauch und stieß meine Hände prüfend in die Mitte des weichen rosa Meeres. Wo war nur der Schläger?

Das Dach schien immer näher zu kommen, und die Luft wurde zusehends wärmer. Natürlich, der Kamin am anderen Ende des Hauses. Endlich etwas Hartes unter meinen Fingern. Ich pellte die Isoliermatte zurück. Der Schläger. Endlich. Mir schossen Tränen in die Augen – Tränen der Erleichterung und Tränen der Angst, für was dieser Schläger stehen mochte. Ich hob ihn mit beiden Händen hoch, wischte die Fusseln des Isoliermaterials ab, rutschte zurück zu der Leiter und stieg zurück in die Wohnung.

Dann saß ich vor meinem Kamin, in den Händen dieses Holzding, und überlegte, was ich da gerade tun wollte. Wenn dieser Schläger nichts bedeutete, würde ich gleich ohne jeden Grund etwas zerstören, was meinem Sohn gehört hatte. Und wenn er *etwas* bedeutete, dann – ja, dann würde ich gleich *etwas* machen, was so gegen das Gesetz verstieß, dass von Grauzone keine Rede sein konnte. Dann würde ich ein Beweisstück zerstören. Ein Beweisstück in einem Mordfall.

Wohl eine ganze Minute hielt ich den Schläger so in den Händen, um ganz sicherzugehen, dass ich es mir nicht anders überlegen würde. Nein, es konnte alles nur besser werden, wenn ich ihn verbrannte. Er würde dann keine Rolle mehr spielen. Ich könnte die ganze Sache vergessen und mein Leben weiterleben. Ich drehte den Schläger in meinen Händen, stellte mir vor, wie er in Baseballmatches benutzt worden war. Schließlich war es nur ein gewöhnlicher Baseballschläger. Dann schabte eine raue Stelle am Griff an meinem Finger, und ich hob den Schläger höher, um ihn genauer zu betrachten. Augenblicklich war ich im Bilde. Kerben. Ich zählte sie. Es waren zweiundvierzig.

Ich erinnerte mich an den Zeitungsartikel über Rudy Princes makabre Prügelstatistik. Zweiundvierzig Personen. Zweiundvierzig. War einer davon mein Sohn gewesen? Was hatten er und die einundvierzig anderen von diesem Stück Holz erduldet? Der Mann, der das gemacht hatte, verdiente das, was er bekommen hatte, da hatte Lacey recht. Man konnte sie nicht vergleichen, die beiden Männer: Hier ein Ganove, der so stolz darauf war, andere halb totzuschlagen, dass er eine Statistik führte. Dort mein Sohn, der in Montes Plantage arbeitete und sich anschickte, wieder zu studieren und ein produktives Leben zu führen. Diese zweiundvierzig Kerben waren wie so viele Köpfe, die mir zunickten. Einen Augenblick lang kam ich innerlich zur Ruhe.

Ich blickte auf den Schläger, dann auf das Feuer in meinem Kamin, dann hoch zur Zimmerdecke. »Gott, ich bin bereit, die Folgen meiner

Handlung zu tragen, aber das verlangst du bestimmt nicht von mir. Ich habe dir meinen ersten Sohn gegeben; er starb in deinem Dienst. Jetzt hast du mir den zweiten zurück nach Hause gebracht, wie damals den verlorenen Sohn zu seinem Vater. Dieser Vater umarmte ihn und machte ein großes Fest. Er hielt ihm nicht seine vergangenen Sünden vor, obwohl auch sie schlimm gewesen sein müssen. Kurt hat die Kurve bekommen. Gott, du wirst doch wohl nicht von mir verlangen, ihm das wieder zu nehmen und ihn ins Gefängnis zu schicken, zu den Menschen aus seiner Vergangenheit? Selbst du, in all deiner Heiligkeit, wirst das nicht von mir verlangen, oder?«

Es kam keine Antwort. Aber, ganz ehrlich gesagt: Selbst wenn ich eine Donnerstimme vom Himmel gehört hätte, die rief: »Bring den Schläger sofort zur Polizei!«, – ich weiß nicht, ob ich ihr gehorcht hätte. Welche Mutter hätte das gekonnt? Hier saß ich und hatte die Möglichkeit, meinen Sohn zu retten, der jahrelang verloren gewesen war.

Vielleicht war Rudy Prince derjenige, der Kurt die ersten Drogen verkauft hatte. Vielleicht war er derjenige, der ihn zu dem Mann gemacht hatte, der ihn dann tötete. Ich wusste, dass Kurt high gewesen sein musste, um so eine Tat begehen zu können. Lag darin, dass die Drogen dieses Dealers meinen Sohn so benebelt hatten, dass er ihn umbrachte, nicht eine ausgleichende Gerechtigkeit? War das nicht ein Fall von »Auge um Auge, Zahn um Zahn«? Der Kerl hatte die Gehirne seiner Kunden mit seinem Zeug vergiftet. War es da nicht richtig, wenn einer dieser Vergifteten dafür sorgte, dass er das nie mehr machen konnte?

Ich warf den Schläger in das Feuer und schaute zu, wie die Flammen um ihn herumtanzten. Dann begannen die ersten Feuerzungen an dem Holz hochzukriechen, erst langsam, dann immer schneller. Ich legte noch ein Stück Brennholz auf, zur Sicherheit. Ich wollte, dass das Ding verbrannte, restlos und schnell. Es sollte nichts übigbleiben, als ein wenig Asche.

Kurt würde seine Chance bekommen, dafür hatte ich gerade gesorgt.

Es überraschte mich nicht, dass ich nicht schlafen konnte. Ich saß in meinem Bett, um mich herum verstreut mehrere Seiten meines Manuskripts. Ich konnte mich nicht lange genug konzentrieren, um auch nur eine zu lesen. Ich konnte dieses Buch nicht mehr schreiben. Nein, *so* heucheln konnte ich nicht. Auch wenn sonst keiner mein Geheimnis kannte, ich kannte es. Ich musste Dennis Mahan mailen, dass ich mein Projekt zurückzog. Aber nicht mehr heute Abend, sondern morgen. Heute hatte ich keine Kraft mehr.

Ich nahm schließlich die Fernbedienung zur Hand und richtete sie auf den kleinen Flachbildschirm an der gegenüberliegenden Wand. Mindestens zweimal zappte ich durch alle achtzig Programme. Ich blieb schließlich bei einer Reality-Show hängen, in der ehrgeizige Eltern ohne Rücksicht auf Verluste versuchten, ihre kostbaren Kinder in einem Tanzkurs oder so etwas Ähnlichem unterzubringen.

Plötzlich war ich dabei, Kurt zu helfen, in die Show zu kommen. Aber da stimmte etwas nicht: Er sang nicht. Dann sah ich den Schläger in seiner Hand und wie er mit ihm auf einen Mann unter den Zuschauern losging. Ich rannte auf ihn zu, um ihn zu stoppen, bis ich merkte, wen er da schlug: Lonnie Vandever. Ich fing an, zu schreien: »Fester, Kurt, schlag ihn, fester!« Dann wachte ich schweißgebadet auf.

Ich schaltete den Fernseher aus und ging in den Flur. Ich schaute kurz in Carolines Zimmer. Sie lag in dem unteren der Stockbetten, die Zudecken ein dickes Knäuel in der Mitte des Betts. Über den rechten Bettrand hing ihr einer Fuß, ihr Kopf war gegen die Wand links gedrückt; sie wälzte sich immer hin und her, wenn sie schlief. Ich schloss die Tür wieder und ging hinunter ins Erdgeschoss, wo ich die Tür zu Kurts Zimmer öffnete. Sofort kamen hundert bange Gedanken und Bilder, dass ich mich umdrehte und zu der gegenüberliegenden Tür ging, die in Nicks Zimmer führte. Einen langen Augenblick zögerte ich, dann drückte ich die Klinke und ging hinein.

Ich hatte die Bilder von Chris Marshall längst wieder vergessen, aber da war sie, die Tasche; wie ein alter Freund lag sie auf dem Kissen meines Sohnes. Ich nahm sie an mich und ging zurück in mein Zimmer im Obergeschoss. Ich schlüpfte unter die Decken und zog die Tasche vorsichtig auseinander. Drinnen schien vielleicht ein Dutzend Fotos zu sein.

Ich zog sie alle heraus, legte sie in einem säuberlichen Stapel neben mich, wo früher Ricks Seite gewesen war, holte tief Luft und betrachtete das erste Foto. Es zeigte Nick, Chris und ein halbes Dutzend gleichaltrige Studenten, die sich rot die Buchstaben »USC« auf die Wangen gemalt hatten; im Hintergrund sah man die Zuschauerränge des Kolosseums. Sie reckten ihre Fäuste jubelnd hoch; dieses Footballmatch schienen die Trojans gewonnen zu haben.

Die nächsten Fotos zeigten die Jungen im Studentenwohnheim, bei weiteren Footballspielen und beim Herumalbern. Dann kam das Bild, das mir den Atem verschlug.

Es zeigte Nick, wie er an einer Straßenecke stand. Sein einer Finger zeigte auf die Straße hinter ihm. Das französische Äußere der Gebäude zeigte, dass dieses Bild in New Orleans aufgenommen sein musste. Ich schaute die Straße entlang, in der Richtung, in die Nick zeigte. War einer der Leute da hinten Nicks Mörder?

Sein Name war Lonnie Vandever. Als ich ihn sah, in den langen Wochen des Prozesses, war er kurzgeschoren und glattrasiert gewesen. Aber das war nicht der Mann gewesen, den Nick gesehen hatte. Ich suchte das Foto nach dem schwarzen Haar und struppigen Bart ab, die ich auf dem Polizeifoto und dann in so vielen meiner Alpträume gesehen hatte, lange vor meinem Traum von vorhin, als plötzlich Kurt mit dem Baseballschläger da gewesen war. Nein, es waren im Hintergrund des Fotos keine Gesichter auszumachen. Und der Überfall war ja in einem Hinterhof passiert, weit weg von der feiernden Menge. Lonnie Vandever war woanders gewesen, als sie dieses Foto machten.

Ein anderes Bild zeigte Mardi-Gras-Feiernde auf der Straße. Ihre Augen und Wangen sahen feuerrot aus, um den Hals trugen sie massenweise bunte Glasperlenketten. Dies waren die Menschen, die mein Sohn hatte erreichen wollen. Wegen ihnen war er tot. Ich wünschte mir, die Leute auf diesem Foto aufspüren zu können, damit ich sie fragen konnte, ob sie wussten, was andere wegen ihnen erlitten hatten. Ich wollte sie fragen, ob sie ein Leben führten, das des Opfers, das diese anderen für sie gebracht hatten, würdig war. Irgendetwas in mir wurde unruhig bei diesem Gedanken. Ich klang geradeso wie ein Prediger, der über Jesus redete und wie wichtig es ist, dass wir ein Leben führen, dass des Opfers, das er für uns brachte, würdig ist. Heute Abend hatte ich mehr als je zuvor das Gefühl, dass ich es bei Weitem nicht schaffte.

17

»Also wirklich, Mädchen, du scheinst ja noch kaltblütiger zu sein als ich.«

Einen Augenblick lang erstarrte ich. Lacey konnte es nicht wissen! Dann, noch verwirrter, schaute ich auf die kurzärmelige Bluse hinunter, die ich trug, dann wieder hoch zu Lacey. »Hä?«

»Na, gestern waren es draußen mindestens 20 Grad, und dein Schornstein hat geraucht wie ein Weltmeister. Hast wohl Kältewallungen gehabt statt Hitzewallungen, oder?«

Der Rauch! Wie hatte ich das nur vergessen können? Wer von den Nachbarn war gestern Morgen zu Hause gewesen und hatte den Rauch gesehen? Vielleicht Margaret, die gegenüber wohnte? Oder die Holts?

Lacey beugte sich über den Tisch und drückte meine Hand. »Wenn ich dein Gesicht sehe, brauche ich nicht lange zu überlegen, was da so gequalmt hat.« Sie schnaubte. »Wenn ich das vorher gewusst hätte, wäre ich nach draußen spaziert und hätte tief eingeatmet und gewartet, ob ich high werde.«

»Das wärst du nicht geworden, Lacey.« Ich lachte, obwohl mir nicht nach Lachen zumute war. Dann schüttelte ich den Kopf, und ehe ich es mich versah, heulte ich los. Ade, Tapferkeit. »Wie konnte ich nur so dumm sein?«

»Soviel ich weiß, ist es nicht verboten, ein Feuer in seinem Kamin zu machen.«

»Gut, aber gestern war so etwas wirklich nicht nötig.« Meine größte Angst sagte ich vorsichtshalber nicht laut. Was, wenn gestern Kommissar Thompson vorbeigekommen war? Lacey schien zu denken, dass ich da Drogen verbrannt hatte, und ich ließ sie wohl besser in diesem Glauben.

»Eigentlich bin ich mordsstolz auf dich.«

»Stolz auf mich? Warum das?«

»Na, die meisten hätten das Zeug in die Toilette gekippt. Aber wollen wir das wirklich im Meerwasser haben? Oder im Grundwasser? Da war dein Feuer absolut die bessere Methode.«

Ein Bild zuckte durch meinen Kopf. Ich sah mich selbst, wie ich versuchte, einen Baseballschläger in die Toilette zu spülen. Fast musste ich lachen. Aber nur fast.

»Du hast also vor, Caroline diesen Sommer zu Monte und Jodi zu schicken.« Es war das Erste, was Rick sagte, als er am Mittwoch kam, um Caroline abzuholen, und es war ohne Wenn und Aber eine Anschuldigung.

Ich war immer noch nervös von dem Feuer am Montag und hatte weder die Kraft noch den Wunsch, mein Schwert zu ziehen und ein Duell mit meinem Mann auszufechten. »Ach, Rick, du weißt doch, dass das nicht stimmt.«

»So? Weiß ich das? Ich weiß nur das, was meine Tochter mir erzählt. *Du* hast es mit keiner Silbe erwähnt.«

»Ich habe es nicht erwähnt, weil es nicht wahr ist.«

»Lügt Caroline mich dann also an? Sollen wir sie eben rufen, damit sie sich entschuldigt?«

Der Mann konnte einen auf die Palme bringen! Ich dachte an unsere Flitterwochen zurück und fragte mich zum x-ten Mal, was damals in mich gefahren war, dass ich ihn geheiratet hatte. »Sie hat Kurt und Monte beim Ausschneiden der Bäume geholfen. Da hat Monte im Spaß gesagt, dass er sie einstellen wollte. Das hat sie wörtlich genommen und war ganz aus dem Häuschen, wie sie das öfters ist. Ich habe ihr schließlich gesagt, dass wir vielleicht in den Sommerferien für ein paar Tage hinfahren werden und dass sie dann wieder helfen kann.«

»Dann fährt sie also doch hin.«

»Nur ein paar Tage, zusammen mit ihrer Mutter, um ihre Tante und ihren Onkel zu besuchen. Was ist denn da dabei?«

»Das will ich dir sagen. Wenn Monte Nick damals nicht so manipuliert hätte, wäre Nick nach wie vor unter den Lebenden. Jetzt bearbeitet er auch Kurt, was ich sofort verbieten würde. Aber Kurt ist einundzwanzig, sodass ich nichts machen kann. Aber Caroline ist erst zehn. Dass du's von vornherein weißt: Ich werde nicht zulassen, dass Monte und Jodi das Kind in ihre Finger bekommen.«

»Rick, Monte hat Nick nicht manipuliert. Genauso wenig wird er Kurt manipulieren. Wie kommst du nur auf so eine Idee?«

»Dass Nick mitten in der größten Party der Welt nach New Orleans gefahren und unbewaffnet durch Straßen gegangen ist, in die die meisten Polizisten nicht freiwillig gehen, liegt doch nur an Montes Jesus-Gefasele. Wenn du's unbedingt wissen willst: Ich habe eine Riesenangst, dass Kurt nach ein paar Monaten bei den beiden sich den Kopf kahlscheren und in irgendeinem Flughafen seine Mantras murmeln wird. Was, wenn Caroline in ein paar Jahren dasselbe macht? Ihr kann noch Schlimmeres passieren, als dass sie von irgendwelchen Verrückten totgeschlagen wird. Ich lasse es nicht zu, dass sie sich da oben in diese Gefahr begibt.«

»Nicks Entscheidung, nach New Orleans zu fahren, hatte nichts mit Monte zu tun. Das weißt du genau. Es war seine eigene Idee – seine und die seiner Freunde. Es waren seine Freunde an der University of Southern California, die ihn dazu überredet haben. Du warst damals derjenige, der darauf bestanden hat, dass er auf eine große säkulare Uni ging und nicht auf das kleine christliche College, wo er eigentlich hin wollte. Du wolltest, dass er mehr von der Welt mitbekam.«

»Aber angefangen hat es woanders. Ich habe keine Probleme damit, dass du die Kinder mit zum Gottesdienst nimmst, die Jugend muss Anstand und Sitte lernen. Aber es gibt Grenzen, und ich finde, es ist Zeit, dass wir für Caroline gewisse Regeln festlegen. Vielleicht sollte *ich* sie von Sonntag bis Mittwoch nehmen, dann können wir die Sache mit der Gemeinde zu den Akten legen und haben ein Problem weniger.«

Ich schloss meine Augen. Ich wusste nicht, ob ich eher wütend oder traurig war. Ich wusste, dass Rick nie der perfekte Kirchenehemann sein würde. Aber diese Verachtung in seiner Stimme bei dem, was mir so wichtig war … Und was Nick wichtig gewesen war. So ruhig wie möglich erwiderte ich: »Du scheinst vergessen zu haben, Rick, dass ich will, dass Caroline in dem christlichen Zuhause bleibt, wo sie aufgewachsen ist. Als sie geboren wurde, kamen wir beide überein, dass sie christlich erzogen würde.«

»Damals habe ich noch nicht gewusst, wie abartig die ganze Sache werden würde. Ich wusste nicht, was für ein Verrückter Nick werden würde. Das musst selbst du zugeben. Sein Fanatismus hat ihn das Leben gekostet. Ich finde wirklich, wir sollten uns einig sein, dass wir Caroline das ersparen wollen.«

»Nicht sein Glaube hat Nick das Leben gekostet. Der Mörder war ein Mann auf der Straße, der nur an seine Sucht glaubte. Wenn der eine christliche Erziehung gehabt hätte, würde unser Sohn heute noch leben.«

»Das Argument kann ich dir sofort widerlegen. Hast du Kurt nicht auch christlich erzogen? Und was hat ihm das genützt?« Seine Stimme triefte von dem gleichen Sarkasmus, der sein Gesicht verdunkelte.

Es war nicht das erste Mal, dass er mich so anging, aber die Worte hatten ihre Schärfe nicht verloren. Ich hörte, wie meine Stimme lauter wurde. »Okay, es gibt keine Garantie, dass einem die Erziehung seines Kindes gelingt. Aber für Kurts Probleme war derselbe Junge verantwortlich, der Nick umbrachte. Davor ging es Kurt gut. Und …« Ich sah ihn fest an und zog meine Trumpfkarte. »Und sei doch mal ehrlich: Es war nicht zuletzt Kurts Glaube, der ihn uns zurückgebracht hat.«

»Behauptest du. Ich traf mich gestern mit Bruce Thompson zum Mittagessen. Der sagte mir, dass Kurt am Tag nach dem Mord an Rudy Prince in der Reha auftauchte. Da ist doch etwas oberfaul, meinst du nicht auch? Als ob er ein Alibi gesucht hat.«

»Du hast mit Kommissar Thompson zu Mittag gegessen?« Mein Magen schrie *Verrat!*

»So ist es. Bruce und ich haben uns schon ein paarmal getroffen. Er ist ganz nett. Ich weiß nicht, warum du so eine Angst davor hast, mit ihm zu reden. Jemand mit deinem Glauben müsste doch ein ganz besonderes Interesse daran haben, herauszufinden, was für eine Rolle unser Sohn beim Tod von Rudy Prince gespielt hat.«

»Ich weiß, dass er keine Rolle gespielt hat!« Ich stand auf. »Wenn du kein gutes Wort über deinen Sohn zu sagen hast, der sein Leben geradeso wunderbar wieder auf die Reihe bekommt, dann verlasse mein Haus.«

Er lehnte sich auf seinem Stuhl zurück und grinste. »Dies ist nicht nur dein Haus, sondern auch meins, falls du das vergessen hast. So wie Kurt genauso mein Sohn ist wie deiner. Ich behaupte ja nicht, dass er etwas mit diesem Mord zu tun hatte. Aber wenn er etwas damit zu tun hatte oder wenn er etwas weiß, dann muss er ein Mann sein und die Konsequenzen tragen. Das war ja das Problem bei unseren beiden Jungs. Sie haben so viel Zeit bei dir verbracht, dass sie nie richtig begriffen haben, was es heißt, ein Mann zu sein.«

Ich hatte Lust, ihm Kontra zu geben. Wer hatte den Jungen denn Wasserskifahren geboten und die Hütte am San Antonio-See? *Er* war immer derjenige gewesen, der den Jungen jeden Wunsch erfüllen und jedes Spielzeug kaufen wollte; *er* hatte die Überstunden gemacht, um das Geld dafür zu verdienen, und dann keine Zeit für die Familie gehabt. Ich sagte schließlich: »Also zu mir haben sie nie gesagt: ›Hoffentlich muss Papa nächstes Wochenende wieder arbeiten, damit wir bei dir sein und Weicheier werden können, Mama.‹«

»Du hast die Früchte meiner Arbeit geradeso genossen wie ich. Die Badeurlaube, die schönen Kleider, den Geländewagen, den wir bar bezahlt haben …«

»Das habe ich alles nie verlangt.«

»Aber dich zwingen, es anzunehmen, musste ich auch nicht.«

»Diese Dinge waren mein ›Trostpreis‹ dafür, dass ich einen Mann hatte, dem die Meinung seines Chefs wichtiger war als die seiner Frau

– oder seiner Kinder.« Ich funkelte ihn an, ließ meine Wut durch meine Augen hinaus.

»Mach keine Dummheiten. Ich möchte nicht, dass das hässlich endet.« Er stand auf und rief: »Caroline! Wir müssen fahren!« Er drehte sich um und ging zur Haustür hinaus.

Noch lange, nachdem er weg war, musste ich über seine Worte nachdenken. Unser Gespräch war schon viel früher hässlich geworden. Er hatte etwas anderes gemeint.

18

Als ich am nächsten Morgen zur Arbeit erschien, saß Kommissar Thompson im Gemeindesekretariat. Wenn Jana nicht auch dort gewesen wäre, hätte ich ihn ohne Umschweife aufgefordert, zu gehen. Jetzt musste ich etwas höflicher sein, aber er sollte trotzdem wissen, was ich von seinem Besuch hielt.

»Was machen Sie denn hier?«

Jana schaute kurz von ihrem Schreibtisch hoch, die Stirn ungläubig gerunzelt. Die Arme hatte ja keine Ahnung, wie es geklungen hätte, wenn ich wirklich das sagte, was mir auf der Zunge lag.

»Ich habe einen Termin mit Pastor Maddox.« Er schaute mich an und grinste. »Ich habe eine Frage über ein paar Bibelstellen, die ich gelesen hab. Ich habe gehört, dass dies eine bibelfeste Gemeinde ist. Da habe ich mir gedacht: Wenn einer mir helfen kann, dann er.«

Ich verschränkte meine Arme und schaute zu ihm hinunter. »So? Und was für Bibelstellen sind das?«

Er zog ein Blatt Papier aus der Tasche und faltete es auseinander. »Also, die Stelle, die mich in der letzten Zeit am meisten beschäftigt, ist aus den Sprüchen Salomos: ›Ein aufrichtiger Zeuge lügt nicht; ein falscher Zeuge aber sagt die Unwahrheit.‹ Ich habe lange über diesen Vers nachgedacht und frage mich, ob ein falscher Zeuge nicht vielleicht auch jemand sein kann, der die Wahrheit kennt, aber sie verschweigt. Was meinen Sie dazu?«

Ein unvoreingenommener Beobachter mochte den Eindruck haben, dass er mich interessiert, aber neutral ansah und eben meine Meinung hören wollte. Mich konnte er natürlich nicht zum Narren halten. Was ich nicht wusste, war, ob dies ein Versuchsballon war oder ob er wirklich etwas wusste. Vielleicht hatte er doch den Rauch aus meinem Schornstein gesehen. Jana schaute wieder hoch, sichtlich gefesselt von unserem Gespräch.

Ich holte meine Post aus meinem Fach und zuckte die Achseln. »Da sollten Sie tatsächlich Pastor Maddox fragen. Er ist der Theologe, nicht ich.«

»Aber Sie müssen doch eine Meinung haben. Also: Was denken Sie?«

»Ich schätze mal, dass das auf die Umstände ankommt. Soviel ich weiß, gibt es in den Kapiteln um diesen Vers herum auch ein paar Sätze über falsche Zeugen, die sich etwas aus der Nase ziehen, weil ihnen das in den Kram passt. Die zum Beispiel in der Öffentlichkeit als die großen Meisterdetektive dastehen möchten und dann die Leute dazu bringen, Dinge zu sagen, die eigentlich überhaupt nicht stimmen. Aber wie gesagt, da sollten Sie Pastor Maddox fragen.«

Die Tür zu Kens Büro ging auf, und Ken kam heraus, um seinen nächsten Besucher zu begrüßen. Kommissar Thompson lächelte mich an. »Vielleicht mache ich das, ja.« Er schüttelte die Hand des Pastors, und die beiden verschwanden in dessen Büro.

Als Caroline am Montag nach der Schule heimkam, erkannte ich sofort an ihren hängenden Schultern, dass es ein schwerer Tag gewesen war. Sie war eine von den Sensiblen, und Tage wie diesen gab es öfters. Aber ich stellte mich bewusst dumm; vielleicht konnte ich auf die Art mehr erfahren. »Hallo, Schätzchen, wie war dein Tag?«

»Gut.« Sie hing ihren Schulranzen an seinen Haken und ging in die Küche, um sich ihr Eis für den Tag aus dem Kühlschrank zu holen. Gewöhnlich verlief die Szene um einiges temperamentvoller. Etwas stimmte nicht.

Ich folgte ihr in die Küche und schaute zu, wie sie sich eine große Portion Schokoladeneis in die Schale tat. »Ist alles okay?«

Sie setzte sich, meine Frage zunächst ignorierend, an den Tisch und nahm den ersten Löffel Eis. Dann sah sie mich an. »Was ist ›Sorgerecht‹?« Sie nahm den nächsten Löffel, ohne ihren Blick von mir zu wenden.

Ich setzte mich neben sie. »War Susie heute traurig?« Mir war klar gewesen, dass die hässliche Scheidung der Whitakers früher oder später Susie erreichen würde und durch sie Carolines Freunde in der Schule. Ich legte mir die Worte sorgfältig zurecht, bevor ich antwortete. Ich wollte, dass meine Antwort ehrlich, aber auch taktvoll war. Wie sie morgen in der Pause auf dem Schulhof klingen würde, wusste man natürlich nie. »Also, ›Sorgerecht‹ bedeutet, dass man über jemand oder etwas bestimmen kann. Du hast zum Beispiel das Sorgerecht für unseren Kater Boots. Er wohnt bei dir, und du sorgst dafür, dass er zu fressen hat und es ihm gut geht.«

Caroline nickte und schaute zu dem Fressnapf der Katze hin, der leer in einer Ecke stand. »Ja, so ähnlich habe ich das auch gedacht.« Sie starrte weiter den Fressnapf an, ihre Augen waren traurig.

Dann hatte ich etwas, das mir wie ein Geistesblitz vorkam, und ich fuhr fort: »Das heißt nicht, dass nicht auch andere Menschen Boots besuchen und ihn liebhaben können. Es heißt einfach, dass er bei dir bleibt und dass du für ihn sorgst. Wenn also Susies Mutter das Sorgerecht für sie bekommt, heißt das nicht, dass ihr Papa sie nicht mehr liebhat oder dass sie ihn nicht liebhaben kann. Es bedeutet einfach, dass sie bei ihrer Mama wohnt und nicht bei ihrem Papa.«

Bevor ich damit fertig war, mir anerkennend auf meine innere Schulter zu klopfen, ließ Caroline ihren Löffel in die Schale fallen und warf sich auf meinen Schoß, sodass das Schokoladeneis auf ihrem Gesicht meine Bluse verschmierte, aber manchmal ist so etwas egal. »Dann hast du mich also immer noch lieb, selbst wenn Papa das Sorgerecht für mich bekommt?«

Die Frage ließ mich fast vom Stuhl fallen. »Caroline, wie kommst du denn auf so etwas? Papa und ich wohnen nur eine Weile getrennt. Wir lassen uns nicht scheiden wie Susies Eltern. Wir haben weiter beide das Sorgerecht für dich.«

»Ja, aber ich habe gehört, wie Papa am Telefon zu jemand gesagt hat, dass er vielleicht das volle Sorgerecht für mich bekommen muss, damit mir nicht dasselbe passiert wie Kurt. Das klang so, als ob ich dich vielleicht nie wieder sehen würde.«

»Das stimmt doch nicht, Schatz.« Ich küsste sie auf ihren Haarschopf, halb benommen von der Neuigkeit. Sorgerecht? Volles Sorgerecht?

Ich konnte es nicht glauben, dass Rick an so etwas auch nur denken konnte, geschweige denn, es aussprechen. Aber wie hatte er noch gesagt? *Ich möchte nicht, dass das hässlich endet.* Ich merkte plötzlich, dass ich ja gar keinen Schimmer hatte, was alles noch kommen konnte. Plötzlich war ich dankbar, dass ich die E-Mail an Dennis Mahan, dass ich das Buch doch nicht schreiben wollte, noch nicht abgeschickt hatte. Wenn er bereit war, es zu bringen, könnte ich das Geld vielleicht noch gut gebrauchen.

19

»Hey, Mama, wie geht's?«

Ich traute meinen Augen nicht. Vor meiner Haustür stand mein Sohn. »Kurt!« Ich umarmte ihn und drückte ihn fest. Jede Faser in mir genoss diesen unerwarteten Besuch – bis ich mich fragte, warum er so plötzlich gekommen war. »Ist etwas passiert?« Ich schnupperte verstohlen. Hatte er eine Fahne, roch er nach Rauch? Aber nur der Duft des Jasmins, der an meiner Garage hochkletterte, kam in meine Nase. Ich musterte sein Gesicht, ob ich vielleicht dort … Aber nein, seine Augen sahen hell und klar aus.

Er hob mich hoch und wirbelte mich im Kreis herum. »Mach dir nicht so viel Sorgen, Mama. Es ist alles okay.« Sein Lachen klang so hell wie das von Kindern, die an einem warmen Sommertag am Strand spielen. »Monte hat mir einen Tag frei gegeben, und da hab ich gedacht, ich fahre mal runter und sehe, was du so machst. Wo ist der Rest vom Clan?«

Jetzt wäre der richtige Zeitpunkt gewesen, ihm von meiner Trennung von Rick zu erzählen, aber ich wollte den schönen Augenblick nicht ruinieren. Also gut, später. »Dein Vater und Caroline sind fort. Ich schätze, sie kommen kurz nach vier wieder.«

Er nickte. »Das ist hart. Ich bräuchte mal eine Dosis Caroline. So anhänglich wie das Mädchen ist keiner.«

Ich musste wieder daran denken, wie sie versucht hatte, zu essen, während sie ihn umklammert hielt, und lachte. »Das sagst du jetzt, aber wenn du lange genug hierbleibst, wirst du entweder deine Meinung ändern oder ihr verhungert beide.«

»Apropos Hunger: Wie wär's mit einem kleinen Mutter-und-Sohn-Imbiss? Was sagst du dazu?« Er legte seinen Arm um meine Schulter und führte mich in das Haus, als sei er nie fort gewesen.

Ich grinste zu ihm hoch, den Augenblick genießend. »An was für einen Imbiss hattest du gedacht?«

»Setz dich, ich schau mal eben nach.« Er setzte mich am Küchentisch ab, öffnete die Kühlschranktür und steckte seinen Kopf hinein. »Mann, da ist ja fast nichts drin! Ist bei euch eine Hungersnot ausgebrochen?«

Jetzt musste ich wohl beichten. »Zurzeit kaufe ich nur für eineinhalb Personen ein.«

»Hä?« Er schloss den Kühlschrank wieder, in der Hand einen Cheddar-Käse, und setzte sich neben mich an den Tisch. »Was ist los bei euch?«

»Dein Vater und ich leben seit zwei Monaten getrennt.«

Er lümmelte sich so auf seinem Stuhl, dass ich ihm vor ein paar Jahren eine Predigt über richtige Haltung gehalten hätte. Aber irgendwie war das jetzt nicht mehr so wichtig. »Aber …«, sagte er, »bei dem Abendessen kürzlich. Da war er doch da, da waren alle da.«

Ich legte eine Hand auf seine herabhängende Schulter. »Natürlich waren alle da. Wir wollten dich ja alle sehen. Dein Vater kommt immer noch jeden Mittwoch zum Abendessen, wenn er Caroline holt. Manchmal bleibt er auch am Samstag zum Essen, wenn er sie wieder abgeliefert hat. Bestimmt macht er das auch heute Abend, wenn er sieht, dass du da bist.«

»Wollt ihr euch scheiden lassen?«

Noch vor ein paar Tagen hätte ich wie aus der Pistole geschossen mit »Nein« geantwortet. Seit Caroline mir das mit Rick und dem Sorgerecht erzählt hatte, war ich nicht mehr so sicher. Aber das wollte ich nicht laut zugeben. »Wir haben etwas Abstand voneinander gebraucht. Die letzten Jahre waren nicht einfach.«

»Ja, sicher. Der eine Sohn tot und der andere in der Gosse.« Er schüttelte langsam den Kopf. »Das ist alles meine Schuld. Alles.«

Ich hörte wieder diese Traurigkeit in seiner Stimme, diese Mischung aus Erschöpfung und Frust, die in den Wochen nach Nicks Tod an seinen Worten geklebt hatte. Daraus konnte nichts Gutes kommen. Ich musste ihn aus diesem Loch herausholen!

»Kurt. Schau mich an. Erinnerst du dich noch, wie dein Vater war, bevor du aus dem Haus gegangen bist?«

Er sah mich an. Die Veränderung in meinem Tonfall schien ihn zu überraschen. Dann fingen wir beide an zu lachen. Rick war immer schon leicht hochgegangen, schon lange vor der Katastrophe, aber er hatte auch ein großes Herz gehabt. Erst später, als der Schmerz immer größer wurde und nicht mehr weggehen wollte, schienen seine Wuteruptionen so viel Lava über sein gutes Herz zu schütten, dass man es fast nicht mehr sehen konnte.

»Wir werden das schon schaffen, da bin ich mir ganz sicher.«

»Geht ihr in eine Eheberatung oder so?«

Ich sah ihn an und lächelte. »Du erinnerst dich wirklich nicht an deinen Vater, wie?«

»Ach so … Er hat nie an Seelenklempner geglaubt, wie?« Er drehte den Käse in seinen Händen.

Was wahr ist, musste wahr bleiben. Es gab keinen Grund, das zu leugnen. »Nicht besonders.«

»Er ist bestimmt hochgegangen, als er hörte, dass ich in Reha war, oder? Da ist man ja die meiste Zeit in Psychotherapie. Da hat er bestimmt gemosert.«

»Also, vielleicht bist gerade du derjenige, der ihm helfen kann, bestimmte Dinge anders zu sehen. Vor allem jetzt, wenn er sieht, wie dein Leben sich verändert hat. Kann gut sein, dass du derjenige bist, der uns hilft, die Kurve zu bekommen und unsere Ehe zu retten.«

Er nickte, etwas geistesabwesend. Dachte er gerade an Drogendealer und Baseballschläger? Ich wusste, dass ich noch verrückt werden würde, wenn ich diesen Gedanken nicht sofort abwürgte. »Wie wär's mit ein paar Kräckern zu dem Käse?«

»Wie …? O ja, das klingt gut.«

Ich ging in die Speisekammer und holte die Dose mit den Salzkräckern und zwei Dosen Vanillelimonade. »Für die Limo werden wir wohl Eiswürfel brauchen. Wenn ich gewusst hätte, dass du kommst, hätte ich ein paar Dosen im Kühlschrank gehabt.«

»Lass mich das machen.« Er stand auf, ging an den Kühlschrank, tat Eiswürfel in zwei Gläser und goss die Limonade darüber. Er hielt sein Glas hoch. »Auf den Neuanfang.«

Wir stießen an, und unsere Blicke trafen sich. Ich sah ihn fest an und sagte: »Auf uns alle.«

»Kurt, was machst du denn hier?« Ricks Frage klang vorwurfsvoller, als er sie hoffentlich gemeint hatte.

Kurt lachte. »Schön, dich zu sehen, Papa.«

Wurden Ricks Wangen da eine Spur rot? Er trat tatsächlich näher und gab Kurt so etwas wie eine steife Umarmung. »Hab's nicht so gemeint gerade.«

»Schon klar.« Kurt erwiderte die Umarmung und sagte: »Ich hoffe, du bleibst zum Abendessen.«

Ich spürte, wie jede Faser in mir hoffte, dass mein Mann nicht zum Essen bleiben würde. Ich wusste, dass das falsch und unchristlich war. Aber wenn ich Rick um mich hatte, würde das die Spannung nur erhöhen, und es hatte in diesem Haus in der letzten Zeit mehr als genug Spannungen gegeben. Aber ich sah ihn an und nickte. »Es ist genug da.«

»Ja, doch, ich glaube, schon.«

»Ja, Papa!« Caroline, die sich stumm um Kurts Bein gewickelt hatte, machte sich einen Augenblick wieder frei, um begeistert hüpfen zu können. »Ich hab's gewusst, ich hab's gewusst!«

»Was hast du gewusst, Kleine?« Kurt stieß sie gutmütig in die Seite.

»Jetzt, wo du gesund bist, werden wir wieder eine große, glückliche Familie!«

Ich schaute Rick an, dachte an seine Sorgerechtgespräche und merkte, dass auch ich das gehofft hatte, was Caroline hoffte. Egal, wie verfahren die Lage gewesen war: Ich hatte immer gehofft und geglaubt, dass wir es irgendwann schaffen würden. Aber jetzt, wenn eigentlich alles gut werden müsste, schien es in Wirklichkeit noch mehr abwärts zu gehen. Vielleicht musste ich mich damit abfinden, dass es Dinge gab, die zu kaputt waren, um sie zu reparieren.

Das Abendessen brachte keine Antworten auf diese Frage, und ein paar Stunden später ging ich mit Kurt nach draußen zu seinem Auto.

»Willst du wirklich nicht über Nacht hierbleiben?«, fragte ich. »Dann könntest du morgen früh mit uns in den Gottesdienst gehen. In der Gemeinde sind jede Menge Leute, die sich freuen würden, dich wiederzusehen. Mr. Wall, dein alter Sonntagsschullehrer, und Mrs. Marston, die Leiterin des Kinderchors, fragen ständig nach dir, und viele andere auch.«

»Hmm. Ich glaube, so weit bin ich noch nicht. Die wissen ja alle ziemlich gut, was ich die letzten Jahre so gemacht habe. Das wäre mir ein bisschen peinlich.«

Ich strich ihm über die Wange. Sie fühlte sich eine kitzlige Spur stoppelig an. »Das muss es dir nicht sein. In der Gemeinde wissen doch alle, dass sie allein durch Gottes Gnade gerettet sind, der ihnen ihre Sünden vergeben hat. Mag sein, dass deine Sünden äußerlich etwas auffälliger waren als die mancher anderer. Aber Sünde ist Sünde.« Wie ich sie brauchte, diese Worte. Ja, ich selbst. Wahrscheinlich mehr als Kurt.

»Ja, das sagt Onkel Monte auch. Und in Gottes Augen stimmt das ja vielleicht. Aber ich bin mir nicht so sicher, dass die lieben Leute im Gottesdienst das alle auch so sehen. Ehrlich gesagt, fällt es mir immer noch ein bisschen schwer, zu akzeptieren, dass Gott mir alles vergeben kann. Du weißt ja gar nicht alles, Mama.« Er schaute die Einfahrt entlang, in die Richtung, wo die Innenstadt lag. Dachte er gerade an Rudy Prince?

Gott konnte alles vergeben, das wusste ich. Gott wollte, dass mein Sohn ein vollwertiges Leben hatte – das Leben, das er die ganze Zeit hatte führen wollen. »Gott hat deine Sünden so weit von dir entfernt, wie der Osten vom Westen ist, vergiss das nie.« Ich umarmte ihn.

»Vielleicht bleibe ich nächstes Mal.«

Er öffnete die Tür des alten Datsun, den er sich irgendwann zugelegt hatte. Was war wohl aus dem blauen Sportwagen geworden, den er früher besessen hatte? Er hatte jahrelang gespart, und an seinem 16. Geburtstag war er zu dem Gebrauchtwagenhändler gegangen und hatte das Auto seiner Träume gefunden – nun ja, das Traumauto in der Kategorie unter 10 000 Dollar. War es ihm gestohlen worden? Bei einem Unfall zerstört? Hatte er es verkauft, um Drogenschulden zu bezahlen?

Es tat mir weh, daran zu denken, was mein Sohn alles erlebt haben mochte, aber ich war entschlossen, jetzt das Positive zu sehen. Ich legte meine Hand auf einen großen Rostfleck. »Eins muss man deinem Auto lassen: Die rote Farbe und die Rostblume hier passen gut zusammen.«

Er lachte. »Rostblume klingt so viel netter als die Wirklichkeit.« Er setzte sich auf den Fahrersitz, schloss aber noch nicht die Tür. »Mama, ich wollte dich noch etwas fragen, aber das ist mir ein bisschen peinlich.«

Würde er mich jetzt fragen, ob ich unter seinen Sachen einen Baseballschläger gefunden hatte? Würde ich das genauso leicht überspielen können wie das letzte Mal, als er mich fragte, ob das in den Kisten alles gewesen war? Jetzt nur schön ruhig und gelassen bleiben … »Du weißt doch, dass du mich alles fragen kannst. Dazu sind Mütter da.«

»Na ja, du hast dein Soll an mütterlicher Hilfe ja schon mehr als erfüllt. Es ist nur so … ich würde etwas Geld brauchen. Als du gesagt hast, dass du und Papa getrennt lebt, habe ich mir eigentlich vorgenommen, nicht zu betteln. Aber jetzt tue ich alter Egoist es doch.«

»Wie viel brauchst du?« Ich musterte sein Auto, und es dämmerte mir: Egal, ob und wie viel Monte ihm bezahlte, brauchte er wahrscheinlich etwas mehr, um wieder richtig auf die Füße zu kommen.

»So zweitausend.«

Tausend? *Zweitausend?* Ich hatte höchstens ein paar Hundert erwartet. Er starrte auf das Lenkrad, als ob er es nicht fertigbrachte, mich anzusehen. Ich merkte, was für eine Überwindung ihn das hier kostete. Logischerweise müsste ich ihn als Nächstes fragen, wofür er das Geld brauchte. Welche Mutter gab einem Sohn, der noch vor wenigen Monaten drogensüchtig gewesen war, einfach so zweitausend Dollar? War ich schon wieder dabei, die Warnzeichen zu übersehen?

Nein. Damals war ich die Dumme gewesen, sicher. Aber der Kurt, der heute Abend mit uns gegessen hatte, war ein neuer Mensch. Ein Mensch, der jemanden brauchte, der ihm vertraute. Es durfte nicht sein, dass mein Sohn dachte, dass ich ihm nicht voll vertraute.

»So viel Geld habe ich nicht zu Hause. Aber bis zum nächsten Mal, wenn du kommst, kann ich es besorgen. Wie bald brauchst du das Geld?«

»So bald wie möglich. Vielleicht komme ich gleich nächsten Samstag wieder.«

»Ist alles okay bei dir?« Wenn er seiner besorgten Mutter sagen wollte, was er mit dem Geld machen wollte, hatte er jetzt die Gelegenheit.

Er nutzte sie nicht. »Alles okay. Ich brauche gerade ein bisschen Hilfe, das ist alles.«

Ein bisschen Hilfe? Würde diese Hilfe die Form von weißem Pulver annehmen, das mein Sohn schnupfte? Oder von kleinen Rauschgiftzigaretten? Oder von Spritzen, an die ich lieber nicht denken wollte? Ich glaubte von ganzem Herzen, dass dies nicht der Fall war. Aber wenn ich ihm vertrauen sollte, musste er auch mir vertrauen. Und sie rutschte heraus, meine Frage: »Kurt, was wirst du mit dem Geld machen?«

»Das ist nicht für Drogen, Mama.« Er ließ seine Hände leise auf das Armaturenbrett klatschen. »Ich wusste, dass du das jetzt denken würdest.«

»Nein, das denke ich nicht. Aber zweitausend Dollar sind viel Geld; da möchte man schon den Verwendungszweck wissen.«

»Ich habe noch Schulden bei der Rehaklinik, und demnächst muss ich ja diese Studiengebühren zahlen.« Er drehte sich zu mir und legte die Hände auf das Lenkrad. »Und mein fahrbarer Untersatz fährt auch nicht von alleine. Es kostet einfach, wieder auf die Füße zu kommen. Aber ich bin jetzt clean und ich bleibe clean.« Er zog an seinen Wimpern, wie er es schon als kleiner Junge gemacht hatte.

Die Scham schoss wie brühwarmes Wasser über mein Gesicht. Ich klang ja immer mehr wie Rick. »So habe ich das nicht gemeint.« Wir wussten beide, dass das nicht die ganze Wahrheit war. Aber ich glaube, Kurt begriff, dass ich es bedauerte, die Frage gestellt zu haben. »Ich kann dir das Geld bis nächsten Samstag besorgen.«

»Danke, Mama.«

Er fuhr weg, und ich sah hinter ihm her. In meinem Kopf hörte ich wieder Ricks Warnung: *Gib ihm kein Geld.* Jetzt würde ich ihm Geld geben, ziemlich viel sogar. Ich hoffte und betete nur, dass er mir die Wahrheit darüber gesagt hatte, was er damit machen würde.

Am Montagmorgen grübelte ich immer noch über Kurts Bitte nach. Ich konnte mindestens fünf Punkte aufzählen, die zeigten, dass er sich geändert hatte. Aber etwas in mir spürte, er verheimlichte mir etwas. Ich war ziemlich sicher, dass ich ihm das Geld geben würde, doch die Sache bereitete mir Magenschmerzen. Und das half mir überhaupt nicht bei meiner Arbeit. Denn Montag war der Tag, an dem die Journalistin der christlichen Zeitschrift für ihren Artikel über unsere Kirche kommen wollte.

»Halt still«, sagte Marsha. »Möchtest du auf deinem Foto perfekt aussehen oder nicht?«

Ich sah ihr Bild in dem Spiegel an. »Dafür gibt es auf der ganzen Welt nicht genug Make-up.«

»Unterschätze mich nicht.« Sie nahm mein Kinn zwischen ihre Fingerspitzen und drehte es nach links und rechts. »Deine linke Wange könnte eine Spur mehr Farbe brauchen.«

»Warum machst du da so eine Staatsaffäre draus?«

»Weil es eine ist. Eine Doppelseite im *American Christian,* komplett mit Fotos, ist keine Kleinigkeit. Und außerdem bist du die Einzige im Mitarbeiterteam, die echt hübsch ist. Wir müssen deine Qualitäten herausstreichen, dann stehen wir alle besser da.«

»Das stimmt doch überhaupt nicht. Carleigh ist schön, und Jana und Beth auch.«

»Carleigh ist ganz brauchbar für ein Outdoor-Magazin. Wenn sie sich mal um ihr Haar und Make-up kümmern würde, würde sie wesentlich besser aussehen. Und Jana und Beth, gut, die sind innerlich schön. Das ist ja das, was eigentlich zählt. Das Problem ist nur, dass ein Foto das nicht rüberbringt.« Marsha sagte das im sachlichsten Ton der Welt. Sie gab etwas dunkelbraunen Lidschatten auf ihren Pinsel. »Und jetzt mach die Augen zu und beweg dich nicht.«

Während ich gehorsam die Augen schloss, musste ich daran denken, was sie gerade über Beths und Janas innere Schönheit gesagt hatte. So etwas konnte man von mir nicht mehr sagen. Auch wenn ich das, was ich da gemacht hatte, irgendwie unter die Füße bekommen würde – die Asche des Louisville Slugger in der Mülltonne neben meinem Haus brannte ein gähnendes Loch in alles, was ich an innerer Schönheit besessen haben mochte. Da machte ich mir nichts vor.

20

»Hey, Mama. Weil heute Samstag ist, hat Onkel Monte eher Feierabend gemacht. Da habe ich gedacht, ich düse mal in ein paar Stunden vorbei, vielleicht so zum Abendessen. Wie wär's mit einer kleinen Mutter-Sohn-Runde?«

»Ich kann mir nichts Schöneres vorstellen.« Ich staunte immer noch jedes Mal, wenn ich die Stimme meines Sohnes hörte. So klar, fest und glücklich. Nach so vielen Jahren Nuscheln, Stottern und monotonem Elend hatte ich mich allmählich gefragt, ob ich jemals noch einmal die Stimme des ehemaligen Kurt hören würde. Doch, ich hatte es richtig gemacht an jenem Morgen vor meinem Kamin, das wurde mir mit jedem Tag deutlicher. »Aber Caroline ist schon hier, wir müssten es also als Mutter-Sohn-Tochter-Runde machen.«

»Noch besser.« Wie fröhlich seine Stimme klang. An wen oder was erinnerte sie mich nur?

»Ich komme dann so gegen vier. Ist das okay?«

»Absolut.«

Als ich aufgelegt hatte, schrieb ich, vor mich hinsummend, eine kleine Einkaufsliste. Spaghetti hatten bei Kurt und Caroline immer hoch im Kurs gestanden. Dazu Salat und Brötchen und als Nachtisch vielleicht Ananaskuchen. Ich hatte seit Jahren keinen mehr gebacken, aber Kurt mochte Ananaskuchen. Für Caroline, die alles hasste, was nicht nach Schokolade schmeckte, müsste ich eine Packung Eis besorgen.

Als ich im Auto saß und zum Supermarkt fuhr, erinnerte ich mich. Samstag. Er kam nicht nur, um einen Plausch mit seiner Mutter zu halten. Dies war der Tag, an dem er das Geld wollte.

Ich schaute auf meine Uhr. Die Banken hatten nur noch ein, zwei Stunden geöffnet. Sollte ich zuerst zur Bank fahren? Oder ihm vorflunkern, dass ich es nicht mehr geschafft hatte und die Bank schon geschlossen gewesen war? Ich grübelte und grübelte, aber es kam keine Antwort. »Gott, kannst du mir bitte sagen, was ich machen soll?«

Ich bin nie eine von denen gewesen, die die Stimme Gottes vom Himmel herab hören. Aber manchmal hatte ich nach so einem Gebet so eine Art inneres Kribbeln bekommen, das ich meistens als Gottes leise Stimme deutete, obwohl es manchmal vielleicht auch nur die Antwort war, die ich hören wollte. Wie dem auch sei, diesmal spürte ich – nichts. Auch nicht die kleinste Regung, weder in der einen noch in der anderen Richtung.

Bevor ich es mich versah, hielt ich vor der Bank an. Ich ging hinein. Die junge Blondine hinter dem Schalter hob die Augenbrauen, als sie den Barscheck sah, den ich ausgestellt hatte. Zweitausend Dollar in bar. »Können Sie sich ausweisen?« Der V-Ausschnitt ihrer rosa Bluse war etwas sehr tief für meinen Geschmack. An beiden Händen trug sie einen großen Cocktailring und künstliche Fingernägel aus weißem Kunststoff.

Ich reichte ihr meinen Führerschein. Sie studierte ihn sorgfältig und gab ihn mir zurück. »Zweitausend Dollar sind viel Geld.«

Ich verkniff mir, ihr zu erklären, dass das Geld für meinen Sohn war; das ging sie ja wohl nichts an. »Da haben Sie recht. Aber wenn Sie mich bitte entschuldigen, ich hab's etwas eilig.«

Sie zählte mir das Geld penibel hin. Mehrere Male unterbrach sie sich, um den knallorangefarbigen Ring an ihrer rechten Hand zurechtzuschieben. Alle paar hundert Dollar schaute sie zu mir hoch. Ich weiß nicht, was sie erwartete. Auf jeden Fall wohl, dass ich eine schuldbewusste Miene machte. Oder hoffte sie, gleich meinen Komplizen zu entdecken, worauf sie Alarm schlagen, den Scheckbetrug verhindern und eine Belohnung kassieren würde? Ich weiß es nicht, aber ich fühlte mich verunsichert. Da hob ich mein eigenes Geld bei meiner Hausbank ab, und diese Frau am Schalter hielt mich für eine Ganovin.

Wie oft würde jemand Kurt anschauen und ihn wegen seiner Vergangenheit in die falsche Schublade schieben? Gerade auch Leute wie Lehrer, Arbeitgeber oder Freunde, deren Urteil Gewicht hatte? Dieser

Gedanke allein war für mich schon Grund genug, ihm das Geld zu geben. Aber er würde es nicht sofort bekommen. Ich würde mir Zeit lassen, einfach um ganz sicherzugehen.

Caroline war schon zur Tür hinausgerannt und umklammerte das eine Bein ihres Bruders, bevor ich merkte, dass er in der Einfahrt stand. Ich lief die Eingangstreppe hinunter, zwei Stufen auf einmal, aber die Eile wäre nicht nötig gewesen. Ich musste wohl warten, bis ich an der Reihe war. »Kurt, Kurt, Kurt.« Sie drückte seine Beine und legte ihre Wange an seine Knie. »Ich freue mich ja so, dass du da bist.«

Er verlor fast das Gleichgewicht, als er sich zu ihr beugte, um die Umarmung zu erwidern. »Wie wär's, wenn du meine Beine loslässt und aufstehst, dann kann ich dich auch drücken.«

Sie drückte noch ein paar Sekunden weiter, als habe sie Angst, dass er sich in Luft auflösen würde, wenn sie losließ. Ich verstand vollkommen, wie ihr zumute war. Endlich richtete sie sich auf, und er hob sie hoch und drückte sie fest. »Mann«, sagte er, »seit wann bist du so groß? Früher konnte ich dich den ganzen Tag durch die Gegend tragen. Aber jetzt kommst du mir schwerer vor als die ganzen großen Baumäste, die ich für Onkel Monte durch die Gegend schleppe.«

»Das ist das gute Schokoladeneis.« Sie wickelte ihre Arme so fest um seinen Hals, dass ich Angst bekam, ihm würde die Luft wegbleiben.

Er quetschte ein Lachen hervor. »Eis?«

Sie bog sich zurück und lächelte ihn an. »Ja! Mama sagt zwar, das ist der Brokkoli, den sie mir immer auf den Teller legt, aber du und ich, wir wissen, wie es wirklich ist.«

Kurt lächelte über ihre Schulter zu mir hin. »Dann ist Mama also das Iss-dein-Gemüse-Monster, wie?«

Er beugte sich fast im rechten Winkel nach vorne, um Caroline abzusetzen, aber sie hielt sich fest, sodass sie wie ein Sack von seinem Hals herabhing. »So leicht wirst du mich nicht los.«

»Wenn du mich nicht loslässt, komme ich mit 'nem schiefen Rücken ins Krankenhaus.«

»Dann kann ich dich wenigstens jeden Tag besuchen.«

Kurt richtete sich wieder auf. Er schaute zu Caroline hinunter, dann zu mir, in seinen Augen glitzerte es nass. »Wenn du meine Gesundheit opfern willst, damit ich nicht weggehe, muss ich dich jetzt wohl die Stufen hoch ins Haus tragen.«

Sie kicherte. »Genau.«

Er trug sie ins Wohnzimmer, wo er sich mit einer einzigen geschmeidigen Bewegung von ihren Armen frei machte und sie auf das Sofa katapultierte. »Es gibt verschiedene Methoden, sich von Schmarotzern zu befreien.«

»Ich bin kein Schmarotzer!« Sie warf sich zurück auf ihn, und bevor ich die beiden stoppen konnte, rollten sie im Ringkampf über den Fußboden, dass Arme und Beine wie Windmühlenflügel durch die Luft sausten und man Carolines Lachen und Kreischen mindestens eine Meile weit hören konnte.

»Beruhigt euch, ihr beiden, sonst kommt noch die Polizei!«

Die Worte waren ein Scherz. Ich hatte sie Dutzende Mal benutzt, wenn die Jungen allzu übermütig waren. Bestimmt hörte man sie in vielen Familien.

Aber in diesem Augenblick waren sie auf einmal überhaupt nicht mehr komisch. Ich schluckte das Aufkeuchen, das aus meiner Kehle stieg, hinunter. Als ich Kurt ansah, sah ich, dass die Worte auch ihm wehtaten. Nur Caroline merkte nichts und kämpfte weiter, als sei nichts geschehen.

Kurt setzte sich auf und wehrte mit seinem Arm die letzte Attacke seiner Schwester ab. »Okay, Kleine, das reicht für jetzt.« Er stand auf und sah mich an, dann zog er mich an sich. »Jetzt ist Mama an der Reihe mit Umarmen.«

»Ich auch!« Caroline warf ihre Arme um meine und Kurts Taille. »Große Umarmerei.«

»Okay, große Umarmerei.« Kurt und ich beugten uns zu ihr hinunter.

Als wir uns fertig umarmt hatten, sah ich Caroline an. »Musst du jetzt nicht deine Hausaufgaben machen?«

»Mama, jetzt ist Kurt da! Ich will keine Hausaufgaben machen.«

»Ich bin ja noch eine Weile da«, lachte Kurt. »Wenn du sie jetzt gleich machst, spielen wir anschließend ›Schiffe versenken‹.«

»Au ja! Aber nicht ›Schiffe versenken‹, sondern Playstation.«

»Playstation? Ich weiß nicht, ob ich noch weiß, wie das geht.«

»Keine Bange, das schaffst du schon.« Sie sprang die Treppe hoch, zwei Stufen auf einmal. Ich würde mir ihre Hausaufgaben genau ansehen müssen, denn an Sorgfalt würde sie in ihrer Eile noch nicht einmal denken.

»Setz dich«, sagte ich zu Kurt. »Wie läuft es so bei dir?«

Er ging an den Kühlschrank und holte eine Vanillelimo heraus. »Willst du auch etwas?«

»Nein, danke.«

»Es geht gut.« Er holte ein Glas aus dem Küchenschrank, füllte es mit Eiswürfeln und setzte sich zu mir an den Küchentisch. Er nahm einen langen Schluck von seiner Limonade und sah mich an. »Das grenzt echt an Arbeit da oben. Leute, die meinen, Studieren sei nichts für sie, sollte man vielleicht auf so eine Plantage schicken. Dann wollen sie doch aufs College.«

»Ja, das kann ich mir vorstellen.« Was Kurt betraf, so hatte es für ihn nie etwas anderes gegeben als ein Studium. Vor seiner Drogensucht jedenfalls. Seine Noten waren vielleicht nicht ganz so gut gewesen wie die von Nick, aber immer noch weit überdurchschnittlich. »Hast du deine Zeugnisse bald beisammen?«

Er nickte. »Ich schätze, nächstes Semester kann ich mit Studieren anfangen. Erst mal Teilzeit.«

»Warum nur Teilzeit? Willst du dich nicht dahinterklemmen, damit du es zügig fertigbekommst?«

»Eigentlich schon, aber du weißt ja, dass ich mit Geld gerade etwas klamm bin. Ich kann es mir nicht leisten, nicht ganztags zu arbeiten.«

Ich dachte an unsere Planungen für unsere Jungen zurück. Es hatte immer geheißen, dass wir ihnen, solange sie voll studierten, die Studiengebühren sowie Unterkunft und Verpflegung zahlen würden. Warum sollte das jetzt bei Kurt anders sein? Er hatte eben ein paar Jahre pausiert, das war alles. Ich zog den Umschlag mit dem Geld aus meiner Handtasche. »Also, hier hast du ein Startkapital.«

Er umarmte mich. »Danke, Mama. Du weißt ja nicht, wie viel mir das bedeutet, dass du an mich glaubst.«

»Natürlich glaube ich an dich. Ich liebe dich.«

»Und ich dich auch. Du bist die beste Mutter aller Zeiten.« Er langte über den Tisch und drückte meine Hand.

»Vielleicht könnten dein Vater und ich dir etwas bei den Studiengebühren helfen.«

»Nein, das wäre nicht richtig. Aber ... da wir gerade bei dem Thema sind ...« Er tätschelte den Umschlag. »Dies ist echt toll, und ich weiß, dass das nicht wenig ist. Aber ... ich könnte noch ein bisschen mehr gebrauchen.«

»Mehr? Wie viel?«

Er schaute mich an, dann wieder hinunter auf den Tisch. »Noch einen Riesen.«

»Kurt, das ist nicht *ein bisschen* mehr!«

»Das weiß ich, und das ist auch das letzte Mal. Ich bin gerade dabei, alles auf die Reihe zu bekommen. Wenn ich ein paar Gehälter weiter bin, kann ich mir hoffentlich ein Auto leisten, in das ich nicht so viel reinstecken muss. Diese ganzen Rechnungen von der Werkstatt.« Er zog wieder an seinen Wimpern.

Ich schaute meinen Sohn an, den Sohn, der nach Jahren zu mir zurückgekehrt war. Ich dachte daran, wie seine Zukunft wohl aussehen würde, wenn ich nicht diesen Schläger verbrannt hätte. Ich merkte, wie froh ich war, dass er wieder hier bei mir war.

»Okay, ich schaue mal, ob ich etwas am Automaten abheben kann.« Wahrscheinlich würde ich Überziehungszinsen zahlen müssen, aber das würde ich schon hinbekommen.

Erst viel später, als Kurt längst wieder gefahren war und ich mich schlaflos in meinem Bett wälzte, kam es mir. Wie er da an seinen Wimpern gezogen hatte, als er mich anpumpte. Beide Male. Schon als

Junge hatte er manchmal an seinen Wimpern gezogen, aber erst jetzt erinnerte ich mich wieder, was die Geste bedeutet hatte. Sie war ein fast sicheres Zeichen gewesen, dass er nicht ganz die Wahrheit sagte. Und der Klang seiner Stimme, als er mir gesagt hatte, dass ich die beste Mutter der Welt wäre. Ich kannte diesen Ton. So sprach ein Gebrauchtwagenverkäufer, der einem das Blaue vom Himmel herunter versicherte, um zu einem Geschäftsabschluss zu kommen. War mein Sohn auch so einer geworden?

21

Als am späten Donnerstagnachmittag Ricks Lieferwagen in meine Einfahrt fuhr, war meine erste Überlegung, welchen ihrer Schätze Caroline in ihrem Zimmer vergessen haben mochte. Hoffentlich würde Rick im Auto auf sie warten. Ich hatte heute Abend nicht den Nerv, mich mit ihm auseinanderzusetzen.

Als ob er meine Gedanken las, stieg er aus und kam zur Haustür, in der einen Hand einen großen Blumenstrauß. Dieser Mann verstand es wie kein anderer, genau das zu tun, was ich gerade nicht wollte!

Caroline sprang zu mir und umarmte mich. »Papa hat gesagt, dass er uns beide heute zum Abendessen ausführen will. Ist das nicht super?« Sie hüpfte auf und nieder und klatschte in die Hände, dass ich gar nicht dazu kam, Nein zu sagen. »Er hat gesagt, das Restaurant kannst du selbst aussuchen!«

Ich musterte den Blumenstrauß in seiner Hand und zog meine Augenbrauen hoch. »Was verschafft mir die Ehre …«

»Brauche ich einen besonderen Anlass, um meiner Frau Blumen mitzubringen und meine Familie zu einem gemütlichen Essen auszuführen?«

»Sagen wir mal, das geschieht so selten, dass es dieses großzügige Angebot verdächtig erscheinen lässt.« Ich wusste, dass ich unhöflich war, aber irgendwie konnte ich mich nicht bremsen.

»Caroline, gehst du eben rauf und ziehst etwas Hübsches für das Abendessen an?« Er wartete, bis sie im Haus verschwunden war, dann sagte er: »Ich bringe gute Nachrichten.« Er hielt mir die Blumen hin und ich nahm sie.

»Was sind das für Nachrichten?«

»Kurt wird in dem Mordfall Rudy Prince nicht mehr verdächtigt.« Er schaute zu Boden, als er das sagte. Die Zerknirschung in Person wie selten.

»Woher weißt du das?«

»Bruce Thompson. Er hat mich vor ungefähr zwei Stunden angerufen und gesagt, dass sie den Burschen haben.«

»Haben sie jemand anderes verhaftet? Das wusste ich noch nicht.«

»Das kannst du auch nicht. Die Polizei hat das noch nicht offiziell bekannt gegeben.«

»Warum hat er es dir dann gesagt, bevor es offiziell war?«

»Ich glaube, ich habe so viel mit ihm über die ganze Sache gesprochen, dass er wusste, wie mir das nachgeht.« Er senkte wieder seinen Blick. »Er hat mich heute Nachmittag angerufen.«

Ein Teil von mir wollte sich über diese Nachricht freuen, wollte glauben, ganz fest glauben, dass endlich der Schuldige hinter Gittern war und jetzt alles gut würde. Vielleicht war Kurt wirklich unschuldig.

Der anderen Hälfte von mir wollte übel werden. Der Schläger, den ich da verbrannt hatte, war zu eng mit dem Mord verbunden, um nichts zu bedeuten.

Ich musste daran denken, wie ich Kommissar Thompson im Supermarkt getroffen hatte, in meinem Trauerseminar und kürzlich sogar in der Gemeinde. Und was für eine Angst ich in seiner Gegenwart hatte. »Wann werden die das öffentlich bekanntgeben?« Was ich wissen wollte, war natürlich, wann es in der Zeitung käme oder in den Fernsehnachrichten. Ich wollte mehr wissen, alle Einzelheiten, aber wenn ich jetzt zu viel fragte, wäre das auffällig.

»Ich schätze mal, morgen wird es in der Zeitung stehen. Wie soll ich das wissen?« Er zuckte die Achseln. »Aber reden wir von etwas anderem.« Er legte seinen Arm um meine Schulter. Wann hatte er das das letzte Mal gemacht? Ich wusste es schon nicht mehr. Ich wich instinktiv zurück.

»Und wo wolltest du mit uns essen?«

»Wie Caroline schon gesagt hat: such dir's aus. – Warte mal, ich glaube, das Chuck's war doch immer dein Lieblingsrestaurant.«

»Chuck's ist ein bisschen zu vornehm für Caroline.« Was war er früher immer sparsam gewesen, wenn wir als Familie essen gingen! Das Höchste der Gefühle war das Chili's gewesen, und selbst das nur selten. Aber egal, wo wir hingingen, ich würde sowieso keinen Bissen hinunterbekommen, solange ich nicht alles über diese Verhaftung wusste.

»Das würde ihr gerade guttun. Da könnte sie mal zeigen, dass sie ein großes Mädchen ist.«

»Caroline und ›großes Mädchen‹ im gleichen Satz?« Wir lachten beide.

»Einmal muss sie anfangen.« Es war ein riesiges Zugeständnis, was er da machte. Es schien ihm mit dem Wiedergutmachen ernst zu sein. Das Mindeste, was ich tun konnte, war wohl, dass ich dieses Geschenk annahm.

»Du hattest die ganze Zeit recht, Alisa«, fuhr er fort. »Ich fange wirklich an, das zu begreifen, denn ich werde meinen eigenen Prinzipien untreu.«

»Wie meinst du das?«

»Ich hatte dir doch gesagt, dass du ihm kein Geld geben sollst, weißt du noch? Na ja, letzte Woche habe ich ihm dreitausend Dollar ausgeliehen. Sein Auto musste repariert werden und noch ein paar andere Dinge. Ich habe ihm gesagt, dass das Geld geliehen ist, aber ich glaube, ich lasse es mir nicht zurückzahlen. Wahrscheinlich werde ich ihm sagen, dass er den Rest für sein Studium nehmen soll.« Er sah mich an, und ich wusste: Er wartete darauf, dass ich irgendeine positive Bemerkung machte – ihm sagte, dass er das richtig gemacht hatte.

In Wirklichkeit wollte sich mir der Magen umdrehen. Irgendwie – ich weiß heute noch nicht, wie – gelang es mir, zu sagen: »Das freut mich wirklich. Ich meine, dass du an ihn glaubst.«

Ein Fragezeichen trat auf sein Gesicht. Er schien überrascht, dass meine Antwort nicht begeisterter klang. Aber ich würde ihn nicht aufklären, nein, besser nicht.

Kurt hatte also von uns beiden Geld geschnorrt, um »sein Auto zu reparieren«. Ich musste wieder an seine Gebrauchtwagenverkäuferstimme denken. Ich versuchte, diese neue Information zu verdauen, und meine Gedanken begannen Achterbahn zu fahren. Was hatte mein Sohn da vor?

»Also, ist das Abendessen genehmigt?«

»Ja, doch, das ist super.« Ich sagte es, obwohl ich kein Abendessen wollte. Ich wollte meinen Sohn zur Rede stellen und herausfinden, was er im Schilde führte. Und ich wollte wissen, wie der Stand der Ermittlungen im Mordfall Rudy Prince war.

Eine gute Mahlzeit ist eine gute Ablenkung, und die Desserts im Chuck's faszinieren mich immer. Aber als der letzte Bissen Käsekuchen hinuntergeschluckt und unser Überraschungsabend vorbei war, kehrten meine Gedanken zu den Neuigkeiten zurück, die Rick mir erzählt hatte. Ich war halb weggetreten, als ich ihm und Caroline Gute Nacht sagte. Ich war immer noch weggetreten, als ich mich vor meinen Computer setzte, um ins Internet zu gehen. Ich konnte nicht mehr warten, ich brauchte Antworten, wollte mehr wissen. Aber im Internet gab es noch keine Neuigkeiten über den Fall Rudy Prince. Die Polizei hatte die Verhaftung noch nicht bekannt gegeben.

Bevor ich ins Bett ging und vergeblich zu schlafen versuchte, schlug ich am besten noch etwas Zeit tot. Ich öffnete meine E-Mail. Es gab nur eine neue Nachricht. Im Betreff hieß es: »Antwort Buchprojekt«.

Mein Herz begann zu hämmern. Was würde ich gleich lesen? Würde der mir einen Vertrag anbieten? Wie konnte ich den jetzt noch annehmen? Aber konnte ich es mir leisten, ihn nicht anzunehmen?

Ich nahm meinen Mut zusammen und öffnete die E-Mail:

Sehr geehrte Mrs. Stewart,
herzlichen Dank für das eingereichte Manuskript. Sie schreiben frisch und fesselnd, und aufgrund Ihrer persönlichen Erfahrung und Ausbildung sind Sie wie kein anderer für das Schreiben eines solchen Buches qualifiziert.

Leider muss ich Sie jedoch für dieses Projekt in der gegenwärtigen Situation auf andere Verlage verweisen. Der Markt für Trauerbücher ist zurzeit gesättigt. Sie sind zwar dabei, sich als Rednerin einen Namen zu machen, aber nicht so überregional bekannt, wie das unseres Erachtens für ein neues Buch zum Thema »Trauer« erforderlich wäre. Mehrere Stimmen in unserem Lektorat fanden auch, dass Ihr Nachwort etwas unrealistisch klingt und vielleicht noch zu frisch ist, um Eingang in das Buch zu finden.

Sie sind sicher eine Autorin mit Potenzial, und ich möchte Sie ermutigen, weiterzumachen mit Ihren Trauerseminaren und auf eine Publikation hinzuarbeiten.

Mit besten Wünschen für Ihre Zukunft,
Dennis Mahan, Cheflektor

Ich schloss die E-Mail wieder. Sollte ich erleichtert oder fix und fertig sein? Nach dem, was ich heute Abend erfahren hatte, konnte ich das Buch nicht mehr schreiben. Das wusste ich genau. Aber dies hieß mehr als noch ein Traum, der zerplatzt war. Es bedeutete auch eine Einnahmequelle weniger, falls Rick und ich uns scheiden ließen. Und damit eine Sorge mehr auf meinem Sorgenberg, der schon so hoch genug war.

Wie konnte ich selbst an ein Happy End glauben, wenn sogar Lektoren, die mich und meine Situation überhaupt nicht kannten, merkten, wie falsch es klang? Es war alles eine Lüge – eine so dicke Lüge, dass selbst Wildfremde es merkten.

22

Verhaftung im Drogendealer-Mordfall
Die Schlagzeile in der Freitagmorgenzeitung bestätigte, was ich schon wusste. Vor dem mir graute und wonach ich mich sehnte.

Diese Verhaftung würde den Druck von Kurt wegnehmen, und vielleicht war sie ja der Beweis für das, was ich die ganze Zeit gehofft hatte – dass er tatsächlich unschuldig war.

Ein Druckpunkt weniger, das bedeutete ein Ding weniger, das ihn wieder in sein altes Fahrwasser zurückschubsen konnte.

Wenn er kein Verdächtiger mehr war, hatte er ein großes Problem weniger in seinem Leben.

Es sei denn …

Jetzt war also jemand anderes im Gefängnis. Jemand, der sehr gut unschuldig sein konnte. Oder vielleicht doch nicht? Ich musste den Artikel lesen!

Er hieß also Gary Singer, war fünfundzwanzig und seit zehn Jahren drogensüchtig. Seine Vorstrafenliste war nicht gerade kurz und durchaus beeindruckend: Drogendelikte, Einbruchsdelikte, Diebstahl, Körperverletzung. Ich las:

> *Diese Art Gewalt scheint für Mr. Singer nichts Neues zu sein. Erst letztes Jahr wurde er wegen Körperverletzung verhaftet. Offenbar hatte er gesehen, wie seine Freundin mit einem anderen Mann sprach, worauf er ausrastete. Er schlug den Mann bewusstlos und brach seiner Freundin drei Rippen, bevor die Polizei einschritt. Zeugen des Vorfalls sagten aus, dass er »wie ein tollwütiges Tier war«.*
>
> *Vor zwei Jahren nahm in Santa Barbara ein Paar Mr. Singer in sein Haus auf, um ihm zu helfen, ein neues Leben zu beginnen. Nach einer Woche war er weg, mit ihm Wertgegenstände im Wert von über 10 000 Dollar – den Ehemann ließ er mit einer Gehirnerschütterung zurück.*

Als Schüler an der Santa Barbara High School wurde er zwei Mal vom Unterricht suspendiert, das eine Mal, weil er einen Mitschüler mit einem Hockeyschläger verprügelt hatte.

Was für ein Gegensatz zu meinem Kurt! Ganz ähnlich wie der Gegensatz zwischen Kurt und Rudy Prince. Kurt hatte sein Leben wieder unter die Füße bekommen, hatte eine Zukunft vor sich und war endlich dabei, den Ballast der Vergangenheit, der ihn so lange hinabgezogen hatte, abzuwerfen. Aber was gab es in Gary Singers Leben Positives? Es wäre nicht nur für die Allgemeinheit besser, wenn er hinter Gittern saß, sondern auch für ihn selbst. Im Gefängnis konnte er endlich frei von seiner Sucht werden, vielleicht sogar einen Beruf erlernen.

Es gab einen Menschen, der mir helfen konnte, hier meinen Kopf klarer zu bekommen. Zum Glück hatten wir uns in dieser Woche nicht, wie immer, am Dienstagvormittag getroffen. Lacey hatte mich gebeten, erst am Freitag zu kommen. Dafür war ich jetzt mehr als dankbar.

Sie war die eine Person, die mich nicht durch die Brille meiner Ämter und Funktionen sah – als die Leiterin der Frauenarbeit in meiner Gemeinde oder die vielbeschäftigte Eltern-Lehrer-Verein-Mutter oder was auch immer –, sondern die mich so nahm, wie ich war. Bei Lacey musste ich nicht perfekt sein, brauchte ich mich nicht zu beweisen.

Als ich zu ihrer Haustür ging, stritten zwei Stimmen in meiner Brust. Einerseits brauchte ich dringend jemanden, vor dem ich meinen ganzen Ballast abladen konnte, ohne dass er gleich mit mir zur Polizei fuhr. Jemand, der sich Zeit nahm und die Sache von allen Seiten betrachtete. Aber andererseits: Wenn ich ihr *das* erzählte und sie nicht die Polizei anrief, würde sie sich selbst vor dem Gesetz schuldig machen, und das durfte ich ihr doch nicht zumuten …

»Willst du den ganzen Tag da stehen bleiben, oder kommst du rein?«

Ich war so in meine Gedanken versunken gewesen, dass ich gar nicht gemerkt hatte, dass sie die Tür geöffnet hatte. Wie lange mochte sie schon da gestanden und auf mich gewartet haben? »O, entschuldige, ich war gerade woanders.«

War sie ärgerlich oder fand sie die Situation komisch? Sie verzog keine Miene; das einzig Verräterische war das Glitzern in ihren Augen. »Das merke ich.« Sie öffnete die Haustür etwas weiter.

Ich folgte ihr ins Haus, setzte mich an den Küchentisch und goss uns beide einen Kaffee ein, während sie die Scones aus dem Backofen holte. »Heute riecht es nach Apfel.«

»Zimt und Rosinen.«

»Ach ja, Zimt. Das tust du auch in deine Apfel-Scones, deswegen hab ich gerade gedacht, es ist Apfel.« Mein Mundwerk lief plötzlich auf Hochtouren, wie damals nach Nicks Tod. Da hatte ich monatelang mit Dutzenden von Leuten geplaudert bis zum Gehtnichtmehr. Scheinbar ganz normale Gespräche, dass meine Gesprächspartner sich wahrscheinlich wunderten, wie gut es mir nach diesem Schicksalsschlag ging. Niemand schien zu merken, dass sich zwar meine Lippen fleißig bewegten, aber dass mein Kopf meilenweit weg war und mein Herz … tja, mein Herz war zerstört, vernichtet und ausgelöscht. Ich staunte, wie wenig die Gefühle sich änderten, wenn das nächste Trauma kam.

»Möchtest du mir sagen, wo der Schuh drückt? Oder wollen wir hier rumsitzen und so tun, als wäre nichts? Sag mir, wie du's lieber hast. Ich mache beides mit.«

Ich faltete meine Arme auf dem Tisch und legte meinen Kopf auf sie. »Ich weiß nicht, ob ich das kann.«

»Ob du *was* kannst?«

»Oh, Lacey, wenn ich dir das alles sage, ist es auch dein Problem. Du bist eine zu gute Freundin, als dass ich das machen darf.«

»Dann scheinen wir beide verschiedene Vorstellungen von Freundschaft zu haben. Ich habe immer gedacht, dass Freunde dazu da sind, sich gegenseitig zu helfen, ihre Lasten zu tragen.«

»Ja, schon, aber das hier ist anders.«

Sie rührte in ihrem Kaffee. »Ach so.« Sie rührte weiter; der Löffel klapperte gegen das weiße Porzellan. »Über was sollen wir dann reden?« Sie trommelte mit den Fingern auf ihr Kinn, als müsse sie nachdenken. »Lass sehen. Laut Wetterbericht werden wir die ganze nächste Woche zwischen 20 und 25 Grad haben, mit möglichen Frühnebeln. Wäre das nicht ein gutes Thema?« Sie zog den Löffel aus der Tasse heraus und legte ihn mit einer eleganten Geste auf die Untertasse.

Ich heulte los. Erst waren es nur ein paar Tränen, dann schien der ganze Pazifische Ozean aus mir hervorzubrechen. Irgendwann fühlte ich den sanften Druck einer Hand auf meiner Schulter. »Ist ja gut, Mädchen, ist ja gut.«

Es gelang mir schließlich, mich so weit zu beruhigen, dass ich meinen Kopf heben konnte. Ich wischte mir die Tränen mit meiner Serviette ab, sah Lacey an und zuckte die Achseln. »Ich kann dir das wirklich nicht sagen. Das wäre nicht recht.«

Sie zog ihren Stuhl direkt neben meinen. »Ich *bin* Rechtsanwältin, Mädchen, immer noch. Du kannst mich mit deinem Fall beauftragen.«

Ich sah sie wieder an. Jetzt verstand ich gar nichts mehr. »Wie?«

»Jawohl. Es gibt die sogenannte anwaltliche Schweigepflicht. Du engagierst mich und zahlst mir einen Honorarvorschuss. Ich werde deine Anwältin, und von diesem Punkt an bleibt alles, was du mir sagst, strikt vertraulich. So ist das in unserem Rechtssystem.«

Ich sah sie an und staunte einmal mehr, wie komplett sie mich durchschaute. »Ich habe aber gerade kein Geld dabei.«

Sie ging zu der Küchentheke, nahm ihre Handtasche und holte aus ihrem Geldbeutel eine Fünf-Dollar-Note. »Hier, das leihe ich dir aus.« Sie legte den Schein in meine Hand und nahm ihn wieder weg. Sie machte eine Miene, als sei sie überrascht. »Soll das ein Witz sein? Du willst die Dienste von einer Expertin meines Kalibers für lumpige fünf Dollar haben?«

»Ich … ich kann eben nach Hause gehen und mehr holen.«

»Du weißt wirklich, wie man den Preis drückt, meine Güte! Also gut, fünf Dollar, aber sag's niemand weiter, das grenzt ja an einen

Raubüberfall.« Sie lächelte und legte ihre Hand auf meine. »Und jetzt, meine neueste und billigste Klientin, wenn Sie mir bitte Ihr Problem schildern.«

»Ich weiß nicht recht, wo ich anfangen soll.«

»Das weiß ich auch nicht, aber ich schätze mal, dass es mit der Zeitung von heute enden wird. Möchtest du da anfangen und dann zurückgehen?«

»Woher weißt du das?«

»Mädchen, jeder Zweitklässler könnte dieses Rätsel lösen. Als Kurt zurückgekommen war, hast du mir erzählt, dass du etwas aus seiner Vergangenheit gefunden hattest und nicht recht wusstest, was du damit machen solltest. Vor nicht allzu langer Zeit hat es aus deinem Schornstein mordsmäßig geraucht, und in dem Rauch war eindeutig etwas, das du vernichten wolltest. Jetzt ist ein anderer junger Mann für den Mord verhaftet worden, obwohl man zuerst Kurt verdächtigt hatte. Und du kommst zu mir und heulst wie ein Schlosshund. Ich schätze mal, wenn das, was du da gefunden hattest, nur Drogen oder so etwas Ähnliches waren, wärst du heute die glücklichste Frau der Welt: Der Täter sitzt im Knast, die Polizei lässt dich endlich in Ruhe und Kurt kann sein Leben weiterleben. Aber stattdessen schaust du aus der Wäsche wie jemand, der gerade alles verloren hat. Da gibt's doch einen Zusammenhang. Stimmt's, oder habe ich recht?«

Sie wusste also Bescheid. Sie wusste vielleicht nicht die Einzelheiten, aber das große Bild war ihr klar. Und ehe ich mich versah, rutschte das Geständnis aus meinem Mund. »Es war der Schläger. Was ich da gefunden hatte, war dieser Baseballschläger.«

Sie nickte langsam. »Dann liegt jetzt also in deinem Kamin Asche Marke Louisville Slugger?«

»Nicht ganz.« Ich schaute auf die weiße Spitze des Platzdeckchens. »Die Asche habe ich in die Mülltonne getan, und die ist vor ein paar Wochen gelehrt worden.«

»Aha.« Sie nickte wieder und blickte in die Ferne. »Weiß Kurt, dass du den Schläger gefunden hast?«

»Nein. Als ich ihm die Sachen aus der Hütte nach Templeton gebracht habe, hat er mich gefragt, ob das alles war. Ich habe ihn gefragt, ob was fehlt, und er hat Nein gesagt.«

Ich schaute Lacey an. Ihr Blick war forschend, aber ohne eine Spur von Verurteilung. »Hattest du zu diesem Zeitpunkt den Schläger bereits verbrannt?«

»Nein. Als ich ihn gefunden hatte, habe ich ihn erst auf dem Dachboden versteckt, weil ich nicht wusste, wie ich mich verhalten sollte. Aber als ich dann sah, wie hart Kurt arbeitete und wie sehr er sich schon verändert hatte, habe ich ein Feuer in meinem Kamin gemacht.« Meine Finger spielten mit dem Platzdeckchen. »Ich weiß nicht, irgendwie habe ich mir wohl eingeredet, dass er es nicht getan hat. Vielleicht hat ja auch jemand anderes ihm den Schläger untergeschoben. Vielleicht ist der Kerl, den sie gerade verhaftet haben, wirklich der Mörder.«

»Und was macht Kurt so? Macht er weiter Fortschritte?«

»Ja. Er sammelt gerade seine alten Zeugnisse, um zurück ins College zu gehen. Mein Schwager lobt ihn ständig und sagt mir, wie fleißig er ist.«

»Lass mich ein paar Sachen prüfen. Ich kenne ein paar Leute, die sich auskennen und meistens wissen, was gerade läuft. Ich werde mich über diesen anderen jungen Mann kundig machen, den sie gerade verhaftet haben – was für Beweise sie haben und so. Um ein genaueres Bild zu bekommen, brauchen wir mehr Fakten als das, was in der Zeitung steht.«

»Danke, Lacey.«

»Keine Ursache, für so etwas sind Freunde da.«

»Du bist nicht mehr meine Freundin, du bist meine Rechtsanwältin.«

Sie lächelte. »Das stimmt. Ich wusste doch, dass ich mich nicht für immer einmotten kann. Fort mit den Mottenkugeln! Bald werden wir die Wahrheit wissen.«

Ich glaube, davor hatte ich am meisten Angst.

23

Nach dem Frühstück verbrachte ich einen unproduktiven Tag an meinem Schreibtisch in der Gemeinde, bevor ich mich kurz nach dem Mittagessen verabschiedete. Das Beste an meiner Teilzeitstelle war die zeitliche Flexibilität, solange ich mein Pensum gut schaffte. Jetzt lagen die längsten zwei Stunden meines Lebens vor mir: die nächste Fahrt nach Templeton.

Was sollte ich meinem Sohn sagen? Wie würde er reagieren? Ich hatte ihn angelogen, um ihn zu beruhigen. Jetzt würde ich ihn mit der Wahrheit konfrontieren – mit der Wahrheit und allem, was damit zusammenhing: darunter ein Unschuldiger, der gerade in Santa Barbara in einer Gefängniszelle saß. Ich wollte, ja ich musste die Wahrheit wissen!

Würde ich ihn damit geradewegs zurück in den trügerischen Trost der Drogen schicken? Aber war er nicht vielleicht sowieso schon wieder heimlich high? Hatte er das Geld, das Rick und ich ihm geliehen hatten, in Kokain oder anderes umgesetzt? War seine Veränderung nur Fassadenkosmetik oder ging sie in die Tiefe? Doch, sie ging in die Tiefe.

Sie war echt, das wusste ich. Jodi mit ihrem unfehlbaren Spürsinn hätte es längst gemerkt, wenn es anders gewesen wäre. Ich konnte mir auch nicht vorstellen, dass Monte, der täglich Seite an Seite mit Kurt arbeitete, nichts merken würde, wenn etwas faul war.

Als ich heute die Einfahrt hochfuhr, fuhr ich am Wohnhaus vorbei. Wenn ich erst Jodi begrüßte und mich zu lange mit ihr unterhielt, würde ich womöglich den Mut verlieren. Nein, ich musste das hinter mich bringen, bevor ich es mir anders überlegte.

Bestimmt waren Kurt und Monte gerade irgendwo in den Plantagen. Ich fuhr mit meinem Auto in die Richtung, bis ich nicht mehr weiterkam. Dann stieg ich aus, holte tief Luft und ging zu Fuß auf die Bäume zu, während in mir tausend Stimmen schrien: Steig wieder ein und fahr zurück, bevor du Kurts Leben kaputt machst! Und Carolines. Und deines.

Da – der Klang ihrer Stimmen, irgendwo in der Mitte der Bäume. Kurt sagte etwas, das ich nicht ganz mitbekam, und Monte lachte dröhnend. Es krachte und knackte wie von zerbrechenden Zweigen. Dann sah ich sie endlich. Sie standen zwischen zwei Bäumen, waren von Kopf bis Fuß mit Erde und Staub bedeckt und dabei, lose Äste zu einem Haufen aufzuschichten. Als ich näher kam, schauten sie hoch und lächelten. Ich erwiderte das Lächeln nicht. Ich nickte zu Monte hin. »Könnte ich eben mal kurz mit Kurt reden?«

Er nickte. »Klar doch. Wollte gerade sowieso mit dem Quad den Berg hinauf. Ich lasse euch dann allein.« Ohne ein weiteres Wort, ja ohne eine Miene zu verziehen, ging er zu dem Gefährt, das ein paar Meter entfernt geparkt stand, und kletterte auf den Fahrersitz. Der Motor wurde lebendig, und er verschwand in einer dicken Staubwolke.

»Was ist?« Kurts Stimme kam mir tiefer vor als sonst.

Ich wusste, dass es ab jetzt nur schlimmer werden konnte. Die Last dieses Besuches würde alles nach unten ziehen, bis Kurts Stimme meine geringste Sorge wäre. Ich strich ihm über die Wange. Sie war warm und weich, aber aufgeraut von Erde und Holzspänen. Ich schaute in seine Augen, suchte nach Warnzeichen, die mir zeigten, dass seine Bitte um Geld mit Drogen zu tun gehabt hatte. Nein, sein Blick war absolut klar. Meine Hand sank und ich drehte mich mit dem Rücken zu ihm, die Arme um meine Brust geschlungen. »Ich weiß nicht, wo ich anfangen soll.«

»Dann sag doch einfach, was für ein Problem du hast.«

»Kurt, hast du bei diesem Mord an Rudy Prince eine Rolle gespielt?«

Die Frage hing in der Luft zwischen uns, bis kein Sauerstoff mehr da war. In der Nähe sangen Vögel ihr unbekümmertes Lied; wie konnten sie nur …

»Ich weiß nicht, Mama. Ich glaube, nicht.«

Dies war nicht die Antwort, die ich wollte. Ich wollte hören: »Nein, absolut nicht.« Oder die Wahrheit, ohne Wenn und Aber. Ich war das ganze Fragen und Grübeln und Um-den-Brei-Herumreden müde.

»Du *glaubst* nicht? So eine Sache ist doch wohl nichts, was man vergisst.«

»Also, wenn ich etwas gemacht habe, ist es aus meinem Gedächtnis weg. Ich habe aber immer noch diese Träume.«

»Was für Träume?«

»Als ich in Reha war, träumte ich fast jede Nacht, dass ich in meiner Hütte aufwachte und neben mir auf dem Bett ein Baseballschläger lag.« Seine Stimme brach ab. Man hörte nur noch das Wiehern der Pferde auf dem Nachbargrundstück. Oder war das das Blut, das durch meine Ohren rauschte?

Kurts »Traum« konfrontierte mich brutal mit einer Wahrheit, die ich nicht wissen wollte. »Ein Baseballschläger?« Ich weiß bis heute nicht, wie ich es schaffte, die Frage über meine Lippen zu quetschen.

»Ja. Ein Louisville Slugger. Mit Blut dran.« Er drehte sich zu mir hin, aber hielt seinen Blick auf den Boden gesenkt. »Rudy Prince hatte immer einen Louisville Slugger dabei. Damit schlug er jeden, der ihm quer kam, und schüchterte die übrigen ein. In der Nacht, bevor ich in die Reha bin, habe ich geträumt, dass er zu mir kam – vielleicht kam er auch tatsächlich, genau weiß ich das immer noch nicht – und einen Teil von dem Geld eintreiben wollte, das ich ihm schuldete. Ich hatte natürlich keinen Penny.«

»Hast du das jetzt geträumt, oder ist das wirklich passiert?« Ich merkte, wie die Panik mich packen wollte.

»Die ersten paar Mal habe ich gedacht, dass es nur ein Traum war, denn er endete immer damit, dass Rudy irgendeinen armen Obdachlosen prügelte und dass ich darüber so wütend wurde, dass ich ihm das Ding abnahm und stattdessen Rudy verdrosch. Aber als der Traum dann immer wiederkam, habe ich mich schließlich gefragt, ob da nicht mehr dran war. Ich … An dem Abend, bevor ich in die Reha bin, war ich echt fix und alle. Und nach einer richtigen Partynacht hatte ich manchmal diese Löcher im Gedächtnis. Ich wusste nicht, was ich denken sollte. An dem Tag, als sie mich aus der Reha entlassen haben, bin ich auf dem Weg zu dir an meiner alten Hütte vorbeigefahren, um zu sehen, ob da wirklich dieser Schläger auf meinem Bett lag, damit ich endlich Klarheit hatte.« Er zuckte die Achseln. »Aber sie hatten das Ding schon plattgemacht. Ich dachte, dass sie meine Sachen mit plattgemacht hatten. Irgendwie hat mich das erleichtert. Ich dachte mir: Wenn du wirklich etwas Dummes gemacht hattest, aber die Beweisstücke weg sind, kannst du das begraben und vergessen.«

Jetzt musste ich es ihm wohl sagen. Das mit dem Schläger und mit Gary Singers Verhaftung. Aber es gab noch einen Grund, warum ich hier war. Ich musste ihn noch etwas fragen, und ich brauchte die Antwort jetzt. »Kurt, ich muss dich noch etwas fragen, und ich brauche eine ehrliche Antwort.«

»Okay.« Er klang unsicher.

»Warum hast du dieses Geld geliehen? Von deinem Vater und von mir?«

Er verschränkte die Hände, dass seine Knöchel krachten, und das alte Jungengrinsen, das ich immer so gemocht hatte, stahl sich auf sein Gesicht. »Ich hab mich schon gefragt, wie lange es dauert, bis ihr mir auf die Schliche kommt.«

»Wir sind dir auf die Schliche gekommen. Also raus mit der Wahrheit!«

»Ich wollte es euch eigentlich nicht sagen, aber da ist dieses Mädchen. Wir waren eine Weile zusammen. Und ich habe rausgefunden, dass sie schwanger ist.«

»Schwanger?« Mir wollte die Luft wegbleiben. »Ist es ...« Ich unterbrach mich. Nein, das war doch kein *Es*! »Bist du der Vater?«

Er zuckte die Achseln. »Sie sagt, ja.«

»Aber genau weißt du es nicht?«

»Ein paar Dinge weiß ich schon, zum Beispiel, dass wir vergangenen Herbst zwei, drei Monate zusammen waren. Sie ist jetzt im sechsten Monat, das kommt hin.«

»Und das Geld ist für ...?« Vor mein inneres Auge traten ein weißer Kittel in einem abgedunkelten Raum und Latexhandschuhe, und ich hörte, wie eine Geisterstimme sagte: »Keine Bange, es ist gleich vorbei.« Dann weitere Bilder – Bilder, bei denen mir schlecht wurde. Ich versuchte, sie abzuschütteln.

»Um ihr zu helfen, natürlich.«

»Bei was zu helfen?«

»Dass sie für sich sorgt. Dass sie zum Arzt geht, dass sie was Anständiges isst, dass sie ihre Medizin nimmt. Sie hat ein paar Probleme gehabt, glaube ich.«

»Dann ist sie nicht ... ich meine, sie will das Kind behalten?«

»Sie will es zur Adoption freigeben.« Er rieb über eine besonders schmutzige Stelle an seiner Hand. »Vor ein paar Wochen ist sie zu diesem Verein ›Lebensnetzwerk‹ gegangen. Sie haben ihr gesagt, sie können ihr helfen, ihr eine saubere Wohnung besorgen und eine nette Familie, die das Kind adoptiert – falls sie sich dafür entscheidet.«

Ein Enkelkind. So hatte ich mir die Nachricht, dass ich bald Oma werden würde, nicht vorgestellt. Bis vor ein paar Minuten hatte ich mir dergleichen überhaupt nicht vorstellen können. Ein unverheirateter Sohn, eine Frau, die ich nie gesehen hatte, aber die zur Zeit der Zeugung sehr wahrscheinlich Drogen genommen hatte, genauso wie mein Sohn. Was für Gefühle sollte ich jetzt haben? Ich weiß nicht recht, aber der Gedanke, dass das Kind zur Adoption freigegeben und ich es folglich nie sehen würde, tat mir weh.

Dann schossen alle möglichen hässlichen Möglichkeiten in meinen Kopf. Diese Frau hatte in den letzten sechs Monaten bestimmt mit diversen Männern geschlafen. Benutzte sie Kurt als Goldesel, weil er als Einziger aus dem Haufen clean war? Er musste ihr ja schon ganz schöne Summen zugeschoben haben. Der Zweifel machte in meinem Gehirn mobil, eine Schlange mit hundert Köpfen. »Was, wenn das Kind gar nicht von dir ist?«

Er zuckte die Achseln. »Es ist ja nicht so, als ob ich Alimente zahle oder so. Wir waren eben zusammen, und jetzt ist sie schwanger. Ich will nicht, dass sie alleine damit fertigwerden muss. Dass ich ihr aushelfe, ist ja wohl das Mindeste.«

Ich legte meine Arme um ihn. Was war er erwachsen geworden.

Dass er bereit war, Verantwortung für dieses Kind zu übernehmen, von dem er noch nicht einmal wusste, ob es von ihm war. Mir wollten die Tränen kommen darüber. Wenn einer die Chance eines Neuanfangs verdiente, dann doch wohl er! Ich machte einen halben Schritt zurück, um ihm in die Augen sehen zu können, obwohl ich sein Gesicht durch meine Tränen nur verschwommen sah. »Was du da über diesen Schläger geträumt hast …«

»Ja?«

Ich drückte ihn, bis ich dachte, dass er gleich ersticken würde. »Du hast jetzt ein neues Leben angefangen. Du musst aufhören, an dein altes zu denken. Du musst die Vergangenheit und ihre Albträume hinter dir lassen. Werde der Mann, als den Gott dich gewollt hat.«

»Das will ich! Das will ich mehr als alles andere.«

»Dann tu es.«

Ich dachte an das Enkelkind, das ich bald hätte (auch wenn ich es vielleicht nie sehen würde), und daran, was für ein Mann mein Sohn geworden war und was er noch werden konnte. Ich merkte, dass meine Entscheidung feststand. Es gab kein Zurück mehr.

Als ich unter den Bäumen hervorkam, wartete Jodi auf mich. Sie stand in der Mitte der Auffahrt und rührte sich nicht, bis ich vor ihr anhielt. Dann trat sie an die Fahrerseite und bedeutete mir, das Fenster zu öffnen. »Du kommst hier nicht weg, bis ich dich zu einem Kaffee genötigt habe. Auch wenn du extra hier raufgefahren bist, um deinen Sohn zu sehen – deine Schwester ist auch noch da.«

Sie stellte keine Fragen, und sie sagte nicht ihr übliches »Komm doch rein, ich mache uns eine Kleinigkeit zu essen.« Sie schien zu spüren, dass ich nur weg wollte. Kein Witz: Im Mittelalter wäre meine Schwester auf dem Scheiterhaufen gelandet, weil sie Gedanken lesen konnte, oder wie auch immer man das damals nannte.

Ich stellte den Motor ab und stieg aus. »Klingt gut.« Es klang wirklich gut. Ich wollte mit ihr reden – nur dass ich ihr das, was ich ihr hätte sagen müssen, nicht sagen konnte.

Wirklich nicht?

»Ich bin froh, dass du da bist.« Sie umarmte mich. Ich erkannte sie wieder, die Umarmung; sie war von der »Ich stehe zu dir, was auch geschieht«-Sorte. »Ich war gerade dabei, Pläne für die Inneneinrichtung des Ladens zu machen. Möchtest du sie sehen, bevor wir losgehen?«

»Ja, gerne.« Ich wusste immer noch nicht, was ich ihr sagen sollte; da kam ein belangloses Gespräch über dies und das gerade recht.

»Hier wollte ich erst ein paar Regale hin haben.« Sie zeigte auf eine Zeichnung, die ein etwas überdimensionales Erkerfenster zeigte. »Aber der Gedanke, dass man von dieser Seite aus überhaupt nichts von dem Bergpanorama sehen würde, ließ mir keine Ruhe. Das hätte die ganze Stimmung ruiniert. Ich möchte das Fenster extra tief machen, wie eine Art Sitzbank, damit man sich hinsetzen und ausruhen, die Aussicht genießen und das nächste Stück Olivenbrot probieren kann.«

»Ich finde, das ist perfekt.«

»›Perfekt‹ würde ich nicht sagen, aber so nah dran, wie ich es hinbekomme.«

Wenn es irgendwo einen Menschen (außer einem Gottmenschen) gab, der sich »perfekt« nennen konnte, dann war es wohl meine Schwester. Ich staunte immer wieder, dass sie das selbst nicht so sah. Ich musste daran denken, wie viele Fehler ich in meinem Leben schon gemacht hatte. Es waren nie wenige gewesen, aber in der letzten Zeit waren sie fast nicht mehr zu zählen. Was würde Jodi von mir halten, wenn sie die ganze Wahrheit wüsste? Lieber nicht daran denken. »Aber jetzt zu unserem Kaffee. Wir fahren in ein neues Café in Paso Robles, das gerade in aller Munde ist. Der Chefkonditor soll aus San Francisco kommen.«

Wir stiegen in mein Auto und fuhren auf die Landstraße. Sie führte durch einen wahren Tunnel aus hohen Eichen, von deren Ästen Moose herabhingen, wie Lametta von einem Weihnachtsbaum. Die

Hänge waren zum Großteil Weinberge, die Reben säuberlich an Drähte gespannt. Dann kam ein größerer Weinberg, der ganz anders aussah. Hier gab es keine Drahtspaliere, die Weinstöcke sahen eher wie Sträucher aus. »Warum sieht der Weinberg da so anders aus? Ist das eine andere Traubensorte?«, fragte ich, mehr, um das Gespräch in Gang zu halten.

»Das ist ein Trockenweinberg. Er wird nicht bewässert wie die anderen.«

Ich wusste, dass in dieser Gegend die Sommer sehr heiß und trocken waren. Ich konnte mir nicht vorstellen, wie hier ohne Bewässerung etwas anderes wachsen konnte als Steppenläufer. »Und das funktioniert?«

»Offenbar sogar ganz gut. Der Ertrag pro Weinstock ist viel geringer, weil er nicht bewässert und auch nicht so viel zurückgeschnitten wird. Aber wenn man rechnet, was das Wässern und Schneiden kostet, kostet eine Tonne Trauben ungefähr das Gleiche. Du hast die Wahl: Entweder du investierst mehr Zeit und Geld und hast einen höheren Ertrag, oder du investierst weniger und produzierst auch weniger.«

»Interessant.«

»Mich erinnert das immer an die ersten Verse im Johannesevangelium, Kapitel 15: ›Ich bin der wahre Weinstock und mein Vater ist der Weingärtner. Er schneidet jede Rebe ab, die keine Frucht bringt, und beschneidet auch die Reben, die bereits Früchte tragen, damit sie noch mehr Frucht bringen.‹ Weißt du, Jesus reicht es nicht, uns nur das Minimum an Pflege zu geben. Er gibt uns alles, was er hat, damit wir das werden können, was wir werden sollen. Manchmal tut das Schneiden weh, aber es ist nie sinnlos, sondern das, was wir brauchen.«

Ich als Rebe – der Gedanke gefiel mir nicht so richtig. Fast sah ich sie vor mir, die Hand Gottes, die sich zu mir herabneigte. Ich hatte den dunklen Verdacht, dass er in ihr kein Winzermesser hielt, sondern eine Machete. Was musste man nur tun, um auf Gottes Trockenweinberg versetzt zu werden?

24

»Na, wie war der Besuch bei Kurt letzten Freitag? Gibt es etwas, wofür wir beten können?« Unser Pastor, Ken Maddox, stand in der Tür zu meinem kleinen Büro. Es war Montagmorgen. Ich wusste, dass Jana und Beth ihre Arbeit unterbrochen hatten, um auch ganz bestimmt meine Antwort mitzubekommen.

»Es geht ihm gut.« Ich glaube, ich lächelte, als ich die Worte hervorpresste; ganz sicher bin ich mir nicht.

»Es geschieht heutzutage nicht sehr oft«, fuhr Ken fort, »dass ein verlorener Sohn im wirklichen Leben solch eine Kehrtwendung hinbekommt. Obwohl ich zugeben muss, dass ich schon immer den Eindruck hatte, dass Gottes Hand auf eine ganz besondere Art auf Kurts Leben lag. Schon als ich hier anfing, habe ich gemerkt, dass er die Gabe der Führung hatte. Die anderen Kids haben alle zu ihm aufgeschaut und auf ihn gehört.«

Die Worte ließen mich innerlich zusammenzucken. Nick war derjenige, auf dem Gottes Hand gelegen hatte. Kurts Führungsqualitäten hatten sehr wenig mit dem Heiligen Geist zu tun gehabt. Ich grinste (nun ja, äußerlich) und sagte: »Die Gabe der Führung? Meinst du das, als er das Auto des Schuldirektors mit Rasiercreme eingeschmiert hat? Oder als er in dem Ferienlager am San Antonio-See im Mädchenzelt die Schlange freigelassen hat?«

Ken lachte. »Ich habe nicht gesagt, dass Gott ihn mit vierzehn Jahren zu einem perfekten Erwachsenen gemacht hat. Aber ein Leiter ist ein Leiter. Und was er machte, war ja nie gemein; das waren harmlose Dumme-Jungen-Streiche.«

»Versuche mal, das Rufus Milner zu erklären. Erinnerst du dich noch an die allergische Reaktion, die er bekommen hat, nachdem die Jungen die Stinkbombe im Sonntagsschultrakt losgelassen hatten?«

»Das war ja nicht absichtlich, das weiß Rufus auch. Gut, er war damals erst mal echt wütend und hat den Sonntagsschultrakt gemieden wie die Pest. Aber er ist darüber hinweggekommen. Ich glaube, heute würde auch er darüber lachen. Und sich freuen, wenn er hört, dass Kurt einen Neuanfang macht, wie der verlorene Sohn im Gleichnis.«

Ich fragte mich, was Ken wohl denken würde, wenn er das mit dem Baseballschläger wüsste. Dass ich ihn verbrannt hatte und immer noch nicht zur Polizei ging, obwohl jetzt ein anderer junger Mann im Gefängnis war. Würde er das, was ich da gemacht hatte, vernünftig finden? Nein, mit Sicherheit nicht. Es war für ihn undenkbar, weit jenseits der Linie, die man seiner Meinung nach nicht überschreiten durfte.

Den Rest des Tages verbrachte ich damit, zu arbeiten und mich in meinem Büro zu verstecken. Ich staunte nur so, wie viel man schaffen konnte, wenn man sich mit niemandem unterhielt. Ich begann gerade zu hoffen, dass ich ohne weitere Komplikationen durch den Tag kommen würde, als mein Outlookterminkalender mich daran erinnerte, dass in fünfzehn Minuten mein Telefoninterview mit Reisha Cinders begann.

»Soll das ein Witz sein?« Ich sagte es laut, obwohl niemand im Zimmer war, der mich hören konnte.

Wenn ich mich rechtzeitig an den Termin erinnert hätte, hätte ich mir irgendeine Ausrede einfallen lassen und die Sache vor ein paar Tagen annulliert. Jetzt war es zu spät. Jetzt musste ich da durch, obwohl ich mir absolut nicht wie das große Vorbild vorkam. Aber ich hatte hier einen Auftrag bekommen.

Einen Auftrag.

Der Gedanke rief mir abrupt in Erinnerung, was ich gemacht oder vielmehr nicht gemacht hatte. Gewöhnlich verbrachte ich vor einer Konferenz und sonstigen Terminen viel Zeit im Gebet. Ich bat Gott um die richtigen Worte in meinem Vortrag, um die richtigen Antworten in der Fragerunde und allgemein darum, dass Gott die Ehre bekam. Heute hatte ich nicht nur diesen Termin komplett vergessen, ich hatte auch die ganze Zeit nicht dafür gebetet.

»Gott, bitte benutze diese Talkshow zu deiner Ehre.« Es war der einzige Satz, der mir einfiel, obwohl ich meine Zweifel hatte, ob Gott mir überhaupt noch zuhörte. Aber ich hatte keine Zeit, groß darüber nachzugrübeln. Ich musste jetzt den Anruf machen.

Ein paar Minuten später war ich per Telefon mitten in einer USA-weiten Talkshow und sprach über das Thema »Trauer«. Einmal sagte Reisha Cinders: »Ich habe gehört, dass der Mann, der Ihren Sohn umbrachte, vorher bereits mehrmals wegen Gewaltverbrechen verhaftet worden war, aber auf Bewährung freigelassen wurde. Haben Sie den Eindruck, dass unser Rechtssystem zu nachgiebig gegenüber Kriminellen geworden ist?«

Das war der Grund, warum sie mich interviewte, das wusste ich. Aber wie sollte ich diese Frage beantworten? Die ganze Nation erwartete, dass ich tatsächlich der Meinung war, dass unsere Justiz Nicks Mörder mit Samthandschuhen angefasst hatte. Aber die Leute hatten ja keine Ahnung, was ich da in meinem Kamin verbrannt hatte. »Nun, ich … ich meine, natürlich wäre es mir lieber gewesen, Lonnie Vandever und die anderen wären nach ihrer letzten Verurteilung nie mehr freigekommen, sodass sie meinen Sohn nicht hätten überfallen können. Aber ich möchte nicht aufgrund eines einzigen Falles neue, landesweite Regelungen haben. Ich glaube, man muss jeden Fall ganz individuell sehen und jeden Täter auch.«

Als ich mit meiner Antwort fertig war, standen Schweißperlen auf meiner Stirn. Ich hatte keine Lust, weiter über diese Themen zu reden, und ging in die Offensive. »Ich habe die Erfahrung gemacht, dass Gott mir in meiner Trauer genügt. Ich meine, dass das Herumwühlen in dem, was alles hätte sein können, diesen inneren Heilungsprozess nur stört.«

»Hmm. Da haben Sie sicher ein Stück weit recht. Aber Sie finden doch sicher, dass unsere Regierung alles tun sollte, was sie kann, um ihre Bürger zu beschützen?«

»Absolut.« Ich musste an Kommissar Thompson und sein Bauchgefühl denken. »Aber wir sollten dabei auch nicht vergessen, dass die Regierung auch Fehler machen kann. Das System muss für jeden funktionieren. Die Polizei ist nicht perfekt.«

Stille, mindestens zehn Sekunden lang. Zehn Sekunden – das klingt vielleicht nicht viel, aber in einer im ganzen Land ausgestrahlten Talkshow fühlt es sich an wie eine Ewigkeit.

»Kommen wir zu etwas anderem – dem Umgang mit der Trauer. Sie halten doch Seminare darüber, nicht wahr?«

Ich atmete erleichtert aus. Reisha Cinders war nicht bereit, noch mehr Antworten zu riskieren, die nicht in ihr Programm passten. So wechselte sie das Thema. Ich war ganz dafür.

Als ich endlich den Hörer wieder auflegte, hatte ich unglaubliche Magenschmerzen.

25

»Also, so wie ich das sehe, ist es ein reiner Indizienbeweis.«

Wir saßen bei unserem wöchentlichen Dienstagsfrühstück mit Quiche und Saft. Laceys rauchige Stimme bestätigte mir, was ich im Stillen erwartet hatte.

Irgendwo tief drinnen, weit jenseits aller bewussten Gedankengänge und Logik, hatte ich gehofft, dass es einen direkten Beweis gab, der diesen anderen jungen Mann mit dem Mord verband. Einen Beweis ohne Wenn und Aber. Dann hätte ich gewusst, dass mein Sohn unschuldig war – trotz dem, was ich da gefunden hatte, trotz dem, was er mir gesagt hatte. So war es also nicht, aber jetzt würde ich mich wenigstens damit trösten können, dass der andere freigesprochen würde.

»Das heißt also, dass sie ihn laufen lassen müssen, oder?«

»Nein. Es ist zwar nur ein Indizienbeweis, aber er ist ziemlich zwingend. Und der Bürgermeister macht starken Druck auf den Staatsanwalt. Nein, ich glaube, der Prozess wird zustande kommen.«

»Und was ist da so zwingend?«

»Wie du schon weißt, war der Name des neuen Verdächtigen auf dieser Schuldnerliste – der gleichen, auf der auch Kurts Name stand. Dann haben Zeugen ihn in der Mordnacht im Stadtzentrum von Santa Barbara gesehen. Aber ich denke mal, dass andere Leute auf dieser Liste auch gesehen worden sind. Es gibt einen Teilfingerabdruck, der von ihm stammen könnte, aber den Hauptbeweis, den absoluten Hammer, scheint er selbst geliefert zu haben.«

»Wie meinst du das?«

»Es gibt da ein Detail, das die Kripo der Öffentlichkeit nie mitgeteilt hat. Offenbar wurde Rudy Prince nicht nur ermordet, sondern anschließend auch noch beraubt. Seit der Mordnacht sucht die Polizei unter anderem ein Goldmedaillon, das er immer an einer Goldkette um seinen Hals trug. Es war speziell für ihn gefertigt. Ich weiß nicht alle Einzelheiten, aber es war ein Unikat. Tja, und dieses Medaillon und die Kette hat Gary Singer offenbar in ein Pfandhaus in Oxnard gebracht.«

Ich schöpfte wieder Hoffnung. »Dann ist es also gut möglich, dass Gary Singer ihn tatsächlich umgebracht hat? Und dafür, dass der Schläger bei Kurt gelandet ist, gibt es eine andere Erklärung?«

Lacey nahm meine Hand und drückte sie. »Mädchen, wir beide hoffen und wünschen, dass das so ist. Aber wir wollen uns nichts vormachen, okay?«

»Aber wie soll Gary Singer denn sonst an das Medaillon gekommen sein?«

»Seine Version ist, dass er Rudy Prince auf der Straße liegen gesehen hat. Er behauptet, er wusste nicht, dass er tot war, sondern ihn nur für bewusstlos hielt. Als Musterbürger, der er ist, hat er Rudys Taschen inspiziert und dort eine Tüte Kokain und etwas Geld gefunden. Er hat beides eingesteckt. Wahrscheinlich hat er dabei diesen Fingerabdruck hinterlassen. Dann hat er die Goldkette und das Medaillon an sich genommen – angeblich, um es Rudy, wenn er aus dem Krankenhaus entlassen war, zurückzuverkaufen, um so seine Drogenschulden zu begleichen.«

»Netter Typ.«

»Das kannst du laut sagen. Dieser Knabe und Kurt, das ist kein Vergleich. Kurt ist ein nützliches Glied der Gesellschaft, Gary Singer ist eine Eiterbeule.«

»Wie hat die Polizei in Santa Barbara davon erfahren, dass er das Medaillon in Oxnard verpfändet hat?«

»Sie haben von Anfang an nach dem Ding gesucht, und bei Pfandhäusern haken sie immer nach.« Sie schüttelte den Kopf, dass die große Fuchsie an dem Stirnband, das sie heute trug, bedenklich schwankte. »Der Kerl konnte den Hals nicht voll genug bekommen. Hätte er das Ding in den Mülleimer geworfen, wäre er heute ein freier Mann.«

»Also, es ist eine reine Indiziengeschichte, wie du sagtest. Das würde eine Jury doch sicher auch so sehen. Die würden sehen, dass da nichts Konkretes ist, ja? Was meinst du, wie die Sache für Singer ausgehen wird?«

»Willst du meine ehrliche Antwort?«

»Natürlich, das weißt du doch.« Ich sagte das mit einer Forschheit, die ich nicht besaß. Wenn ich ehrlich zu mir selbst war, dann wollte ich die Antwort lieber nicht hören.

»Mädchen, der ist erledigt. Bei seinem Vorstrafenregister glaubt dem kein Geschworener ein Wort. Egal, was die Wahrheit ist.«

Das Herz sank mir in die Hose. Ein Unschuldiger würde also für ein Verbrechen, das mein Sohn begangen hatte, ins Gefängnis kommen! Ein Verbrechen, das dazu noch mit meiner Hilfe vertuscht worden war. Ich nahm all meinen Mut zusammen und sah Lacey an. »Dann … muss ich das melden?«

»Wenn du das machst, wird es nicht nur um Kurt gehen. Du hast bei einem Kapitalverbrechen Beweisstücke vernichtet.«

Daran hatte ich noch gar nicht gedacht. »Lacey, kann ich dafür ins Gefängnis kommen?«

»Ich war im Zivilrecht tätig, nicht im Strafrecht. Aber ich weiß, dass die Beseitigung von Beweisstücken eine Straftat ist.« Sie trommelte mit den Fingern auf ihre Lippen; fast konnte ich sehen, wie ihr Gehirn das Archiv an juristischen Informationen durchging, das sie im Laufe der Jahre aufgebaut hatte. Sie zog ihre Hand wieder weg. »Sie könnten dir auch Behinderung der Justiz und Mittäterschaft nach der Tat anhängen. Das sind sogar schwere Straftaten. Ich glaube nicht, dass sie dich ins Gefängnis stecken würden, aber wir sind uns beide darüber klar, dass du deinen Arbeitsplatz verlieren würdest, deine Freunde in der Gemeinde, alles.«

Ich dachte an die Menschen, neben denen ich die letzten zwanzig Jahre im Gottesdienst gesessen hatte, und wollte protestieren. Aber die Worte blieben mir im Hals stecken. »Vielleicht.«

»Und wenn es Rick mit der Sorgerechtsgeschichte ernst ist, musst du dir darüber im Klaren sein, dass so eine Verurteilung den Ausschlag geben wird. Bist du bereit, sowohl Kurt als auch Caroline zu verlieren, um einen drogensüchtigen Taugenichts zu retten, der dir dann womöglich aus lauter Dankbarkeit eins über die Rübe zieht und mit deinen Ersparnissen abhaut? So ähnlich ist es ja den letzten Leuten ergangen, die ihm helfen wollten.«

»Ich … ich weiß nicht, was ich machen soll.«

»Überlege dir sehr gut, was du machst, bevor du etwas tust, was du hinterher nur bereust. Mein Rat als deine Anwältin lautet: Halt den Mund! Und mein Rat als deine Freundin ist genau derselbe. Der Kerl gehört so oder so ins Gefängnis. Lass die Gerechtigkeit ihren Lauf nehmen.«

26

Ich fuhr zur Gemeinde, um mein Tagwerk zu beginnen. Laceys Rat ließ mich nicht los. Ich konnte mich kaum konzentrieren, geschweige denn einem Gespräch folgen. Seit Wochen schon war ich mit meinen Gedanken woanders, wenn ich im Büro war. Es war ein Wunder, dass mich niemand darauf ansprach. Ich erledigte das Minimum an Arbeit, das ich an diesem Tag schaffen musste, und verließ die Gemeinde kurz nach zwölf. Ich musste zu Hause sein, wenn Caroline um drei aus der Schule kam, aber ich hatte nicht die Absicht, bis dann auch nur in die Nähe meines Hauses zu kommen. Ich musste mich beschäftigen, mit irgendetwas, um auf andere Gedanken zu kommen. Wahrscheinlich nahm ich mir vor, zu beten. Aber seit ich diesen Schläger entdeckt hatte, war das Beten für mich in weite Ferne gerückt, jeden Tag noch weiter. Beten heißt ja auch Hören, und mir anhören, was Gott mir zu sagen hatte – nein, der Gedanke begeisterte mich nicht.

Ich drehte das Autoradio voll auf und fing an, die Küste entlangzufahren. Erst hatte ich vor, zum Strand-Grill bei Padaro zu fahren, um einen Krabbensalat zu essen und das Meer und den schönen Tag zu genießen. Aber als ich an die Autobahnausfahrt kam, fuhr mein Auto einfach geradeaus weiter.

Ich erreichte den Stadtrand von Ventura. Was wollte ich in Ventura? Ach ja, ich konnte zum Einkaufszentrum fahren und Caroline in ihrem Lieblingsladen neue Shorts kaufen. Aus den meisten vom letzten Jahr war sie herausgewachsen. Aber ich fuhr nicht zu dem Einkaufszentrum.

Mein Auto fuhr zu der einen Adresse, an der ich nun wirklich nichts zu suchen hatte. Plötzlich stand ich auf dem Kundenparkplatz von Kevin Marshalls Autowerkstatt. Zwei oder drei Wagen standen auf Hebebühnen, man hörte das Heulen hydraulischer Vorrichtungen, es roch penetrant nach Öl und warmen Motoren. Wie konnte ich nur so dumm sein, hierher zu fahren? Ich rollte an den äußersten Rand des Parkplatzes und begann mein Wendemanöver.

Als ich das Rücksetzen hinter mir hatte und gerade wieder den Vorwärtsgang einlegte, sah ich aus dem Augenwinkel, wie jemand auf mich zugerannt kam. Es war Kevin. Sein Gesicht war besorgt. Er hielt neben meinem Fahrerfenster an. »Alisa? Ich dachte doch, dass das dein Auto ist. Was ist los?«

War das hier ein Zufall? Es war eine große Werkstatt, überall liefen Mechaniker herum. Was hatte Kevin genau in dem Augenblick, als ich ankam, zum Parkplatz hinschauen lassen? Ich ließ mein Fenster herunter. »Hallo, Kevin. Mir geht's gut. Ich mache gerade eine kleine Tour und habe gemerkt, dass das Öl gewechselt werden muss. Da bin ich eben spontan hierhin. Aber ich sehe, du hast echt zu tun. Das kann ja auch noch ein bisschen warten.«

»Warte, nicht so schnell! Joe ist gerade aus der Mittagspause zurück und hat noch keinen Kunden. Er soll das eben machen. Komm doch so lange in mein Büro, dann können wir uns unterhalten, während du wartest.«

»Nein, das ist schon gut, ich sehe doch, wie beschäftigt ihr seid.«

»Ich bin nie zu beschäftigt für meine Freunde.« Er öffnete meine Fahrertür. »Lass den Schlüssel drin, ich rangier dein Auto eben. Wir haben drinnen Kaffee. Wenn du willst, kannst du auch Wasser bekommen.«

Was sollte ich machen? Meine Fahrertür war offen, und die ersten Mechaniker schauten von ihrer Arbeit hoch, um zu sehen, mit wem ihr Chef da sprach. Die Lage wurde peinlich. »Ich fahre eben selbst rüber. Wo sollte ich noch mal hin?«

»Nummer 2, da links.« Er schloss meine Tür und marschierte hin und her, während ich das Auto in die Servicebucht fuhr, die er genannt hatte. »He, Joe«, rief er, »kannst du eben mal einen Ölwechsel für mich machen?«

»Gerne!«

Beim Aussteigen sah ich, wie ein junger Mann in den Zwanzigern an seine Mütze tippte und in unsere Richtung sah. Ich nickte zurück und fragte mich, ob er wohl merken würde, dass ich den letzten Ölwechsel vor vielleicht 1 500 Kilometern gehabt hatte. Wahrscheinlich schon. Ich hoffte nur, dass er anschließend den Mund halten und nicht zu Kevin gehen und sich beschweren würde, dass er da zehn Minuten für nichts und wieder nichts geopfert hatte. Ich konnte mir die Szene bildlich vorstellen.

Ich spürte Kevins Hand an meinem Ellbogen. »Hier hinten.« Er führte mich zu einem kleinen Büro in der Ecke. Er schloss die Tür hinter uns. Was würden seine Angestellten jetzt wohl denken? Irgendeine komische Dame kommt in die Werkstatt gefahren, der Chef zieht sie förmlich aus ihrem Auto und jetzt gehen die beiden ins Büro und schließen die Tür hinter sich …

»So. Setz dich und sag mir, was los ist.« Er nahm einen kleinen Stapel Zeitschriften von einem abgewetzten Stuhl und legte ihn auf einen wesentlich höheren Stapel auf seinem Schreibtisch.

Zwischen den nackten Wänden war kaum Platz für den Schreibtisch und meinen Stuhl, aber irgendwie fühlte es sich nicht beengt, sondern heimelig an. »Nichts weiter«, antwortete ich. »Ich habe einen schlimmen Tag gehabt, habe mich ins Auto gesetzt und auf einmal war ich in Ventura und dann auf deinem Parkplatz.« Die Hitze in meinen Wangen hätte eine Kleinstadt beheizen können.

»Und warum war dein Tag so schlimm?«

Ich vermied es, ihn anzusehen. »Ich schätze mal, das Letzte, was du hier drinnen brauchen kannst, ist ein wehleidiges Frauenzimmer, das dir seine Probleme auftischt.«

»Wenn einer kein wehleidiges Frauenzimmer ist, dann du, das wissen wir beide. Jetzt erzähle mir, was dich so aufgeregt hat, dass du bis nach Ventura gefahren bist.«

»Ich … weiß es nicht. Das sind hundert Sachen, die gerade alle zusammenkommen. Vor ein paar Wochen hat Rick es mit dem Thema ›Sorgerecht‹ gehabt – nicht mir gegenüber, wohlgemerkt. Unsere Zehnjährige hat es mitbekommen. Zu mir hat er keine Silbe gesagt. Und dann unser Sohn Kurt …« Ich unterbrach mich. Ich wollte diesen Augenblick nicht mit einer Lüge oder auch nur Halbwahrheit ruinieren, aber die volle Wahrheit zu sagen, würde ich nicht schaffen. »Ach, lass. Und jetzt findet Rick auf einmal, dass er ein paar Dinge nicht richtig gesehen hat, und kommt mit einem großen Blumenstrauß daher.«

»Und warum beunruhigt dich das?«

»Noch vor zwei Wochen hat der Mann laut über das alleinige Sorgerecht nachgedacht. Hinter meinem Rücken. Und zur Rede stellen kann ich ihn nicht, weil das Caroline in eine peinliche Lage bringen würde.«

Er schob seinen Stuhl direkt neben meinen und legte seine Arme um mich, und ich weinte an seiner Schulter, bis ein großer nasser Fleck auf seinem blauen Arbeitshemd war. Ich beruhigte mich wieder, aber er ließ mich nicht los und ich machte mich auch nicht frei. Ich hatte den Eindruck, dass er diese rückhaltlose Umarmung geradeso brauchte wie ich.

Ich fühlte mich so warm und geborgen. Keine Anschuldigungen, nur Annahme und Hilfe. Wahrscheinlich fragte er sich, warum ich so bitterlich weinte, nur weil mein Mann mir Blumen gebracht hatte. Vielleicht war ihm auch klar, dass da noch mehr sein musste. Viel mehr, das ich ihm nicht gesagt hatte. Es war fantastisch, dass da jemand war, der mich so gut verstand …

Als ich merkte, wie weit meine Gedanken da schweiften, machte ich mich doch aus der Umarmung frei, obwohl seine Hände auf meinen Schultern blieben. Er war verheiratet und ich – jedenfalls juristisch – nach wie vor auch. »Entschuldige bitte, dass ich mich gerade so habe gehen lassen. Das wollte ich nicht.«

»Natürlich wolltest du das nicht, aber das hast du gebraucht.« Er fuhr mit seinen Daumen über meine nassen Wangen. Wir sahen einander in die Augen, eine Zehntelsekunde länger als nötig, dann ließ auch er mich los.

Ich erhob mich und nahm meine Handtasche. »Ich gehe dann raus und warte auf mein Auto. Du hast ja sicher zu tun.« Ich versuchte, das verräterisch verschmierte Make-up unter meinen Augen mit den Fingern abzuwischen.

Er zog aus einer Box auf seinem Schreibtisch ein Papiertaschentuch und reichte es mir. »Nächste Woche bin ich geschäftlich in Santa Barbara. Ich komme dann mal bei dir vorbei und schaue, wie's dir geht.«

»Das musst du nicht.«

»Müssen nicht, das weiß ich auch. Ich will es.«

Das war die Antwort, auf die ich heimlich gehofft hatte.

27

Der nächste Samstag. Das nächste Seminar für Menschen, die vor Trauer wie gelähmt waren. Aber Trauer war gerade das, woran ich am wenigsten dachte. Ich hätte ganz alleine ein ganzes Wochenende über den Umgang mit der Schuld sprechen können. Aber Trauer? Doch ich hielt wie immer meinen Vortrag und bekam wie immer meinen großzügigen Schlussbeifall. Als ich die Fragerunde eröffnete, trockneten sich viele Teilnehmer die Augen.

Die erste Frage kam von einer Frau in der ersten Reihe mit rot verweinten Augen. »Wie lange haben Sie gebraucht, um über den Tod Ihres Sohnes hinwegzukommen?«

»Richtig über den Tod seines Kindes hinwegkommen tut man wahrscheinlich nie. Ich werde mich an Nick erinnern und ihn vermissen und lieben, bis ich selbst sterbe. Aber mit Gottes Hilfe kann ich heute wieder lachen, mit meinem Leben weitermachen und jeden neuen Tag begrüßen, weil es sich lohnt, ihn zu leben.« Es war das, was diese Menschen hören wollten und was sie brauchten. Aber in der letzten Zeit war es Schwerarbeit für mich geworden, über Gott zu reden. Es gab mir einen tiefen Stich, als ich plötzlich merkte, wie lange es schon her war, dass ich das letzte Mal an Nick gedacht hatte.

Ich zeigte auf eine Hand ganz hinten. »Dort in der letzten Reihe, bitte.«

»Glauben Sie, dass jedes Leben gleich wertvoll ist? Oder sind Sie der Meinung, dass manche Menschen es mehr verdienen als andere, dass sie leben – oder auch, dass ihnen Gerechtigkeit widerfährt?«

Die nackte Wut packte mich. Wie konnte Kommissar Thompson es wagen, schon wieder in meinen Vortrag zu kommen? Ich riss mich zusammen und versuchte, meine Miene neutral und meine Stimme positiv zu halten. Aber mein ganzer Körper zitterte vor Zorn. »Ich glaube, dass Jesus für jeden Menschen gestorben ist. Ich glaube, dass er denen, die zu ihm kommen und um Vergebung bitten, bereitwillig vergibt. Und ich glaube, dass niemand von uns seine Liebe und Gnade verdient. Wir sind gewissermaßen alle gleich unwürdig.« Mehrere Zuhörer murmelten »Amen.« Es war die ideale Gelegenheit, Schluss zu machen, bevor Kommissar Thompson noch mehr Fragen stellen konnte. »Ich bin gerne heute Abend mit Ihnen zusammen gewesen und habe Ihnen meine Geschichte erzählt. Möge der Gott allen Trostes Ihnen allen seinen Frieden geben.«

Ich verließ das Podium und eilte geradewegs nach hinten. Ich sah, wie Thompson aufstand und in Richtung Tür ging, aber diesmal folgte ich ihm. Als wir draußen waren, sprach ich ihn an. »Würden Sie die Güte haben und mir erklären, was das eben sollte? Warum verfolgen Sie mich immer noch? Jetzt haben Sie doch den Schuldigen verhaftet.«

Er blieb stehen und sah mich an. »Das ist nur so ein Bauchgefühl. Gary Singer hört nicht auf, seine Unschuld zu beteuern. Sie können mich gern sentimental nennen, aber irgendwie habe ich den Eindruck, dass da etwas Wahres dran ist. Während ich bei der Geschichte Ihres Sohnes den Eindruck habe, dass da etwas so ähnlich riecht wie der Fisch von letzter Woche.«

»Ärgert es Sie so sehr, dass jemand Ihnen durch die Lappen gegangen ist, dass Sie mit aller Gewalt versuchen müssen, ihm etwas anzuhängen, damit Sie etwas Sinnvolles zu tun haben?«

»Oh, ich habe jede Menge zu tun. Und dazu gehört auch, dass ich ganz sichergehe, dass ich keinen Unschuldigen ins Gefängnis schicke. Sie haben vorhin gerade gesagt, dass Sie glauben, dass jedes Menschenleben gleich wertvoll ist. Dann ist es doch für Gary Singer genauso wichtig wie für Ihren Sohn, dass er nicht für etwas in den Knast kommt, das er nicht getan hat. Das sehen Sie doch sicher auch so?«

Nein, das sah ich nicht so. Ich hatte die Berichte in der Zeitung gelesen. Gary Singers Leben war nicht halb so wertvoll wie das meines Sohnes. Vor allem jetzt. Aber das konnte ich Kommissar Thompson nicht laut sagen. Es hätte seinen Argwohn nur noch verstärkt. »Da haben Sie sicher recht«, sagte ich. »Aber da mein Sohn unschuldig ist, tut das ja wohl nichts zur Sache.«

»Schauen Sie, da sind wir beiden eben nicht einer Meinung. Mein Bauch sagt mir nach wie vor, dass bei Kurt noch mehr ist als das, was Sie mir sagen. Und er sagt mir auch, dass Sie mehr wissen als Sie sagen.«

»Dann hat Ihr Bauch eine blühende Phantasie. Aber wenn Sie mich bitte entschuldigen. Ich muss noch einmal zurück in den Saal. Es könnte sein, dass noch jemand meine Hilfe braucht.«

»Einen schönen Abend.« Er nickte mir zu und ging.

28

»Wow, ist das ein cooles Auto! Wer ist das?« Caroline schaute zum Fenster hinaus und dann zurück zu mir.

Ich linste über ihre Schulter. In unserer Einfahrt stand ein knallgelbes Zweisitzer-Cabrio. »Keine Ahnung. Vielleicht hat der sich mit der Hausnummer vertan. Und jetzt geh zurück an deine Hausaufgaben.«

Ich hatte meine Aufmerksamkeit schon wieder Carolines Mathematikaufgaben zugewandt, als die Türklingel ging. Ich öffnete. Vor mir stand eine knochendürre Frau mit solariumgegerbter Haut und blondem Haar, das wie Stroh aussah. Der halb abwesende Ausdruck ihrer Augen und die schleifpapierähnliche Gesichtshaut erinnerten mich an die Obdachlosen, die man manchmal im Zentrum von Santa Barbara sah, mit dem Unterschied, dass diese Frau ein tolles Cabrio fuhr. »Ja, bitte?«

»Du erinnerst dich nicht mehr an mich, oder?« Ihre Stimme war eine Spur nuschelig.

Nein, ich erinnerte mich nicht, aber als sie die Frage gestellt hatte, kam sie mir vage bekannt vor. Dann sah ich, dass sie einen Teller mit Schokoladenplätzchen auf den Händen balancierte. Ach so, sie war bestimmt in einem von meinen Trauerseminaren gewesen. »Entschuldigung, mein Namens- und Gesichtsgedächtnis ist furchtbar. Könnten Sie mir bitte auf die Sprünge helfen?« Ich hatte immer noch halb den Eindruck, dass die Dame am falschen Haus geklingelt hatte, aber ich wollte höflich sein.

»Ich bin Sheila Marshall. Chris' Mutter und *Kevins Frau.*«

Bildete ich mir das ein, oder hatte sie die letzten beiden Worte etwas lauter gesagt? »Oh, Sheila ... Hallo. Das tut mir echt leid, dass ich dich nicht gleich erkannt habe. Es ist ja so lange her.«

»Ja, das stimmt. – Und wie geht's dir, junge Dame?«

Ich drehte mich um und sah, dass Caroline direkt hinter mir stand und die Szene mit neugierigen Augen beobachtete. »Caroline, geh wieder an deine Hausaufgaben.« Was immer es war, das Sheila Marshall zu mir hergeführt hatte: Ich wollte nicht, dass Caroline es mitbekam.

»Och, Mama …«

»Warte mal, junge Dame. Wer lernt, muss etwas Richtiges essen. Möchtest du die Plätzchen haben?«

Carolines Augen verschlangen den Teller mit den Schokoplätzchen. »Oh, danke!«

Ich musterte Sheila Marshall, immer noch unsicher, was dieser Besuch bedeuten sollte. »Caroline, stell die Plätzchen erst mal auf die Küchentheke.«

»Kann ich nicht wenigstens eins essen?«

»Erst wenn wir zu Abend gegessen haben.«

»Aber ich habe heute meine Süßigkeiten noch nicht bekommen.«

Ich war wild entschlossen, meinem Kind nichts zu geben, was aus der Hand dieser Frau kam, solange ich nicht genau wusste, warum sie hier war. »Caroline, tu, was ich dir sage. Stell sie auf die Theke. Nachher sehen wir weiter.«

Caroline trollte sich grummelnd. Ich würde sie mir später noch vorknöpfen; jetzt musste ich erst einmal wissen, was hier vorging. »Vielen Dank für die Plätzchen. Damit hast du meiner Tochter den Tag gerettet, wie du gerade gesehen hast.« Ich lächelte sie an und wartete darauf, dass sie sich genauer erklären würde.

Sie schien auf ihren Füßen ein wenig zu schwanken. »Als Chris diese Bilder hervorgeholt hat, habe ich einfach gemerkt, dass wir nach der Sache mit den Jungen nicht genug an euch gedacht haben. Wir hätten euch mehr helfen sollen. Ich hab' das Kevin heute Morgen gesagt.«

Sie sah mich direkt an, als sie das sagte. Ihr Blick war etwas verschwommen, aber war da nicht eine Spur Trotz oder Wut? Ich wusste es nicht genau.

Die Höflichkeit gebot es eigentlich, sie auf eine Tasse Kaffee hereinzubitten. Aber ich wollte sie so schnell wie möglich wieder loswerden. Es musste reichen, sie nicht gerade zu beleidigen. »Ich bin froh, dass es Chris so gut geht.«

»Wenn du es gut nennst, wenn einer wie ein Krüppel läuft, dann geht's ihm wahrscheinlich gut, ja.« Sie schüttelte einmal den Kopf, wie um ihn klarer zu bekommen. »Entschuldigung. Ich weiß ja, dass wir dankbar sein sollten. Das Leben ist halt manchmal hart.«

Aus den Tiefen ihrer Handtasche kam ein Klingelton. »Einen Augenblick.« Sie griff in die Tasche und holte ein Handy heraus. Sie öffnete es und hielt es an ihr Ohr. »Hey.« Ich hörte eine gedämpfte Männerstimme, konnte aber die Worte nicht verstehen. Ihr Gesicht zog sich zusammen, dann lächelte sie mich an. »Was für ein Zufall, dass du das fragst. Ich bin gerade in Santa Barbara. Ich stehe vor der Haustür von Alisa Stewart, wenn du's genau wissen willst. Ich habe gedacht, ich tue ihr auch einmal etwas Gutes.«

Die Stimme wurde lauter und klang wütend, aber was sie sagte, verstand ich immer noch nicht. Ich schielte zu Caroline hin, die noch nicht einmal so tat, als ob sie ihre Hausaufgaben machte. Sie saß auf dem Fußboden, den Blick unverwandt auf die Haustür gerichtet, während ihre Bücher aufgeschlagen auf dem Couchtisch lagen.

»Ja, ich fahre gleich wieder nach Hause.« Sie drückte heftig die Ausschalttaste ihres Telefons. »Muss mich auf die Räder machen. Wollte nur, dass du weißt, dass ich an euch denke, das war alles.« Sie schlenderte zu ihrem Auto, stieg ein, setzte auf die Straße zurück und war verschwunden.

»Was hatte die da gerade?«, fragte Caroline.

»Das weiß ich auch nicht. Und jetzt machen wir weiter mit deinen Hausaufgaben.«

Ein paar Minuten später ging ich unter irgendeinem Vorwand in die Küche, nahm den Teller mit den Plätzchen und warf sie in hohem Bogen in den Mülleimer. Ich war mir nicht sicher, was Sheila Marshall da im Schilde geführt hatte oder auch nicht, aber ich wollte lieber nichts riskieren.

Der arme Kevin. Diese Frau musste er also tagtäglich ertragen. Nach einem langen Arbeitstag zu so einer kaputten Person nach

Hause kommen, musste furchtbar sein. Irgendwann im Laufe des Abends musste ich daran denken, wie schön es wäre, mit jemand wie Kevin zusammen zu sein. Sheila wusste ja überhaupt nicht, wie gut sie es hatte. Dachte Kevin womöglich das Gleiche über Rick? Fand er, dass Rick mich mehr schätzen sollte?

Ich versuchte, meine Gedanken zu bremsen, aber sie purzelten immer weiter. Er hatte gesagt, dass er diese Woche vorbeikommen würde. Ich hatte mir noch nie zuvor ernsthafte Gedanken über einen anderen Mann als Rick gemacht. Ich hatte dergleichen Anfälle immer gleich im Keim erstickt. Aber gut, seit ein paar Wochen fiel es mir leichter, ein Doppelspiel zu treiben.

Eine Stunde später war ich gerade dabei, die Zwiebeln für den Salat zu schneiden, als das Telefon klingelte. Sollte der Anrufer auf den Anrufbeantworter sprechen. Aber für alle Fälle schielte ich auf die Anruferkennung.

Kevin Marshall.

Ich hob das Telefon von der Küchentheke hoch. Von meinen Händen segelten kleine weiße Zwiebelstücke auf den Fußboden. »Hallo?«

»Hey, hier Kevin.«

»Wie geht's?«

»Danke, gut. – Ich möchte mich bei dir wegen Sheilas Besuch entschuldigen.«

Was sollte ich darauf antworten? Dass die Plätzchen eine schöne Überraschung gewesen waren? Dass mir jetzt noch klarer war, warum er mich in meinem Elend so gut verstehen konnte? Ich entschied mich schließlich für: »Kein Problem. Es war schön, sie wieder einmal zu sehen.«

»Ja, sicher. Sie hat gerade Probleme mit ein paar Sachen, unter anderem damit, dass ich letztens ein, zwei Mal in Santa Barbara war.

Einer der Leute in der Werkstatt hat etwas von deinem Ölwechsel erwähnt. Das hat sie ziemlich aufgeregt.«

Ich verbiss es mir, zu sagen, dass das doch alles harmlos war und dass ich mit ihr reden würde. Wir wussten beide, dass dies eine Lüge gewesen wäre. »Es tut mir leid, dass du wegen meines Besuchs solchen Ärger bekommen hast.«

»Dein Besuch war toll, und Sheila sucht immer nach Ärger. Es ist nur so: Ich hatte dir ja gesagt, dass ich diese Woche wahrscheinlich mal bei dir vorbeikomme. Ich möchte nicht, dass du den Eindruck hast, dass ich dich angelogen habe. Aber … tja, die nächsten paar Tage bleibe ich wohl besser mehr in der Nähe.«

»Das verstehe ich. Kein Problem.«

»Ich hoffe, dass ich's dann nächste Woche schaffe. Ich rufe dich vorher an.«

»Das wäre schön, ja. Bis dann.«

Ich legte auf. Die eine Hälfte von mir war traurig, dass ich jetzt doch nicht einen der wenigen Lichtblicke sehen würde, die es in meinem Leben noch gab. Die andere Hälfte (die Hälfte, in der das schlechte Gewissen saß) sagte mir, dass Sheila mich vielleicht gerade vor einer Dummheit bewahrt hatte, die ich den Rest meines Lebens bereut hätte.

29

Als ich am Donnerstag gerade von der Arbeit nach Hause gekommen war und das Mittagessen richtete, klingelte das Telefon.

»Hey, Mama, ich hab gedacht … Mann … vielleicht ist das doch keine so gute Idee.« Seine Stimme wurde mit jeder Silbe leiser, bis ich das Telefon förmlich auf mein Ohr pressen musste, um ihn verstehen zu können.

»Kurt?«

»Also, ich fahre heute Nachmittag nach Santa Barbara, um Pamela zu besuchen. Da habe ich gedacht, du möchtest sie vielleicht mal kennenlernen.«

»Pamela?«

»Die Mutter des Babys.«

»Oh.« Erst jetzt merkte ich, dass ich ihn ja noch nie gefragt hatte, wie sie hieß. Ich hatte überhaupt nichts über sie gefragt. Und dann merkte ich plötzlich, dass ich sie tatsächlich kennenlernen wollte. Oder lieber doch nicht? Solange ich sie nie gesehen hatte, konnte ich weiter so tun, als ob sie nur hinter Kurts Geld her war, damit sie ein Dach über dem Kopf und einen guten Arzt hatte. Wissen, wie es wirklich war, wäre vielleicht der nächste dunkle Punkt in meinem Leben. »Ich würde sie gerne einmal sehen, das wäre schön.«

»Gut. Ich bin so gegen vier bei dir.«

Während ich auf ihn wartete, tat ich so, als ob ich Gartenarbeit machte. Alle paar Sekunden schaute ich hoch, was sich als gänzlich unnötig erwies, denn schon lange, bevor ich sein Auto sah, hörte ich das Scheppern und Klappern der alten Rostlaube. Ich trat an das offene Fahrerfenster.

»Bist du ganz sicher, dass Pamela auch nichts dagegen hat, wenn ich mitkomme?«

Er nickte. »Ich habe ihr gesagt, dass ich dich mitbringe. Als wir zusammen waren, habe ich viel von dir erzählt.«

Von mir erzählt? Hatte er ihr gesagt, dass seine eigene Mutter ihn aufgegeben hatte? Dass ich nach dem Tod seines Bruders so mit mir selbst beschäftigt gewesen war, dass ich nicht merkte, wie schlecht es ihm ging? »Und sie will mich trotzdem kennenlernen?« Ich lachte kurz, als ob dies ein Witz war, aber es war keiner.

»Natürlich. Ich habe ihr gesagt, dass du die beste Mutter der Welt bist.«

»›Beste Mutter der Welt‹ klingt ein bisschen hoch. Wie wäre es mit ›Beste Mutter von Santa Barbara‹?«

»Also, wenigstens von Kalifornien.« Er nickte zum Beifahrersitz hin. »Steig ein.«

Ich musterte den abblätternden Kunststoff und die durchhängenden Polster. »Sollen wir nicht besser mein Auto nehmen?«

»Jetzt komm, Mama, wo bleibt deine Abenteuerlust?« Er stellte den Motor ab.

»Meine Abenteuerlust ist noch vorhanden. Ich denke nur an meinen Rücken.«

Ein paar Minuten später saßen wir in meinem Auto, und ich fuhr aus der Einfahrt heraus. Als wir das Ende meiner Straße erreichten, sah ich Kurt an. »Wo fahren wir überhaupt hin? Ich habe keinen Schimmer.«

»Ach so, ja, das hatte ich dir noch nicht gesagt. Cottage Hospital.«

Ich hielt meinen Fuß auf der Bremse. »Cottage Hospital? Hat sie das Kind schon bekommen? Ich dachte, sie wäre erst im sechsten Monat.«

»Das ist sie auch, aber sie hat ein paar gesundheitliche Probleme. Habe ich das nicht erwähnt? Ihr Blutzucker hat ziemlich gesponnen, und ich glaube, zurzeit hat sie Schwierigkeiten mit dem Blutdruck. Genau weiß ich das alles nicht, aber deswegen fahren wir ja hin, nicht?«

Ich fuhr los. Was würde ich in der Klinik vorfinden? Eine Schwangerschaftsdiabetes war nichts Besonderes, aber Blutdruckprobleme? Kam das von den Drogen, die sie genommen hatte? Hatte sie auch während der Schwangerschaft Drogen genommen?

Wir fuhren mit einem Lift zur Entbindungsstation hoch und fragten uns zu dem Zimmer durch. Das Kopfende von Pamelas Bett war etwas hochgestellt. Ihr langes schwarzes Haar floss über das Kissen, ihre Augen waren geschlossen. Ich schaute kurz zu dem Fernseher an der Wand hin.

Die Frauen aus *The View* diskutierten gerade lebhaft darüber, ob man Sechsjährigen erlauben sollte, ihr Handy mit in die Schule zu nehmen. Ich wandte meine Aufmerksamkeit wieder Pamela zu. Sie war wirklich ein schönes Mädchen. Ebenmäßige Wangenknochen, glatte Haut ... Gut, die Haut war etwas blass, aber sie war ja auch im Krankenhaus.

»Pamela, wir sind da.« Kurt berührte sanft ihre Schulter, und sie schlug die Augen auf. Sie blinzelte zweimal, dann lächelte sie zu ihm hoch.

»Hey.« Sie schaute zu mir hin und richtete sich halb auf. »Oh, hallo.«

»Hallo.« Ich wollte ihr meine Hand hinhalten, zögerte aber, unschlüssig, wie ich mich am besten in dieser Situation verhielt. Ich blieb schließlich in kurzer, aber sicherer Entfernung von ihr stehen und nickte. »Ich bin Alisa. Kurts Mutter.«

Sie lächelte mich an und nickte ebenfalls. »Sie sind wirklich so schön, wie Kurt mir immer gesagt hat.«

Ich spürte, wie meine Wangen heiß wurden. Ich wusste nicht, warum, aber es war so unangenehm, dass ich versuchte, das Thema zu wechseln. »Er hat schon immer gerne übertrieben.«

»Nee. Nicht, wenn's um meine Mama geht.« Er drückte meine Schulter und setzte sich auf den Bettrand. »Was sagen die Ärzte denn?«

»Morgen früh werde ich wohl entlassen. Es ist alles wieder in Ordnung, aber die nächsten paar Monate soll ich mich schonen. Nicht ganz Bettruhe, aber fast.«

»Und was wirst du machen?«

»Ich habe schon mit meiner Gastfamilie gesprochen. Sie waren echt toll, ich konnte es kaum glauben. Susie hat mir gesagt, dass ich mir keine Sorgen machen soll. Wenn ich Hilfe brauche, ist sie da.«

Kurt sah mich an. »Die Leute vom Lebensnetzwerk haben ihr eine Gastfamilie besorgt, bei der sie bis zur Geburt wohnen kann.«

Ich betrachtete das Mädchen in dem Bett und hoffte, dass diese Gastfamilie sie ein wenig an der Hand nehmen würde. »Das scheint ja eine nette Familie zu sein.«

Sie nickte. »Die allerbeste.« Sie zeigte auf einen braunen Umschlag auf dem Nachttisch. »Gibst du mir das mal, Kurt?«

Er reichte ihr den Umschlag, und sie zog mehrere zusammengeheftete Blätter heraus. Sie reichte sie ihm und nickte in meine Richtung. »Das ist die Familie, die das Kind bekommen soll. Was meinen Sie?«

Ich trat zu Kurt, um das lächelnde Paar auf der ersten Seite in Augenschein zu nehmen – und japste unwillkürlich auf.

Kurt sah mich an. »Was ist?«

»Das ist ja die Tochter von Lori Radcliffe und ihr Mann! An die Namen kann ich mich gerade nicht erinnern.« Ich schaute wieder auf das Bild. »Warte, jetzt hab ich's – ach ja, Rachel und Stefan Tuttle. Ich wusste, dass sie keine Kinder bekommen können, aber dass sie ein Adoptivkind suchen, war mir neu.«

Pamela sah zu mir hoch, ihre Augen blickten ängstlich. »Sind das nette Leute?«

Klar: Sie wollte wissen, ob ihr Kind in guten Händen wäre. Und ich wollte das auch wissen. Das junge Paar kannte ich nicht sehr gut, aber dafür die Familie. »Ich kann mir keine netteren vorstellen. Sie wären genau die richtigen.«

»Gut.« Sie sank zurück auf das Kissen und schloss die Augen. Ob aus Erleichterung oder aus Erschöpfung wusste ich nicht.

Eine Krankenschwester kam hereingeschneit. »Zeit für Ihre Medizin.« In ihrer Hand trug sie einen weißen Becher mit diversen Tabletten.

Kurt stand auf. »Wir gehen dann wieder. Ich wollte nur sehen, wie's dir geht, und dir meine Mutter vorstellen.«

Pamela öffnete ihre Augen wieder und lächelte mich an. »Es war echt schön, Sie kennenzulernen. Passen Sie gut auf Kurt auf.«

Ich nahm spontan ihre Hand und drückte sie fest. »Das mache ich. Und du pass auf dich auf.«

Sie erwiderte meinen Händedruck. »Das habe ich vor.«

Als Kurt und ich den Flur entlang zurück zum Auto gingen, machten meine Gedanken Ausflüge in ganz neue Richtungen. »Sie könnte bei uns wohnen. Ich könnte ihr helfen, solange sie Bettruhe hat.«

»Mach mal langsam, Mama.« Er legte seine Hände auf meine Schultern und zog, als ob ich ein Pferd war und seine Hände die Zügel.

»Doch«, sagte ich. »Das ginge. Ich weiß schon, wie ich das machen würde.«

Er nickte, sein Gesicht wurde plötzlich ernst. »Ich wusste, dass du mit so etwas kommen würdest. Aber Pamela und ich, wir haben nicht vor … Ich versuche einfach, sie anständig zu behandeln und es richtig zu machen. Sobald das Kind da ist, will sie zurück nach Florida zu ihren Eltern. Sie will die Schule abschließen und sich eine Arbeit suchen. Wenn sie bei dir wohnen würde, wäre es für uns alle viel schwieriger, das Kind zur Adoption freizugeben. Nein, das wäre für uns alle nicht gut.«

Ich wusste, dass er in mehr als einer Hinsicht recht hatte, aber so leicht wollte ich mich nicht geschlagen geben. Aber besser etwas abwarten und noch einmal über die Sache nachdenken, bevor ich den nächsten Anlauf machte. »Ich bin so stolz auf dich«, sagte ich. Und das meinte ich ernst. Einmal mehr fand ich, dass ich es richtig gemacht hatte, als ich das Streichholz angezündet hatte.

30

Einer Mutter bricht das Herz
Die Schlagzeile in der Montagausgabe der Zeitung wäre wohl jeder Mutter ins Auge gefallen. Das Bild darunter zeigte eine Frau, die in meinem Alter sein mochte, mit einem sanften Gesicht und Augen, die man nur als gejagt beschreiben konnte. In den Händen hielt sie zwei große Fotos von anständig aussehenden Jungen, die mit dem typisch gekünstelten Lächeln von Schulfotos in die Kamera schauten. Die Bildunterschrift lautete: *Theresa Singer mit Fotos ihrer beiden Söhne. Joe (rechts) starb mit zwölf Jahren an Leukämie, Gary (das Bild zeigt ihn in glücklicheren Zeiten) wartet zurzeit auf seinen Prozess wegen des Mordes an Rudy Prince.*

Ich schnappte unwillkürlich nach Luft. War dies der Junge, den sie als Rudy Princes Mörder verhaftet hatten? Gut, das Bild war schon einige Jahre alt, aber dieses unschuldig aussehende Kind konnte unmöglich das drogensüchtige Ungeheuer sein, das ich mir in dieser Gefängniszelle vorgestellt hatte! Es sah auch dem hohläugigen jungen Mann, den ich auf den Polizeifotos gesehen hatte, nicht besonders ähnlich.

Ich nahm die Zeitung, trug sie nach draußen zur Altpapiertonne und warf sie hinein. Ich wollte das hier nicht mehr sehen.

»Mama, wo sind meine Tennisschuhe? Ich hatte sie da hingestellt.« Caroline zeigte auf die unterste Treppenstufe. »Sie sind nicht mehr da, und ich brauche sie doch heute; heute haben wir Sport und machen den Eine-Meile-Lauf.«

»Caroline, wenn du sie da hingestellt hast, dann müssen sie noch da sein. Ich habe sie nicht in der Hand gehabt.«

»Also, irgendjemand muss sie weggetan haben, denn ich habe sie da hingestellt.«

»Hast du schon in deinem Kleiderschrank nachgeschaut?«

»Ja.«

»Und in der Garage? Hast du sie vielleicht im Auto ausgezogen, auf der Rückfahrt von Papa letztes Mal?«

Sie legte den Kopf zur Seite. »Hm … vielleicht.« Sie verschwand in die Garage und kam kurz darauf mit den Tennisschuhen in der Hand zurück.

Ich trat zu der Treppe und klopfte auf die unterste Stufe. »Gut, dass du sie hier hingestellt hattest, nicht?«

»Also, da stelle ich sie meistens hin.« Sie zog an den langen rosa Schnürsenkeln und begann, einen doppelten Knoten zu machen. »Hast du mir mein Pausenbrot gepackt? In der Schule gibt es heute diese Mischung aus Pappe und Gummi, die sie Pizza nennen.«

»Ja, ich habe dein Pausenbrot gepackt. Es ist schon in deinem Schulranzen.« Ich wies auf den prall gefüllten blauen Rucksack. »Aber jetzt beeil dich, sonst hast du keine Zeit mehr für eine Runde Handball, bevor es klingelt.«

»Mama, Handball spielt heute keiner mehr.«

»Seit wann denn?«

»Seit letzter Woche. Da haben wir gesagt, dass Handball megaout ist. Wir schlagen jetzt stattdessen Rad, auf dem Rasen.« Ihre Stimme hatte einen wehmütigen Unterton.

»Wer hat das gesagt?«

Sie zuckte die Achseln. »Die Gruppe halt.«

»Aber du spielst doch gerne Handball.« Außerdem wusste ich genau, dass sie Radschlagen hasste.

»Mama, das ist out. Aber jetzt muss ich gehen.« Sie legte den Riemen ihres Schulrucksacks um ihre rechte Schulter und öffnete die Haustür. Ich schaute ihr hinterher und musste denken, was für eine schlimme Sache dieser Druck der Clique auf unsere Kinder war.

Ich stieg in mein Auto und fuhr zu meiner Arbeit. Automatisch schaltete ich das Autoradio ein. Reid und Sam, die Moderatoren der Morgensendung, sprachen über die Nachrichten des Tages. Das ging gut, bis Reid zu dem Artikel über die Mutter von Gary Singer kam.

»Kannst du das glauben? Die Frau hat ihren jüngsten Sohn wegen Leukämie verloren, als er ganze zwölf Jahre war. Sie sagt … warte, ich suche es eben. – Ja, hier ist es. ›Die Krankheit von Joe hat mich damals so viel Kraft gekostet, dass ich keine mehr für Gary übrig hatte. Ich sah, was da geschah, aber konnte es nicht stoppen. Das ist alles meine Schuld. Wenn ich mich damals gezwungen hätte, Garys Probleme anzugehen, wäre er heute nicht drogensüchtig. Eigentlich gehöre ich ins Gefängnis, und nicht mein Sohn. Ich werde mir nie vergeben können.‹ Zitatende. Kannst du dir vorstellen, was für eine Last diese arme Frau mit sich herumträgt?«

Ich schaltete das Radio aus, fuhr an den Straßenrand, legte den Kopf auf das Lenkrad und heulte los. Die andere Mutter, die andere Familie, die vielleicht ganz ähnlich war wie meine – an die hatte ich ja überhaupt noch nicht gedacht!

Ein Kind tot, und darauf das zweite süchtig, und das Unheil nimmt seinen Lauf … Dies war also die Frau, die ich für die Tat meines Sohnes büßen ließ. Die ganze Zeit hatte ich mir eingeredet, dass Kurts Träume ein purer Zufall waren, dass jemand ihm den Schläger untergeschoben hatte. In diesem Augenblick musste ich zugeben, dass ich wusste, dass es anders war.

Aber was konnte ich denn machen? Wenn ich mich bei der Polizei meldete, würde ich Kurt ein zweites Mal verlieren. Und er machte sich doch so gut. Das Studium wartete auf ihn. Hatte Lacey nicht gesagt, dass ich selbst auch Probleme bekommen würde, wenn ich zur Polizei ging? Was, wenn ich wegen dieses Schlägers, den ich da verbrannt hatte, ins Gefängnis kam? Was sollte dann aus Caroline werden?

Ich kannte die Antwort. Ihr Vater würde sich das volle Sorgerecht erstreiten, und ich würde sie nicht einmal mehr besuchen können. Nein, das ging nicht! Ich hatte schon zu viel verloren. »Gott, das wirst du doch nicht von mir verlangen!«, jammerte ich. »Wie kannst du auch nur auf den Gedanken kommen? Das ist zu viel, das schaffe ich nicht.«

Irgendwann startete ich mein Auto wieder und fuhr zu meiner Arbeit. Als ich auf den Gemeindeparkplatz fuhr, sah ich Carleigh in der Einfahrt stehen. Sie kam lächelnd zu mir; ihre braunen Locken hüpften im Frühlingswind. Ich setzte mein bestes Gemeindegesicht auf und lächelte zurück.

»Ist das nicht ein schöner Morgen?«, fragte sie.

»Ja, das kannst du laut sagen.« Ich lächelte sie an und musste an Caroline, Handball und Radschlagen denken, und ich merkte, dass Erwachsene gar nicht so viel anders als Kinder sind.

»Lacey, ich glaube, ich packe das nicht mehr.«

Es war erst Dienstag. Ich hatte noch nicht gefrühstückt und war bereits völlig erschöpft. Wie sollte ich diese Woche durchstehen? Ich legte meinen Kopf auf Laceys Küchentisch und schlug mit der Hand auf die Walnussplatte.

»Als ich gestern diesen Artikel in der Zeitung las, habe ich gewusst, dass du Zweifel bekommen würdest. Alisa, du musst dir das gut überlegen.«

»Was gibt es da zu überlegen? Ein Unschuldiger sitzt im Gefängnis für ein Verbrechen, das mein Sohn begangen hat.«

»Ja, und dieser ›Unschuldige‹ hat ein Sündenregister, das länger ist als diese Straße.«

»Aber er ist unschuldig.«

»Diesmal. Wenn du ihn rauslässt, schiebst du das Verhängnis nur hinaus. Früher oder später landet der wieder im Gefängnis, das garantiere ich dir.«

Ich hatte keinen Zweifel, dass sie recht hatte. Aber meine Rechtfertigungen für das, was ich da getan hatte, wurden immer dünner. »Ich weiß, dass das wahrscheinlich stimmt.« Doch Kurt war clean, er war in Ordnung, er lebte jetzt ein Leben, das zu leben sich lohnte. »Aber ist es fair, wenn er für etwas, was jemand anderes gemacht hat, ins Gefängnis geht?«

»In unserer Justiz geht es nicht darum, wie fair etwas ist. Es geht um Gerechtigkeit, wie die Gesellschaft sie versteht. Wenn du mich fragst, ist der Gesellschaft besser gedient, wenn Gary Singer hinter Schloss und Riegel kommt und Kurt Stewart studieren und etwas aus seinem Leben machen kann.« Sie legte ihre Hand auf meinen Nacken. »Bist du etwa bereit, wegen dieser Sache selbst vor Gericht zu kommen?«

Bei dem bloßen Gedanken wurde mir schlecht vor Angst. »Ich weiß nicht. Du weißt, dass ich nicht dazu bereit bin. Aber ich glaube, dass ich nicht mehr in den Spiegel schauen kann, wenn ich weiß, was diese Mutter durchmacht. Ich weiß mir keinen anderen Ausweg.«

»Diese Entscheidung musst du für dich selbst treffen. Aber eins will ich dir sagen: Ich glaube nicht, dass es ›fair‹ ist, Kurt und das Leben, das er sich gerade aufbaut, für das Leben dieses Singer-Knaben zu opfern. Diese Mutter tut mir echt leid, aber du hast auch dein Quantum durchmachen müssen. Es war nicht recht, dass sie einen Sohn verloren hat. Und es war nicht recht, dass du einen verloren hast. Aber Tatsache ist: Kurt hat die Kurve bekommen, und der junge Singer nicht.«

Was sie sagte, klang so vernünftig, ja es war genau das, was ich hören wollte. Aber dieses Mal verhalf es mir nicht zu der Erleichterung, auf die ich gehofft hatte.

»Du hast doch auch diesen Artikel gelesen«, sagte ich. »Diese arme Mutter gibt sich selbst die Schuld. Ich weiß genau, wie das ist, denn ich habe dasselbe gemacht. Jedenfalls bis ich den Schläger verbrannte und mir einredete, dass da nichts gewesen war. Jetzt lässt sich nicht mehr leugnen, dass da doch etwas war. Wie kann ich es verantworten, dass diese arme Frau noch mehr Kummer bekommt, als sie schon hat?«

»Mädchen, tu, was du tun musst. Ich werde dich nicht zu etwas überreden, was dich kaputt macht. Aber ich muss und werde dafür sorgen, dass du, bevor du etwas tust, dir genau überlegst, was für Folgen es haben wird. Was meinst du: Was wird geschehen, wenn die Wahrheit herauskommt?«

Ich zuckte die Achseln. »Sehr wahrscheinlich werde ich meine Stelle in der Gemeinde verlieren. Sie hatten eigentlich vor, mir eine Vollzeitstelle zu geben. Daraus wird logischerweise nichts werden. Falls Rick und ich uns scheiden lassen, muss ich mir irgendetwas suchen, womit ich die Rechnungen bezahlen kann. Und meine Freunde in der Gemeinde ...« Die Worte, die ich zu ihrer Verteidigung vorbringen wollte, erstarben, bevor sie über meine Lippen kamen. Ich wollte so gerne glauben, dass sie für mich da wären, und ich wusste: Bei ein paar von meinen allerbesten Freunden würde das auch stimmen.

Aber die anderen ... Besser nicht daran denken, was sie sich zuflüstern würden, wenn ich vor dem Gottesdienst den Mittelgang entlangging, um mich auf meinen Stammplatz zu setzen.

»Sie würden dich fast kreuzigen, das weißt du genau.«

»Ein paar schon.« Ich richtete mich auf.

»Natürlich, was sonst? Ich schätze mal, dass deine Stellung unhaltbar würde. Du würdest gehen müssen. Nicht nur als Angestellte, sondern auch als Gemeindeglied.«

Ich war die Christin hier, sie war die Freundin, der ich Vorbild und Hilfe sein sollte. Ich wollte ihr widersprechen, ihr versichern, dass diese Menschen mich nach wie vor lieben und bedingungslos unterstützen würden. Das Problem war nur, dass ich mir da selbst nicht so sicher war.

Als ich am Nachmittag von einem kurzen Einkauf im Supermarkt zurückkam, stand Kevin Marshall vor meiner Haustür und sah mich mit seinen tiefblauen Augen an.

»Hallo«, sagte er.

Wie er mich anlächelte. Ich hatte Lust, ihn zu umarmen, ihm dafür zu danken, dass er sich die Zeit genommen hatte, zu mir zu kommen, um mich von meinen Albträumen abzulenken. Stattdessen echote ich: »Hallo.«

»Ich hatte dir ja gesagt, dass ich diese Woche wieder in die Stadt komme, und hier bin ich also. Obwohl – wenn ich das öfter mache, ist es wohl besser, wenn ich dich zuerst anrufe und dich vorwarne.«

Er stand wie die Antwort auf all meine Sehnsüchte da. Aber so vieles in meinem Leben war gerade nicht richtig, und ich wusste: Wenn ich das hier nicht stoppte, und zwar jetzt sofort, würde alles nur noch viel schlimmer werden. Ich versuchte, meiner Stimme einen lockeren Klang zu geben. »Alte Freunde brauchen nicht vorher anzurufen, wenn sie vorbeikommen wollen.«

Er lächelte wieder. »Schön, dass du das auch so siehst. Wie wär's mit einem kleinen Abendessen – nur wir beide? Damit wir uns mal in Ruhe unterhalten können. In Solvang hat ein neues Restaurant eröffnet, das ich gerne mal ausprobieren würde.«

Es klang wie ein Märchen. Ein schönes Abendessen, ein Gespräch mit einem interessanten Mann, ein paar Stunden Pause von den Dingen, die mein Leben belasteten. Aber wenn ein verheirateter Mann und eine verheiratete Frau davon sprechen, zum Abendessen auszugehen, gibt es nur einen Grund dafür: ein schlechtes Gewissen. Und mein Gewissen war schon belastet genug. Ich wusste, dass ich nicht noch mehr aushalten konnte.

»Kevin ...« Ich sah ihn an. Ich wollte ihm nicht wehtun, aber so durfte es nicht weitergehen. Wir näherten uns rasant dem Punkt, an dem es kein Zurück mehr gab – der gleichen Grenze, die der Süchtige überschreitet, wenn der Kick der Droge ihm wichtiger wird als alles andere. Nein, nicht noch einmal! Wir hatten als Familie schon genug durchgemacht. »Ich würde das gerne machen, wirklich. Es ist nur so, dass ... ich das nicht kann. ... Ich meine, du bist so wunderbar, und ich bin gern mit dir zusammen und möchte mit dir zusammen sein, immer wieder. Aber, ob getrennt oder nicht: ich bin immer noch mit Rick verheiratet. Es wäre einfach nicht recht. ... Nein, das stimmt nicht, es ist nicht nur das. Ich weiß, dass die Gefühle, die ich habe, nicht richtig sind.«

Er legte seine Finger auf meine Lippen. »Du brauchst kein Wort mehr zu sagen, ich verstehe.« Sein Gesicht wurde eine Spur rosa, und ich wusste: Er verstand wirklich.

Ich konnte ihm nicht mehr in die Augen sehen. Ich senkte meinen Kopf. »Ich glaube, wir verstehen einander gut – ein bisschen zu gut.«

»Ja, da hast du wohl recht.« Er drückte meine Schulter kurz und ließ sie wieder los. »Ich werde unsere Besuche vermissen. Sie gehörten zu den wenigen Dingen, auf die ich mich freuen konnte.«

Ich wusste genau, wie ihm zumute war. »Ja … ich auch.«

»Tja, dann mache ich mich wohl auf den Weg.« Er drehte sich um, ging die Treppe hinunter, stieg in seinen Lieferwagen und fuhr fort. Zum letzten Mal.

Ich hatte es richtig gemacht, das wusste ich ganz tief drinnen. Es war mir schwergefallen und am liebsten hätte ich es nicht getan, aber nein: es war richtig.

Aber da war noch etwas, was ich tun musste, was richtig und recht war. Ich musste es tun, solange ich noch den Mut dazu hatte.

31

Als ich am Freitag nach Templeton fuhr, musste ich die ganzen zwei Stunden an Kurt denken, an Pamela und an das Kind, das bald zur Welt kommen würde. Adoption oder nicht Adoption, ich wollte nicht, dass mein Enkelkind einmal hören musste, dass sein leiblicher Vater im Gefängnis war. Aber die Worte von Theresa Singer klebten wie eine Tapete an meinem Gedächtnis. Ich konnte sie nicht aussperren, egal wie krampfhaft ich versuchte, an etwas anderes zu denken. Der Teil meines Gewissens, der in den letzten Wochen taub geworden zu sein schien, war plötzlich wieder wach und meldete sich lautstark zu Wort. Man kann den Geist Gottes nicht für immer unterdrücken. Dies hier war keine Grauzone, dies hier war schwarz, pechschwarz.

Wieder fuhr ich an Jodis Haus vorbei und geradewegs zu den Plantagen. Wieder folgte ich den Stimmen der Männer. Sie sahen mich kommen, bevor ich sie erreichte, und erwarteten mich.

Monte lächelte. »Als du das letzte Mal hier hereingeschneit bist, warst du dabei, Oma zu werden. Was für Neuigkeiten gibt es denn dieses Mal?«

Ich hätte gerne gelacht oder wenigstens gelächelt, aber das schaffte ich nicht. Stattdessen fing ich an zu weinen.

»Da fällt mir ein, dass ich eben mal etwas in der Scheune erledigen müsste.« Monte verschwand auf seinem Quad, und ich war mit meinem Sohn allein.

»Was ist los, Mama? Denkst du immer noch an die Adoption?«

»Nein, Kurt. Ich wünschte, dass es das wäre, aber es ist … etwas anderes.«

»Und was ist das?«

»Ich bin nicht komplett ehrlich zu dir gewesen. Ich habe dich sogar angelogen.«

»Wann?«

»Als ich dir die Sachen brachte, die ich aus deiner Hütte bekommen hatte, hast du mich gefragt, ob das alles war. Ich habe Ja gesagt. Aber das stimmte nicht. Es war noch etwas anderes dabei gewesen.« Ich sah ihn durch meine Tränen an. »In einer der Kisten war ein Louisville Slugger.«

Sein Kopf ging nach unten. »Das überrascht mich nicht wirklich. Diese plötzlichen Erinnerungsblitze kommen immer öfter und werden immer stärker. Ich habe versucht, mir einzureden, dass das alles nur ein Albtraum war. Aber tief drinnen weiß ich, dass das nicht stimmt. Ich glaube, dass ich es eigentlich schon immer wusste. Es ist tatsächlich passiert.« Er rieb sich den Nacken. »Warum hast du mir das nicht früher gesagt?«

»Ich wollte es dir nie sagen. Ich wollte dich dein Leben weiterleben lassen, ohne dass du das je hättest erfahren müssen.«

»Und wieso hast du es dir jetzt anders überlegt?«

Ich wollte aufhören, keine Silbe mehr sagen. Aber ich fuhr fort. »Jemand anderes ist für den Mord verhaftet worden.«

Sein Kopf ruckte hoch. »Wer?«

»Er heißt Gary Singer.«

Er machte ein schnaubendes Geräusch und sah zu seinem einen Fuß hinunter, der eine Spur in den Sand zeichnete. »Das überrascht mich auch nicht. Wenn ich nicht wüsste, dass er's nicht gemacht hat, hätte ich gesagt, dass er der Verdächtige Nummer eins ist.«

Zum x-ten Mal musste ich denken, wie ungerecht es war, den anständig gewordenen Bürger, der hier vor mir stand, hinter Gitter zu bringen, um jemanden, den selbst ein ehemaliger Drogensüchtiger für einen Verbrecher hielt, laufen zu lassen. War es nicht doch falsch, was ich hier machte? Aber dann sah ich wieder das Gesicht von Gary Singers Mutter vor mir.

»Ich habe versucht, mir klarzumachen, dass Gary Singer auf jeden Fall hinter Gitter gehört. Wenn nicht für diese Tat, dann eben für eine andere, bei der er nie erwischt wurde. Aber, Kurt, ich kann seine Mutter nicht den Rest ihres Lebens im Glauben lassen, dass sie an allem schuld ist.«

Er nickte. »Ich weiß ja, dass du recht hast. Es ist nur …« Er schaute um sich, zu den Bäumen hin. »Ich hatte echt gedacht, diesmal würde ich es schaffen.«

Ich nahm sein Gesicht in meine beiden Hände. »Und das kannst du immer noch. Flüchte. Jetzt. Nach Mexiko oder Kanada oder wohin auch immer, wo sie dich nicht bekommen.« Der Gedanke kam aus irgendeiner unbekannten Tiefe meiner Seele und rutschte über meine Lippen, bevor ich merkte, dass ich ihn gedacht hatte. Aber die Idee gefiel mir. Sehr sogar. Sie gab uns Hoffnung. »Ich gehe am Montag zur Polizei. Das gibt dir zwei volle Tage Vorsprung. Ich möchte, dass du etwas aus dem Leben, das du gerade am Aufbauen bist, machst. Aber das geht nicht, wenn du in einer Gefängniszelle sitzt.«

Er sah mir wohl zehn Sekunden in die Augen, dann nickte er langsam. »Ich kenne jemand, der gut im Fälschen von Papieren ist. Der könnte mir einen Pass oder so etwas besorgen, damit ich abhauen kann.«

»Tu das. Das möchte ich.« Vielleicht würde ich ihn nie mehr besuchen können, aber wenigstens wäre er nicht im Gefängnis. Wenn ich abends ins Bett ging, hätte ich das beruhigende Gefühl, dass mein Sohn irgendwo als freier Mann lebte.

»Und wo ist das Ding?«

Welches Ding? Aber nein, ich wusste natürlich bestens, was »das Ding« war. Ich schaute ihm fest in die Augen. »Das habe ich verbrannt.«

»Verbrannt?« Er musste unwillkürlich grinsen. »Also echt, Mama, ich hatte gar nicht gewusst, zu was du alles fähig bist. So etwas voll Illegales – das ist echt stark!«

»Nun ja, ich habe gemerkt, dass ich, wenn es um meine Kinder geht, zu fast allem fähig bin.«

»Das ist dir bestimmt nicht leichtgefallen.« Er schaute weiter zu, wie sein Fuß Linien in den Boden malte. »Und warum hast du den Schläger verbrannt?«

»In der Bibel steht: ›So fern der Osten vom Westen ist, hat Gott unsere Verfehlungen von uns entfernt.‹ In den Augen Christi sind deine Sünden vergeben, Kurt. Ich habe keinen Grund gesehen, mich um die Meinung anderer Leute zu kümmern.« Ich streckte meine Hand aus und legte sie an die Wange meines Sohnes. »Der Mensch, der diesen Schläger geschwungen hat, existiert nicht mehr. Er starb an dem Tag, an dem du in die Klinik gegangen bist. Dein wahres Ich hat sich von der Drogenruine, in der du gewohnt hast, frei gemacht. Du bist wieder der Mensch geworden, der du früher einmal warst, vor diesen ganzen Dingen. Du hast es verdient, wieder zu leben!«

»Wirst du der Polizei sagen, dass du das Ding verbrannt hast?«

»Das werde ich wohl müssen. Ich kann den Schläger ja nicht mehr beibringen. Und sie werden wissen wollen, warum das so ist.«

Er nickte. »Bekommst du dann Probleme?«

»Wahrscheinlich schon. Lacey hat gesagt, dass die Beseitigung von Beweisstücken strafbar ist, aber kein Schwerverbrechen. Vielleicht wird es gar nicht so schlimm.« Ich sagte ihm lieber nicht, was sie mir über Behinderung der Justiz und Mittäterschaft nach der Tat gesagt hatte. Ich wollte, dass er mit einem so reinen Gewissen wie möglich fortging. »Kurt, ich muss denen die Wahrheit sagen, aber du brauchst dir das nicht zuzumuten. Rette dich, solange du noch kannst.«

Er nickte langsam. »Wenn du ganz sicher bist, dass das das Richtige ist …«

»Da bin ich absolut sicher.« Und das stimmte. Es war das Einzige, was mich davor bewahrte, verrückt zu werden.

Zwei Tage danach saß ich im Gottesdienst und fragte mich, ob ich vielleicht heute zum letzten Mal in unserer Kirche war. Wer wusste, was die nächste Woche bringen würde? Vielleicht würde ich in einer Woche in Untersuchungshaft sitzen. Und wenn nicht, dann wäre ich auf jeden Fall eine Aussätzige in dieser Gemeinde geworden. Als ich durch die Tür eintrat, lächelte ich wie immer, begrüßte und umarmte Freunde. Ich spürte, wie die Tränen in meine Augen bissen. Diese

Menschen hier hatten mir so geholfen, hatten die ganzen Jahre zu meinem Leben dazugehört. Das würde sich abrupt ändern, wenn sie merkten, was für eine Heuchlerin ich gewesen war. Was konnte mein Leben denn anderes gewesen sein als ein riesiger Betrug, wenn ich bereitwillig so etwas Schreckliches gemacht hatte?

Wir sangen mehrere Lieder. Ich hörte kaum hin. Meine Lippen bewegten sich, Töne kamen heraus (glaube ich jedenfalls), aber meine Gedanken waren weit, weit weg. Als Pastor Maddox seine Predigt begann, bekam ich absolut nichts mit. Doch ungefähr in der Mitte der Predigt begannen Bruchstücke von Sätzen an mein Ohr zu dringen, Wörter und Wendungen wie »so tun, als ob« und »den anderen etwas vormachen«. Traf das nicht exakt auf mich zu? Ich hatte ja so vielen Menschen über so lange Zeit so viel vorgemacht und vorgespielt; mit jedem Mal war es mir leichter gefallen.

Als der Gottesdienst zu Ende war, lud der Pastor alle, die wollten, ein, nach vorne zum Altar zu kommen, um dort niederzuknien und zu beten. Ich rannte förmlich nach vorne. Ich war sicher, dass die ganze Gemeinde mich beobachtete und sich fragte, was für finstere Geheimnisse mich zu solcher Eile trieben. Ich fiel auf die Knie, das Gesicht tränenüberströmt. So weit war es mit mir gekommen. Ich war so damit beschäftigt gewesen, vor all diesen Menschen die tapfere Christin zu spielen, dass ich Gott völlig aus dem Spiel gelassen hatte. Ich vergrub mein Gesicht in meinen Händen und betete wie seit Wochen nicht mehr. Ich hatte Gott die ganze Zeit die kalte Schulter gezeigt und mir eingebildet, dass er nicht sehen würde, was ich da machte. Schluss damit! Jetzt würde ich reinen Tisch machen.

Ich weiß nicht, wie viel Zeit vergangen war, als ich endlich die Augen wieder öffnete. Ich unterdrückte ein Keuchen. Neben und hinter mir knieten mindestens hundert weitere Gläubige. Warum waren die hier? Hatten auch sie plötzlich entdeckt, wie hohl und falsch ihr Leben war? War es möglich, dass ich nicht die Einzige war?

Ich erhob mich und kehrte an meinen Platz zurück. Bis auf Ruth Ann Sparks, die mir kurz die Schulter tätschelte, als ich mich wieder neben sie setzte, schien niemand Notiz davon zu nehmen, dass ich nach vorne gegangen war. Keine wissenden Blicke, die signalisierten, dass sie wussten, was für eine Heuchlerin ich war. Weitere Gottesdienstbesucher kehrten langsam auf ihre Plätze zurück, bis nur noch etwa ein Dutzend am Altar war.

Ken Maddox trat auf das Podium und blickte die Gemeinde an. »Und jetzt wird Alisa Stewart, die Leiterin unserer Frauenarbeit, mit uns das Schlussgebet sprechen.«

Ich schaute schockiert hoch. Das Schlussgebet wurde abwechselnd von den Gemeindemitarbeitern übernommen. Ich hatte noch nie vergessen, dass ich an der Reihe war. Bis jetzt. Ich verspürte kein Bedürfnis, da vorne an das Mikrofon zu treten und vor der versammelten Gemeinde ein Gebet zu sprechen – ausgerechnet heute. Aber meine Füße schienen das nicht ganz zu begreifen, denn bevor ich sie stoppen konnte, stand ich auf dem Podium und schaute zu den dicht besetzten Reihen hin – lauter Menschen, die eben noch ihre Sünden vor Gott bekannt hatten. Bestimmt dachte jeder von ihnen, dass er ein schreckliches Geheimnis hatte. Wenn sie nur meines wüssten …

Ich betete: »Lieber Vater im Himmel, du bist ein mächtiger und vollkommener Gott, du bist heilig und ohne jeden Makel. Leider sind wir, die wir dir dienen, überhaupt nicht heilig.« Ich dachte an meinen Rücktrittsbrief, der sicher in meiner Handtasche ruhte. Auf dem Weg nach draußen würde ich ihn Ken zuschieben, aber jetzt war etwas anderes dran.

»Gott, du weißt, dass ich lange mit einer Lüge gelebt habe. Ich habe so getan, als ob ich stark wäre und alles unter Kontrolle hätte, weil ich dachte, dass das meine Aufgabe sei. Vergib mir. Vergib uns allen. Amen.«

Ich schaute zu den vielen Gesichtern hinunter, die mir so wohlvertraut waren. Menschen, die zu mir in die Seelsorge gekommen waren. Menschen, für die ich mein tapferstes Gesicht aufgesetzt hatte. Dann ging ich zurück zu meinem Stammplatz, vielleicht zum letzten Mal. Das Leben, das ich immer gekannt und das ich mit solcher Hingabe gepflegt hatte … es war vorbei.

32

Am Sonntagabend wartete ich bis nach dem Essen, bevor ich Rick anrief. »Ich müsste mit dir über etwas Wichtiges reden. Kannst du vorbeikommen?« Ich hörte, wie mein Puls in meinen Ohren hämmerte. Vor dem Gespräch mit Rick hatte ich fast mehr Angst als vor dem mit der Polizei.

»Was ist los?«

»Das möchte ich dir lieber persönlich sagen und nicht am Telefon.«

Er zögerte, bevor er antwortete, und einen Augenblick dachte ich, er würde Nein sagen. Dann seufzte er und sagte: »Okay, ich komme.«

Ich sorgte dafür, dass Caroline in ihrem Zimmer war, mit dem tragbaren Fernseher und ihrer neuesten Lieblings-DVD. Privatkino im eigenen Zimmer – das gab es bei uns so selten, dass Carolines Freude jeden Argwohn, so er denn möglich gewesen wäre, im Keim erstickte. Als der Film angefangen hatte, küsste ich sie auf die Stirn und schloss auf meinem Weg in den Flur die Tür zu ihrem Zimmer. Ich hoffte, dass sie erst nach der Explosion, die unweigerlich kommen musste, merken würde, dass ihr Vater unten im Wohnzimmer war. Dann müsste ich sie natürlich aufklären. Es war unmöglich, eine Sache dieses Kalibers vor ihr zu verbergen. Außerdem wollte ich, dass sie die Wahrheit aus meinem Mund hörte. Aber zuerst würde ich sie Rick sagen.

Ich stand am Fenster, das auf die Straße ging, und wartete. Da – die Scheinwerfer. Er bog in die Einfahrt ein. Ich ging nach draußen. »Caroline weiß nicht, dass du da bist, und ich möchte, dass das erst einmal so bleibt, während wir reden.«

Er musterte mein Gesicht (es kam mir vor wie eine halbe Ewigkeit), dann nickte er. »Okay.«

Ich führte ihn in das zweite Wohnzimmer, das einen halben Stock tiefer lag – nicht, weil es immer unser Lieblingszimmer gewesen war, auch nicht, weil ich mit dem Ledersofa und den Sesseln so schöne

Erinnerungen an Stunden in trauter Familienrunde verband, sondern schlicht, weil es der Raum im Haus war, der am weitesten von Carolines Zimmer entfernt lag. Wenn sie uns hörte (was sie wahrscheinlich tun würde, wenn Rick in Fahrt kam), würden wir es wenigstens merken, wenn sie die Treppe herunterlief, bevor sie zu uns kam.

»Ich muss dir etwas sagen.« Ich rieb mir mit beiden Händen die Schläfen. »Es wird dir nicht sehr gefallen.«

»Das ist mir schon klar. Worum geht es?«

»Als Kurt in Reha war, brachte Trainer Brooks mir drei Kisten mit seinen Sachen. Kurt hatte in einer kleinen Hütte bei einer ihrer Avocadoplantagen gehaust. Als Kurt zu Jodi zog, habe ich mich an die Kisten erinnert und beschlossen, sie durchzugehen und den Inhalt zu säubern – Kleider zu waschen und solche Dinge.« Ich presste meine Augen zusammen, um die Bilder, die mir ins Gedächtnis schossen, auszusperren. Aber das machte die Bilder nur noch lebendiger. So öffnete ich die Augen wieder und sah Rick an. »Ganz unten in einer der Kisten fand ich etwas.«

»Und was war das?«

Jetzt gab es kein Zurück mehr, aber wie gerne hätte ich einen Rückzieher gemacht. Aber es musste sein. Ich holte tief Luft. »Der Schläger.«

»Der Schläger?« Ricks Gesicht war ein einziges Fragezeichen.

Ich antwortete nicht, sondern beobachtete sein Gesicht und wartete, während der Groschen langsam fiel. Jetzt. Eine Serie von Flüchen schoss aus seinem Mund, die einem Mafiaboss die Schamröte ins Gesicht getrieben hätten. »Soll das ein Witz sein? Hast du das die ganze Zeit gewusst? Hast du die ganze Zeit den Schläger gehabt und mir keine Silbe gesagt? Wie hast du mir so etwas verheimlichen können?«

»Natürlich habe ich dir nichts gesagt! Ich wusste doch genau, was du gemacht hättest.«

»So? Und was hätte ich gemacht, Madame Gedankenleserin?«

»Du wärst schnurstracks zu deinem neuen besten Freund, Bruce

Thompson, marschiert. Das wäre das Ende von Kurts Neuanfang gewesen.« Ich holte tief Luft und zwang mich, leiser zu reden. Und wenn sie hundertmal oben war, Caroline wäre im Nu hier unten, wenn wir uns nicht zügelten. »Der junge Mann, der Rudy Prince getötet hat, existiert nicht mehr. Er starb, als Kurt neu geboren wurde und sein altes Ich zurückbekam. Ich sah keinen Grund, ihn für etwas zu bestrafen, das er gar nicht mehr war.«

»Und er hat die ganze Zeit mitgespielt?«

Ich zuckte die Achseln. »Ich glaube nicht, dass er es wusste. Als ich ihm seine Sachen brachte, fragte er mich, ob das alles war. Ich sagte Ja. Dann, vor ein, zwei Wochen, habe ich ihn direkt gefragt, ob er mit dem Mord an Rudy Prince etwas zu tun gehabt hatte. Er sagte mir, dass er Träume hatte, in denen er neben dem Schläger aufwachte, aber dass er nicht wusste, ob das nur ein Traum oder Wirklichkeit war.«

»Ein Traum. Na, prima.«

»Vielleicht war er sich wirklich nicht sicher. Nachdem er so lange Drogen genommen hatte, muss er manchmal nicht recht gewusst haben, was Realität und was Phantasie war. Kannst du dir das nicht vorstellen?«

Rick nahm ein Buch, das auf dem Beistelltisch lag, in die Hand und warf es quer durch das Zimmer. »Und ich habe ihm gerade dreitausend Dollar gegeben! Was war ich ein Blödmann! Bestimmt hat er sich davon den nächsten Stoff gekauft und sich mit ein paar von seinen alten Freunden amüsiert und ihnen erzählt, wie er der Polizei eine Nase gedreht und sogar seinem Vater das Geld für den nächsten Trip abgeluchst hat.«

»Nein, das hat er nicht gemacht.« Ich flüsterte die Worte fast. Ich kannte die Wahrheit, sie war auf meiner Seite. Aber was Kurt getan hatte, war zu edel, um es wütend hinauszubrüllen und eine Diskussion damit zu gewinnen.

»Natürlich glaubst du das nicht. Du bildest dir glatt ein, dass der Heilige Geist ihm den Schläger untergeschoben hat, stimmt's oder habe ich recht?« Er trat gegen die Seitenlehne eines der Sessel, dass der wohl einen Meter über den Teppich rutschte. »Das ist unglaublich. *Du* bist unglaublich. Die ganze Zeit wusstest du das und hast mir nichts gesagt.«

»Ich sage es dir jetzt, und deine Reaktion zeigt mir, wie verständnisvoll du gewesen wärst, wenn ich dich eher aufgeklärt hätte.«

Er stieß noch ein paar Flüche aus, dann ließ er sich auf das Sofa sinken, legte den Kopf in die Hände und schüttelte ihn, immer wieder. »Ich kann's nicht glauben. Ich kann's nicht glauben …«

Ich setzte mich auf das äußerste Ende des Sofas. »Ich habe morgen früh um neun einen Termin bei Kommissar Thompson. Ich werde ihm alles sagen.«

Rick schaute überrascht zu mir hoch. »Thompson? Warum willst du das machen?«

»Als dieser andere junge Mann verhaftet wurde, bekam ich Zweifel. Und als ich dann die Geschichte von seiner Mutter las, wusste ich, dass ich mich melden musste. Dieses Elend durfte ich ihr nicht zumuten.«

»Und hast du das Kurt gesagt?«

Ich nickte. »Ja. Am Freitag habe ich ihn besucht und mit ihm gesprochen.«

»Und was hat er gesagt?«

»Er war betroffen, aber vielleicht auch etwas erleichtert. Die Sache hatte ihm keine Ruhe gelassen.«

»Dann hat er vor, ein Geständnis abzulegen?«

Ich verschränkte meine Finger und musterte die Adern auf meinem Handrücken. Wie hatte mir so viel Zeit durch die Finger rinnen können? Und jetzt war nichts mehr da, was ich noch festhalten konnte.

»Alisa?«

Wie würde er reagieren, wenn ich ihm sagte, dass Kurt flüchten wollte? Würde er sofort, hier und jetzt, Kommissar Thompson anrufen und so Kurts Vorsprung um gut zwölf Stunden kürzen? Ich schaute in seine Augen und sah das Gesicht eines Mannes, der gerade alles verloren hatte. Ich wusste genau, wie ihm zumute war. Ich beugte mich zu ihm und drückte seine Hände. »Ich habe ihm geraten, das nicht zu tun.« Ich brachte es nicht über mich, Rick zu sagen, was ich Kurt stattdessen geraten hatte. »Es gibt noch etwas anderes, das du wissen musst. Das Geld, das du ihm gegeben hast, hat er nicht in Drogen umgesetzt.«

»Woher weißt du das?«

»Weil ich Pamela besucht habe – die werdende Mutter unseres zukünftigen Enkelkindes. Kurt hilft ihr finanziell aus; die Schwangerschaft ist ja mit Kosten verbunden.«

Er sah mich wieder an, und ich wusste nicht, ob er wütend oder verzweifelt war. »Bist du da ganz sicher?«

Ich zuckte die Schultern. »So sicher, wie man sein kann. Sie hat vor, das Kind zur Adoption freizugeben. Ich glaube, die Adoptiveltern werden Lori Radcliffs Tochter und ihr Mann sein.«

»Aha.« Rick nickte kurz und erhob sich. Er begann, die kurze Treppe hochzugehen, die zum Hauptgeschoss des Hauses führte. Auf der dritten Stufe hielt er an und drehte sich um. »Dies ist eine Situation in meinem Leben, in der ich mir wünsche, ich hätte nicht recht. Er hat echt versucht, sein Leben wieder in den Griff zu bekommen. Ich glaube, da hast du recht gehabt. Ich wünschte, wir könnten irgendetwas machen, um ihn zu retten.«

»Das wünschte ich auch.« Ich musterte sein Gesicht. Plötzlich sah es ein Dutzend Jahre älter aus als seine 47 Jahre. »Ich selbst werde auch Probleme bekommen. Aber ich weiß, dass du gut für Caroline sorgen wirst.« Die Tränen wollten meine Worte ersticken.

»Probleme bekommen? Du meinst, weil du den Schläger versteckt hast?«

»Ich habe ihn verbrannt.«

»Du hast *was* gemacht?« Seine Stimme hätte Tote aufwecken können. »Wie konntest du so dumm sein?«

»Mama? Papa, bist du das?« Caroline kam die Treppe hinuntergerannt. »Papa, was machst du hier …« Ihre Stimme brach ängstlich ab, als sie sein Gesicht sah. Sie schob sich hinter mich. »Mama?«

Ich schob meinen einen Arm nach hinten und legte ihn um sie. »Es ist gut, Schätzchen. Dein Vater wollte gerade wieder gehen.«

Rick stürmte durch die Haustür und knallte sie hinter sich zu.

»Mama, was ist passiert?«

Jetzt kam das Allerschwerste: es Caroline sagen.

»Hast du auch Marshmallows?« Caroline war sonnenklar, dass etwas nicht stimmte.

Aber sie war viel zu raffiniert, zu fragen, warum sie so spät abends heiße Schokolade bekam, bevor sie nicht besagte Schokolade ausgetrunken hatte.

»Ja, sicher.« Ich holte die Tüte aus dem Schrank und streute eine großzügige Portion in die Tasse.

»Und Schlagsahne?«

Ich überlegte kurz und schüttelte den Kopf. »Wir wollen's nicht übertreiben, sonst verdirbst du dir noch den Magen.«

Sie zuckte die Achseln und griff nach der Tasse. »Ich verderbe mir den Magen schon nicht.« Sie nahm den ersten Schluck und schaute zu mir hoch. »Bekomme ich ein paar Graham-Cracker?«

Ich musste wohl zur Sache kommen – oder alles, was süß oder zum Knabbern geeignet war, aus den Schränken holen. »Caroline, ich muss mit dir über etwas reden.«

Ihr Gesicht wurde feierlich; sie stieß mit ihrem Löffel an ein Marshmallow. »Das ist wegen Papa, nicht? Ihr beiden seid jetzt echt böse aufeinander, ja?«

»Nein, Spatz. Du bist gerade gekommen, als wir ein sehr schwieriges Gespräch gehabt hatten.« Und das gleiche Gespräch musste ich jetzt mit Caroline führen …

Sie nahm den nächsten Schluck von ihrer Schokolade. Meine Worte schienen sie nicht zu überzeugen. »Und über was müssen wir dann jetzt sprechen?«

Ich öffnete meinen Mund. Es kam kein Laut heraus. Nichts. Ich nahm einen Schluck Wasser. Es blieb irgendwo in meiner Kehle kleben. Ich hustete heftig und versuchte es wieder. »Es gibt etwas, das du wissen musst.«

Sie stellte ihre Tasse auf den Tisch und kletterte auf meinen Schoß. Sie schlang ihre Arme um mich und legte ihre Wange an meine Schulter. »Ich hab dich lieb, Mama. Mir kannst du alles sagen.«

An jedem anderen Tag hätte ich losgelacht. Wie oft hatte ich ihr nicht genau dasselbe gesagt? Aber heute Abend war es überhaupt nicht lustig.

»Caroline, bevor Kurt zu uns zurückgekommen ist, hat er etwas echt Schlimmes gemacht.«

Sie lehnte sich zurück und sah mich ernst an. »Das weiß ich doch.« Ihre blauen Augen blinzelten. Die langen Wimpern machten ihren Blick noch unschuldiger.

»Das weißt du?«

»Ja. Er hat Drogen genommen. Ich weiß, dass das schlimm ist, Mama. Das musst du mir nicht extra sagen.«

Wie ich die Eltern beneidete, deren größte erzieherische Herausforderung die Szenen waren, in denen sie ihren Kindern Nein sagen mussten. »Ja, er hat auch Drogen genommen, und das war sehr schlimm. Aber durch die Drogen hat er noch andere schlimme Sachen gemacht.«

»Zum Beispiel?«

»Also, da war ein Drogendealer, der manchmal die Leute mit einem Baseballschläger verprügelte. Eines Abends wurde Kurt sehr, sehr wütend auf diesen Mann und nahm ihm den Schläger ab.«

»Und was soll daran so schlimm sein? Das war doch eher etwas Gutes!«

»Es wäre etwas Gutes gewesen … wenn er es dabei belassen hätte. Caroline, Kurt hat den Schläger genommen und den Drogendealer damit geschlagen.«

»Na, das hatte der ja wohl verdient.«

»Vielleicht, aber Kurt hat ihn so fest geschlagen, dass er starb.«

Carolines große Augen füllten sich mit Tränen. »Aber das war doch nicht seine Schuld. Der Drogendealer war ein ganz Gemeiner!«

Ich strich ihr über ihr seidiges langes blondes Haar. »Das sieht die Polizei anders.«

»Und was sagt die Polizei?«

»Bis jetzt nichts. Sie glaubt, dass jemand anderes das gemacht hat. Aber … morgen früh …« Jede Silbe wollte in meiner Kehle kleben bleiben. »… gehe ich zum Polizeirevier und sage ihnen die Wahrheit.«

»Was willst du machen? Willst du Kurt verpetzen? Warum willst du das machen?«

»Weil jemand anderes verhaftet worden ist. Caroline, wenn wir der Polizei nicht die Wahrheit sagen, kommt wahrscheinlich ein Unschuldiger ins Gefängnis!«

»Gefängnis?« Caroline kreischte das Wort fast. »Gefängnis? Kommt Kurt jetzt ins Gefängnis, weil du ihn verpetzt?«

»Ich muss das sagen, alles andere ist nicht recht.«

Sie stieg von meinem Schoß herunter und setzte sich wieder auf ihren Stuhl. Die Schokolade schien vergessen zu sein. »Ich finde, dass eine Mutter so etwas nicht machen darf.«

Ich starrte auf meine Hände, die zusammengepresst auf dem Küchentisch lagen. »Ich muss dir noch etwas sagen.«

»Was?«

»Ich habe diesen Schläger vor ein paar Monaten gefunden. Damals sah ich das auch so wie du. Da habe ich den Schläger verbrannt, damit die Polizei ihn nicht finden kann.«

Sie sah mich an. Ihre Augen wurden noch größer. »Das hast du gemacht?« Sie musste plötzlich lächeln, trotz ihrer Wut. Das fand sie richtig gut.

»Ja. Aber, Caroline, das war nicht richtig, was ich da gemacht habe. Es war ein Verbrechen, und wenn ich morgen zur Polizei gehe, muss ich den Beamten das auch erzählen.«

»Und werden sie dann böse auf dich sein?«

Ich nickte. »Doch, ich fürchte, ja.«

»Mama, du kannst das nicht machen – ich lass dich nicht gehen, ich lass dich nicht!« Sie sprang mir auf den Schoß und schlang ihre Arme ganz fest um mich. »Ich lasse dich nicht ins Gefängnis!«

»Ich glaube nicht, dass ich ins Gefängnis komme. Und wenn doch, dann ist Papa ja noch da und sorgt für dich.«

»Nein! Neiiin! Ich hasse Papa! Und wenn du zur Polizei gehst und du und Kurt ins Gefängnis kommen, dann hasse ich dich auch!« Sie rannte aus der Küche. Ich hörte ihre raschen Schritte, als sie die Treppe hinaufstürmte, dann das Zuschlagen ihrer Zimmertür.

Das Gewicht der Worte und dessen, was da vor mir lag, drückte mich fast zu Boden, sodass ich nicht wusste, wie ich von dem Stuhl aufstehen sollte. Ich presste meine Hände auf die Tischplatte und spannte Arme und Beine, bis ich aufrecht stand. Ich ging wie ein Roboter zur Treppe und zog mich, eine Stufe nach der anderen, am Geländer nach oben. Dort hinten war Carolines Zimmer. Ich schlurfte dorthin und drückte die Klinke. Die Tür war natürlich zugeschlossen. »Caroline, mach die Tür auf.«

Eine volle Minute lang hörte ich keinen Laut. Ich wollte meine Aufforderung gerade in nachdrücklicherem Ton wiederholen, als ich hörte, wie das Schloss ging. Sie öffnete die Tür und schaute zu mir hoch, ihre Augen rot verweint. Sie warf ihre Arme um mich. »Bitte geh nicht, Mama. Bitte geh nicht.«

33

Am Montagmorgen um fünf Uhr stellte ich meinen Wecker aus. Das war wohl der Vorteil einer schlaflosen Nacht: Man wurde nicht von dem nervenden Klingeln geweckt, sondern stellte das Ding vorher aus. Ich schielte zu der reglosen Gestalt unter der Decke neben mir hin und zu den sandgoldenen Lockensträhnen, die unter ihr hervorschauten, und wünschte mir, die Vergangenheit ungeschehen machen zu können.

Was hätte ich darum gegeben, die Erinnerung an Carolines Tränen, an ihr untröstliches Weinen und haltloses Schluchzen, das irgendwann nach Mitternacht in einen erschöpften Schlaf übergegangen war, auszulöschen.

An dem Tag, an dem ich beschlossen hatte, den Schläger zu vernichten, hatte ich mir nicht im Traum vorstellen können, dass dieser furchtbare Morgen kommen würde. Wenn ich das Rad der Zeit hätte zurückdrehen können, hätte ich vielleicht alles anders gemacht.

Wirklich? Ich roch wieder den Schwefelgeruch des Streichholzes, das ich damals angezündet hatte, spürte wieder die Entschlossenheit der Verzweiflung. Mein Sohn brauchte eine Chance, und ich musste dafür sorgen, dass er sie bekam!

Ich ging die Treppe hinunter und in die Küche. Wenn dies der letzte Morgen war, den ich mit meiner Tochter verbrachte, musste dies ein Frühstück werden, das sie nicht vergessen würde. Ich mischte Pfannkuchenteig, verquirlte Eier und gab ein paar Stücke Speck hinein, und bald roch das ganze Haus wie … ja, wie ein glückliches Heim. Ich staunte nur so, wie die Gerüche von Lieblingsmahlzeiten diese Wirkung haben konnten, und ich merkte: Nach diesem Morgen würde der Geruch von gebratenem Speck mich nie mehr so erfreuen wie in den letzten fünfundvierzig Jahren. Er würde mich für den Rest meines Lebens an diesen Tag erinnern – den Tag, der das Ende gebracht hatte.

Ich hörte, wie Caroline die Treppe herunterkam. Da trat sie auch schon in die Küche, in einem roten Samtkleid, weißen Strumpfhosen und schwarzen Lacklederschuhen. Dies war kein Outfit, das mein kleiner Wildfang freiwillig anzog. Zum letzten Weihnachtsgottesdienst hatte sie die Sachen nur nach viel Bitten und Betteln und fast schon Drohungen angezogen.

»Wow, du siehst aber hübsch aus.« Ich sagte es in einem so neutralen Ton wie möglich, denn ich wusste nicht, was sie im Schilde führte, und wollte mir alle Optionen offen halten.

»Ja.« Sie schnüffelte. »Das riecht gut. Was hast du uns gemacht?«

»Schau dir's an.« Ich stellte ihr den einen Teller hin, und im Nu hatte sie sich ein Stück des Specks in den Mund geschoben. »Mmm.«

Ich nahm einen kleinen Bissen und musste fast würgen. Die pure Reue füllte meinen Magen, bis kein Platz mehr für etwas anderes war.

»Ich habe mir gedacht, dass ich mich für das Polizeirevier schön machen muss.« Sie sagte es, als sei es das Selbstverständlichste von der Welt, aber ihre Augen waren voller Trotz. Ihr Entschluss war gefasst, und sie war nicht bereit, ihn zu ändern.

»Oh, Schätzchen.« Ich ging zu ihr, legte meine Arme um sie und vergrub mein Gesicht in ihrem Haar, das nach der schweren Nacht noch halb zu Berge stand. »Ich freue mich ja so, dass du mit mir gehen würdest, wenn du könntest.«

»Wie meinst du das – wenn ich könnte? Natürlich kann ich! Ich gehe mit dir, basta.« Dass sie die gleichen Worte benutzte wie ich so oft, wenn ich mit ihr sprach, wäre komisch gewesen, wenn es nicht so herzzerreißend gewesen wäre.

»Schätzchen, das geht nicht. Ich weiß nicht, wie es heute mit mir gehen wird. Ich glaube, ich könnte es nicht aushalten, wenn ich nicht wüsste, dass du in Sicherheit bist – erst in der Schule und dann zu Hause bei Papa.«

Sie fing an zu weinen, so heftig wie am Abend. »Bitte schick mich heute nicht in die Schule! Bitte, ich will mit dir gehen. Bitte lass mich mit zur Polizei gehen.« Sie wickelte beide Arme und Beine um mich. »Du kannst mich nicht allein lassen, ich lass dich nicht.«

»Oh, Spatz.« Ich drückte sie an mich, und meine eigenen Tränen strömten über sie. »Ich hab dich so lieb. Ich hab dich so lieb …« Irgendwann merkte ich, dass ich auf dem Fußboden saß, Caroline auf meinem Schoß, unsere Arme umeinander gewickelt wie ein Sicherheitsnetz, von dem wir beide wussten, dass es nicht halten würde.

Was hatte ich nur getan?

Ich weiß nicht, wie lange wir so dasaßen. Dann ließ ich sie los und sagte: »Komm, kämm dich und putz deine Zähne. Dann gehe ich mit dir zur Schule.«

»Ich gehe nicht zur Schule!« Sie warf wieder ihre Arme um meinen Hals.

»Du musst aber, Spatz. Du brauchst keine Angst zu haben. Wenn die Schule aus ist, holt Papa dich ab.«

»Ich will nicht zu Papa. Ich will mit dir gehen!«

Ich löste ihre Arme von meinem Hals und stand auf. Es kostete mich mehr Kraft, als ich für möglich gehalten hatte. »Komm, sonst kommst du zu spät.«

Sie wollte mich wieder packen. Ich wich ihr aus und zeigte auf die Treppe. »Kämm dich und putz deine Zähne. Jetzt!«

Sie weinte wieder los, aber rannte die Treppe hoch. Ich wollte ihr folgen, um jede Sekunde, die ich noch hatte, bei ihr zu sein. Doch ich wusste, dass sie schneller fertig wäre, wenn sie mich nicht sah. Zwei Minuten später kam sie wieder herunter, ihr Haar eine Spur weniger zerzaust als vorher. Sie setzte sich ihren Schulranzen auf und schaute trotzig zu mir hoch; ihre Unterlippe zitterte. »Du hast gesagt, du gehst mit mir zur Schule.«

Ich beugte mich zu ihr herunter, hob sie hoch in meine Arme und trug sie buchstäblich die eineinhalb Straßen zur Schule. Sie schlang ihre kleinen Ärmchen um meinen Hals und vergrub ihr Gesicht an meiner Schulter. Ich konnte die Blicke aus den Autos der Eltern, die ihre Sprösslinge auf dem Schulparkplatz absetzten, förmlich spüren, aber das war mir egal.

Wir beiden brauchten einander. Was für einen Grund hatten wir, uns zu schämen?

Wir waren noch zwanzig Meter vom Eingang entfernt, als es zum zweiten Mal klingelte, sodass ich direkt ins Sekretariat ging, um Caroline abzuliefern. Ich unterschrieb das übliche Formular und setzte sie ab. Sie fing an zu schreien: »Ich bleibe nicht hier, ich bleibe nicht hier! Ich will mit dir gehen!«

Ich kniete mich hin, auf Augenhöhe mit ihr. »Spätzchen, ich brauche es, dass du für mich stark bist. Du bist das Einzige auf der Welt, das ich noch habe. Ich schaffe das nicht, wenn du mir nicht hilfst.«

Die Sekretärin beobachtete die Szene über den Rand ihrer Lesebrille. Sie stand auf. »Guten Morgen, Caroline. Komm, ich bringe dich in deine Klasse.«

Ich nickte meiner Tochter zu und wischte die Tränen von ihren Wangen. »Geh mit. Wir sehen uns bald wieder.«

Caroline legte zitternd ihre eine Hand in die der Sekretärin. Sie ging durch die Tür, den Blick weiter auf mich gerichtet.

34

Meine Beine waren zu Steinen geworden, aber irgendwie konnte ich sie zwingen, sich zu beugen, zu heben und vorwärts zu bewegen und mich so Schritt für Schritt zurück nach Hause zu tragen. Am Küchentisch fiel ich auf einen Stuhl, faltete die Arme, legte meinen Kopf darauf und betete mein Herz hinaus. »Ich habe es vermasselt, Gott, total vermasselt. Das ist alles meine Schuld. Ich weiß, dass ich das nicht hätte vertuschen dürfen. Aber, Gott, wie konnte ich denn nicht alles tun, was ich konnte, um meinem Sohn eine Chance zu geben? Würdest du denn nicht auch alles tun, was in deiner Macht …« Der Rest des Gedankens erstarb mir in der Kehle.

Irgendwo in den Tiefen meiner Seele hörte ich das metallene Schlagen des Hammers auf den Nagel, das dumpfe Geschmatze, mit dem der Nagel ins Fleisch drang, das Splittern des Holzes, als das Eisen eindrang. Ich sah das Gesicht eines Sohnes, verzerrt vor wahnsinnigen Schmerzen im Warten auf einen langen, furchtbaren Tod. Ich dachte an den Vater, der ihn nicht rettete, obwohl er jedes Recht dazu und alle Macht gehabt hätte. Er hatte ihn nicht gerettet, sondern dort am Kreuz sterben lassen, um so die Strafe eines anderen zu bezahlen. Meine.

Und ich? Ich war bereit gewesen, jemand anderen zu opfern, um meinen eigenen Sohn zu retten, der die Strafe verdiente. Es war so gegen alles, für das Gott stand, dass ich staunte, dass er mich nicht längst hatte tot umfallen lassen.

»Gott, das tut mir alles so leid. So leid. Ich habe alles falsch gemacht, ich habe alles geradeso gemacht, wie du es nicht wolltest. Bitte vergib mir. Ich bin so dankbar, dass dein Sohn sein Blut vergossen hat, damit ich von solchen Sünden rein gewaschen werden kann. Bitte sorge du für Caroline. Und für Kurt. Und auch für Rick.«

Ich war öfters dabei gewesen, wenn andere Christen über ähnliche Szenen aus ihrem Leben berichteten, und an dieser Stelle sagten sie immer ungefähr das Folgende: »Und dann hüllte der Geist Gottes mich ein und gab mir einen ganz tiefen Frieden.« Nein, so war es bei mir nicht. In meinem Körper und in meiner Seele war kein Milligramm Frieden zu finden.

Ich stand auf, nahm meine Schlüssel und die Handtasche und ging durch die Seitentür in die Garage, wo mein Auto darauf wartete, mich zu meinem Bestimmungsort zu fahren. Ich drückte den Knopf für das Garagentor, stieg ein und drehte den Zündschlüssel. In dem Lied, das der christliche Radiosender gerade brachte, ging es um das Überwinden in der Macht Gottes. Ich schaltete das Radio aus. Ich brauchte jetzt Ruhe.

Klopf, klopf, klopf.

Das plötzliche Klopfen am Beifahrerfenster ließ mich zusammenzucken. Ich schaute nach rechts. Da stand Lacey, das Haar perfekt durchgestylt, dass es in einer einzigen großen Locke auf ihre Schulter fiel, ohne die üblichen Stirnbänder, Schleifen und Pailletten. Sie trug ein marineblaues Kostüm, und ihre eine Hand hielt etwas, was wie der Griff einer Aktentasche aussah. Ich betätigte den elektrischen Fensteröffner. »Was machst du denn hier?«

»Na, du hast mich doch als deine Rechtsanwältin engagiert. Erinnerst du dich nicht mehr? Und als deine Anwältin sage ich, dass du das hier nicht allein machen kannst. Und jetzt sei so gut und lass mich einsteigen; wir haben einen Termin in der Stadt.«

Ich löste die Türblockierung. Sie ließ sich auf dem Beifahrersitz nieder. Ich sagte: »Du musst das nicht machen.«

»Natürlich muss ich das nicht. Aber ich will das. Wenn es je eine Frau gegeben hat, die juristisch völlig unbedarft ist, dann bist das du. Wenn ich dich da allein hinfahren lasse, wäre das geradeso wie Daniel in der Löwengrube.«

Ich sah sie an und lächelte. »Ich sage dir das jetzt ungern, Lacey. Aber Daniel wurde nicht von seinem Rechtsanwalt gerettet, sondern von Gott.«

»Na, gut. Und wenn Gott dir im richtigen Augenblick den Mund verschließt, wie er das bei den Löwen gemacht haben soll, erleichtert mir das ja meinen Job, oder?«

Ich beugte mich zu ihr hinüber und drückte sie. »Du bist die Allerbeste.«

»Sagen meine Kunden, ja.«

Ich fuhr aus der Garage heraus auf die Straße und begann die Fahrt, die ich nicht machen wollte. Ich war froh, dass Lacey neben mir saß, unter anderem einfach, weil sie mir die Fragen beantworten konnte, deren Antwort ich zu wissen glaubte, aber mir nicht sicher war.

»Was wird heute passieren? Ich meine, nachdem ich meine Aussage gemacht habe. Werden die mich gleich verhaften und einsperren?«

»Vielleicht, vielleicht auch nicht. Wahrscheinlich werden sie die Sache erst mal an den Staatsanwalt übergeben, aber es ist nicht ausgeschlossen, dass sie dich tatsächlich festnehmen, als Lockvogel sozusagen.«

»Lockvogel?«

»Du bist eine sehr kleine Nummer in dieser ganzen Oper. Sie wollen die großen Nummern, und in diesem Fall ist die größte Nummer der junge Mann, der sich mit dem Schläger betätigt hat. Möglicherweise denken sie, dass Kurt eher geneigt ist, dem Polizeirevier einen Besuch abzustatten, wenn sie dich lange genug einsperren.«

Wo mochte Kurt jetzt sein? War er schon hinter der Grenze? Hoffentlich war er so weit weg, dass er nie erfahren würde, dass ich als Lockvogel eingesperrt war. Ich wollte nicht, dass er irgendetwas nur wegen mir tat. Er war weg, und ich war hier, um mich meiner Verantwortung in dieser Sache zu stellen. Das war alles, was ich tun konnte.

Wir parkten in der Garden Street und gingen um die Ecke zu dem imposanten weißen dreistöckigen Gebäude, das das Polizeirevier beherbergte. Ich blieb am unteren Ende der langen Betontreppe stehen, die von der Straße zu dem Eingang hoch führte, und holte tief Luft. Ich sah Lacey an. »Ich bin bereit.«

»Noch nicht ganz. Du hast etwas vergessen. Oder jemanden, genauer gesagt.« Die Stimme kam von hinten. Es war Kurt.

Ich drehte mich abrupt um. »Kurt! Was machst du hier?«

»Ich wusste, dass du heute Morgen hierher kommen würdest. Da habe ich auf einer Bank auf der anderen Straßenseite gewartet. Ich gehe mit dir da rein.«

»Aber … Ich dachte, du wolltest weggehen.«

Er schüttelte den Kopf. »Und meine Mutter mit diesem Schlamassel allein lassen? Papa hat mir doch immer gesagt, dass ich ein Mann sein soll. Wenn es je dran gewesen ist, dass ich ein Mann bin, dann doch wohl jetzt, oder?«

Ich drückte ihn an mich und umarmte ihn. »Bist du ganz sicher, dass du das machen willst?«

»Ja! Wenn Nick noch da wäre, würde er auch wollen, dass ich das mache. Meinst du nicht auch?«

Ich dachte an meinen Ältesten und wie er immer für absolute Ehrlichkeit gewesen war, selbst wenn ihm das Nachteile brachte. Ich nickte. »Also gut, machen wir es zusammen.«

Wir stiegen Arm in Arm die Stufen hoch, an meiner anderen Seite Lacey. Auf halbem Wege packte sie meinen Arm. »Warte. Ich muss mal verschnaufen.« Ihr Atem war flach und keuchend.

»Alles in Ordnung, Lacey?«, fragte Kurt.

Sie grinste ihn an und nickte. »Polizeireviere wirken immer so auf mich.«

Er lächelte zurück, aber ich sah, dass auch er Angst hatte.

Sie bückte sich, legte ihre Hände auf ihre Knie und atmete tief durch. Nach einer Minute richtete sie sich wieder auf und nickte. »Weiter geht's.«

Wir beendeten unseren Aufstieg und gingen durch die Doppelglastür, die in das Foyer führte. Ich ging zu dem einzigen Schalter, der offen war. Darüber stand »Dokumente«, aber mir war egal, ob ich an der richtigen Stelle war. »Wir möchten Kommissar Thompson sprechen, er erwartet uns.« Ich schaute über meine Schulter zu Kurt hin. »Oder einige von uns jedenfalls.«

»Setzen Sie sich, bitte. Ich werde ihm sagen, dass Sie hier sind.«

Wir gingen in den Wartebereich und nahmen auf den blauen Plastikstühlen Platz. Gegenüber von uns saß ein Hispano-Amerikaner mit wütendem Gesichtsausdruck, neben ihm eine weinende Frau, die seine Ehefrau sein mochte. Sie unterhielten sich auf Spanisch. Hatten sie auch einen Sohn, der mit dem Gesetz in Konflikt gekommen war? So wie dieses Paar mussten Rick und ich auch etliche Male ausgesehen haben.

»Mrs. Stewart?« Kommissar Thompsons Stimme kam irgendwo von links.

Wir standen alle drei auf und gingen zu der geöffneten Tür. Thompson schaute mich an, dann Kurt und Lacey. »Sie haben ein paar Freunde mitgebracht, wie ich sehe?«

»Wir müssen Ihnen Verschiedenes sagen.«

»Bitte kommen Sie doch herein.« Er hielt die Tür offen und lächelte. Die Katze hatte die drei blinden Mäuse in der Falle.

»Es sind gerade mehrere Kollegen an ihren Schreibtischen. Haben Sie etwas dagegen, wenn wir wo hingehen, wo wir mehr für uns sind?«

Der Kommissar blieb am Ende des Gangs stehen und wartete auf unsere Antwort. Hinter ihm führten Treppen nach oben und unten. Ging es da zu dem Büro, in dem sie die Personalien aufnahmen, oder wie man das nannte?

»Privatsphäre wäre eine gute Idee«, erwiderte ich.

»Unten ist der große Besprechungsraum, aber ich glaube, der ist gerade belegt. Sollen wir einfach in eines der Vernehmungszimmer gehen?« Das Glitzern in seinen Augen verriet mir mehr, als ich wissen wollte. Er ahnte, dass hier etwas Größeres im Busch war. Die Katze setzte zum tödlichen Sprung an.

Gut, das hier war sein Job – der Wahrheit auf den Grund gehen. Ich wünschte mir nur, er wäre weniger schadenfroh gewesen. »Ja, gerne.«

Wir begannen, den Gang zurückzugehen. Lacey schob sich zwischen Kurt und mich. »Ab jetzt wird alles, was ihr sagt, aufgezeichnet werden. Also denkt nach, bevor ihr redet, klar?«

Wir nickten beide. Wir bogen in einen anderen Gang ein, an dessen linker Seite mehrere Türen waren. Vor einer von ihnen blieb Kommissar Thompson stehen. Sie sah aus wie die Tür eines Klassenzimmers in einer Schule. Sie war weiß gestrichen, aber dort, wo in einer Schule ein Schild mit der Aufschrift »Klassenzimmer 15« gewesen wäre, prangte hier ein kleines rotes Plastikschild mit weißen Buchstaben: »Verhörzimmer 3«.

Der Flur wurde auf einmal schief. Meine rechte Hand ging instinktiv zur Wand, ich holte keuchend Luft. Ich versuchte, auf etwas anderes zu sehen als die Tür, die sich da neben mir öffnete. Was war das da weiter vorne, rechts von dem Gang? Ich konnte es nur teilweise ausmachen, aber es reichte, um zu sehen, dass die Wand aus Plexiglas und vergittert war. Vor meinen Augen erschienen lauter schwarze Punkte.

»Alisa, Alisa, bist du okay?« Die Stimmen kamen wie aus großer Ferne. Ich merkte, wie die Schwärze größer wurde und meine Beine immer weicher, bis ich sie nicht mehr spürte. Kann sein, dass ich umkippte. Ich weiß es nicht mehr.

Das Nächste, an das ich mich erinnere, war, dass ich auf einem Fußboden lag, der wohl zu dem Verhörzimmer 3 gehören musste, um mich herum lauter besorgte Gesichter. Ich setzte mich auf und rieb mir über den Kopf, der mit jeder Bewegung klopfte. »Danke, es geht schon, es geht.«

Ich wollte aufstehen. Eine Hand auf meiner Schulter drückte mich sanft nach unten. Ich schaute auf, in das Gesicht von Kommissar Thompson. »Bleiben Sie noch etwas sitzen, bis das Blut in Ihrem Körper wieder in die richtige Richtung fließt.«

Ich schaute in das besorgte Gesicht meines Sohnes und sah, dass er um *mich* Angst hatte, nicht um sich selbst oder vor dem, was da vor ihm lag. »Entschuldigung.« Ich sah wieder den Kommissar an und versuchte ein Lächeln. »Sie sind sicher froh, dass Sie diesem Termin zugestimmt haben, wie?«

Er grinste. »Glauben Sie mir, ich habe schon Schlimmeres erlebt. Viel Schlimmeres.«

Ich ließ meinen Blick durch das Zimmer wandern, um mich zu orientieren. Es war ganz anders als in den Fernsehkrimis. Dort sind die Verhörzimmer immer groß und geräumig, und der Verdächtige sitzt an einem großen Tisch, die Ellbogen auf die Platte gestützt, und raucht nervös eine Zigarette nach der anderen. Dieses Zimmer dagegen war kaum größer als mein begehbarer Kleiderschrank zu Hause. Mir war nicht ganz klar, wie sie mich durch diese schmale Tür hatten tragen können. Der Tisch, aus rostfreiem Stahl, war eher ein schmales Regal, das an der Wand befestigt war, kaum größer als das Klapptablett in einem Flugzeug. Die Ellbogen aufstützen und rauchen? Das war wohl nichts.

Ich rutschte auf einen der weißen Plastikstühle, Schulter an Schulter mit Kurt und Lacey. Kommissar Thompson saß uns gegenüber, an der anderen Seite des Zimmers; wenn wir unsere Beine ausgestreckt hätten, hätten wir seinen Stuhl berührt. Null Spielraum.

»Tja, jetzt muss ich Ihnen wohl sagen, warum ich um dieses Gespräch gebeten habe.«

»Mama, du brauchst gar nichts zu sagen, das kann ich selbst machen. Du hast keinen Grund, etwas zu sagen.« Kurt sah den Kommissar an. »Der Mann, der Rudy Prince getötet hat, bin ich. Nicht Gary Singer.«

Kommissar Thompson legte einen kleinen Papierblock auf den winzigen Tisch, holte einen Kugelschreiber aus seiner Jackentasche und drückte den Minenknopf. »Schießen Sie los.«

»Ich habe ihm Geld geschuldet, aber das wissen Sie ja schon. An dem Abend, als es passierte, saß ich an einer Mauer auf der De La Guerra Plaza, absolut high. Da kam er plötzlich und fing an, herumzuschreien, dass ich meine Schulden bezahlen sollte.«

Der Kommissar nickte. »Hat er Sie in irgendeiner Weise bedroht?«

»Rudy hat die Leute immer bedroht. Das hatte bei ihm Methode. Er fuchtelte mit dem blöden Schläger herum und sagte, dass er mich damit verdreschen würde, wenn ich nicht zahlen würde.«

»Und hat er Sie tatsächlich geschlagen?«

Kurt schüttelte den Kopf. »Ich glaube, nicht. Ich habe nur bruchstückhafte Erinnerungen an den Abend, aber ich bin ziemlich sicher, dass er mir nicht zu nahe kam.« Er musterte kurz die Wand, dann fuhr er fort: »Es war noch jemand da, dieser Obdachlose, der Mike heißt. So ein dünner, schmächtiger Typ, der keiner Fliege etwas zuleide tat. Er saß auf seiner Stammbank, wie immer.« Kurt rieb sich den Nacken und schüttelte wieder den Kopf. »Ich sehe noch das Grinsen auf Rudys Gesicht, als er sich vor dem Alten aufbaute und mit seinem Schläger ausholte. Ich glaube, er hat ihn totgeschlagen. Ich höre heute noch das Geräusch, als das Holz auf den Schädel traf. Dann sah er mich wieder an und sagte: ›So geht's dir morgen Abend auch, wenn du mir nicht das Geld bringst.‹ Und dann hat er gelacht. Gelacht.«

»Und das war der Auslöser für Sie?«

»Doch, ich glaube, ja. Er stand noch über Mike gebeugt, und ich dachte: Gleich schlägt er ihn vielleicht noch einmal. Und dann war mir, als ob nicht Mike da lag, sondern mein Bruder, Nick.« Kurt schloss die Augen. »Ich habe mich auf ihn gestürzt, mit dem ganzen Hass, der in mir war. Ich war so wütend, dass mich nichts stoppen konnte. Es gelang mir, ihm den Schläger wegzunehmen. Dann dachte ich, dass ich vor dem Mann stehe, der Nick ermordet hatte und jetzt über seiner Leiche stand und lachte. Ich hab ihn geschlagen und geschlagen, bis ich den Schläger nicht mehr halten konnte. Aber der Mann, den ich die ganze Zeit vor mir sah, war nicht Rudy, sondern Lonnie Vandever.«

Ich musterte den Kommissar. Würde er gleich fragen, wer Lonnie Vandever war? Dann erinnerte ich mich an seine Besuche in meinen Trauerseminaren und in der Kirche und merkte, dass er wahrscheinlich besser über den Fall Bescheid wusste als ich. »Und was geschah dann?«

Kurt schüttelte den Kopf. »Das weiß ich nicht genau. Das Nächste, an was ich mich erinnere, ist, dass ich auf meinem Bett lag und aufwachte und den blutverschmierten Schläger liegen sah. Ich nahm ihn, trug ihn zum Waschbecken und versuchte, das Blut abzuwaschen. Der Schläger war schon richtig verfärbt. Dann ließ ich mich wieder auf mein Bett fallen. Ich war immer noch ziemlich verkatert und wusste nicht genau, was passiert war. Ich habe den Schläger unter das

Bett geworfen und diese Rehaklinik angerufen, von der man mir erzählt hatte. Sie sagten mir, dass sie einen freien Platz hatten, und ich bin gleich in mein Auto gestiegen und hingefahren.«

»Und was ist aus dem Schläger geworden?«

»Irgendwann während des Entzugs habe ich mich erinnert, dass ich den ja in dieser Hütte gelassen hatte, wo ich damals wohnte. Ich hatte vor, gleich nach der Reha hinzufahren und zu sehen, ob der Schläger wirklich da war. Denn inzwischen redete ich mir ein, dass das Ganze vielleicht nur eine Halluzination war, wie man sie eben bekommt, wenn man kifft. Aber als ich aus der Reha rauskam, hatte die Familie Brooks die Hütte verkauft, und der neue Besitzer hatte sie abgerissen.«

»Dann ist der Schläger den Weg der Hütte gegangen, sozusagen?«

»Wahrscheinlich schon.« Kurt vermied es, mich anzusehen, aber ich durchschaute seine Strategie. Er stellte sich der Polizei und sagte ihr, was seine Rolle bei dem Verbrechen gewesen war. Aber er sah keinen Grund, dem Kommissar weitere Informationen zu geben, die mich in die Sache hineingezogen hätten.

Ich sah zu Lacey hin. Sie nickte fast unmerklich. Sie wusste genau, was Kurt da machte, und fand es richtig. Kurt öffnete mir eine Hintertür; ich brauchte nur hindurchzugehen.

Dann musste ich plötzlich an eine Geschichte aus dem Alten Testament denken. Josua war dabei, die Israeliten in das verheißene Land zu führen. Sie umzingelten Jericho, zogen sieben Tage lang um die Stadt herum und die Mauern stürzten ein. Sie waren siegreich, so wie Gott es ihnen versprochen hatte.

Aber da war ein Problem.

Gott hatte ihnen befohlen, keine Beute für sich selbst zu machen. Überhaupt keine. Nichts.

Als kurz darauf die Israeliten gegen die kleine Stadt Ai zogen, die sie eigentlich mit der linken Hand hätten erobern können, wurden sie in die Flucht geschlagen.

Was war passiert? Einem der Israeliten (er hieß Achan) waren in Jericho ein paar schöne Sachen ins Auge gefallen: Gold, Silber und ein wertvoller Mantel. Er hatte die Beute heimlich an sich genommen. Niemand seiner Landsleute hatte das gesehen. Aber Gott sehr wohl. Und als sie gegen Ai zogen, zog Gott seine Hand von ihnen ab.

Hier saß ich und konnte, wenn ich wollte, frei und unbehelligt diesen Raum wieder verlassen. Ich hatte den Schläger verbrannt, aber das brauchte niemand zu wissen. Mein Sohn hatte seine Tat gestanden; der Schuldige würde bestraft werden. *Sei nicht dumm, geh nach Hause und wenn heute Nachmittag deine Tochter aus der Schule kommt, dann sag ihr, dass du dich getäuscht hattest.* Aber was für ein Beispiel würde ich Caroline damit in Sachen Ehrlichkeit geben? Und was, wenn, ähnlich wie damals bei Achan, Gott während des Gerichtsverfahrens seine Hand von meinem Sohn abziehen würde – weil seine Mutter versucht hatte, die Wahrheit zu verbergen?

Ich sah Kommissar Thompson an. »Es gibt noch etwas, das Sie wissen müssen.«

»Nein!« Lacey und Kurt schrien es gleichzeitig.

Ich sah Lacey an, dann Kurt. »Doch.« Ich schaute wieder den Kommissar an. »Wo war ich gerade stehen geblieben?«

»Sie wollten mir noch etwas sagen, das ich wissen muss.«

»Ach ja, richtig.«

35

»Gut, Mrs. Stewart, ich glaube, damit sind alle meine Fragen beantwortet.« Kommissar Thompson machte sich seine letzten Notizen, dann sah er auf.

Mein Magen wollte sich verknoten. Ich wusste, was jetzt kommen würde. Fingerabdrücke. Ein Polizeifoto. Das metallische Geräusch von Türschlössern.

Kommissar Thompson erhob sich und ging zu der Tür. Dort drehte er sich um und sah Lacey an. »Ich werde bei der Staatsanwaltschaft eine Erklärung für hinreichenden Tatverdacht einreichen.«

Lacey nickte. »Das hatte ich erwartet. Ich werde mich mit denen in Verbindung setzen.«

»Das hatte ich erwartet«, echote der Kommissar. Bei mir hatte sein Versuch, lustig zu wirken, keinen Erfolg, vor allem deswegen, weil ich keinen Schimmer hatte, von was die beiden da sprachen.

Lacey sah mich an. »Ich komme mit dir. Kurt kommt gut alleine zurecht.« Ihre Haut sah allmählich blassblau aus; die langen Stunden ohne das Sauerstoffgerät forderten ihren Tribut. Sie drückte Kurts Schulter. »Sie sind ein toller junger Mann; ich bin stolz darauf, Sie zu kennen.«

Es gelang mir, mich von meinem Stuhl hochzudrücken. Ich dachte an mein Erlebnis von vorhin und konzentrierte mich darauf, schön aufrecht und bei Bewusstsein zu bleiben. Ich folgte Thompson durch den Gang und versuchte, nicht daran zu denken, was jetzt kommen würde. Wenigstens war Lacey noch bei mir.

Der Kommissar blieb an einer Tür stehen, öffnete sie und hielt sie für uns auf. Hinter der Tür konnte ich das Foyer sehen und die blauen Plastikstühle, auf denen wir an diesem Morgen gewartet hatten. Was sollte das hier? Sollte Lacey mich vielleicht zur Fingerabdruckabnahme begleiten? Eigentlich machte das keinen Sinn, aber andererseits: Was wusste ich schon über die Gepflogenheiten der Polizei?

In einer Ecke bewegte sich etwas. Ich schaute in die Richtung und sah Rick, der gerade aufgestanden war und jetzt auf uns zukam, sein Gesicht so ernst und blass, wie ich es bisher noch nie bei ihm gesehen hatte.

Er nickte Kommissar Thompson zu, der die Geste erwiderte. »Rick, wissen Sie eigentlich, dass Sie eine Frau und einen Sohn haben, die mehr Mumm besitzen als hundert Preisboxer?«

»Sohn? Ist Kurt etwa auch da?« Rick sah von Thompson zu mir.

»Kurt hat heute Morgen hier vor dem Gebäude auf mich gewartet«, erklärte ich. »Er hat sich gestellt und der Polizei alles erzählt.«

Bruce Thompson sagte: »Sie sollten stolz auf die beiden sein.«

»Und das bin ich auch.«

Mein Kopf ruckte in Ricks Richtung. Sollte das ein Witz sein? War er wirklich stolz? Auf uns? Dass wir jetzt Verbrecher waren? Er wartete, bis ich durch die Tür war, dann legte er beide Arme um mich, und aus den Tiefen seiner Brust kam etwas wie ein unterdrücktes Schluchzen.

Die Tür schloss sich hinter Kommissar Thompson, und wir drei waren allein in dem Foyer. Ich sah zunächst Lacey an. »Was ist da gerade gelaufen?« Dann Rick. »Und was machst du hier?«

Er zuckte die Achseln. »Ich wollte sehen, ob ich irgendwie helfen kann.«

Ich fragte mich, wie er sich das vorgestellt hatte, aber zuerst wandte ich meine Aufmerksamkeit wieder Lacey zu. »Ich bin gerade ein bisschen durcheinander. Bin ich jetzt verhaftet oder nicht?«

»Noch nicht.« Sie ging zu der Ausgangstür.

Rick und ich folgten ihr. »Sie reichen eine Erklärung auf hinreichenden Tatverdacht ein. Im Wesentlichen ist das eine eidesstattliche Erklärung von Kommissar Thompson über das, was du mit dem Baseballschläger gemacht hast. In der Staatsanwaltschaft werden sie sich das zu Gemüte führen und dann über das weitere Vorgehen entscheiden.«

»Dann kann ich jetzt nach Hause fahren?«

»Bis auf Weiteres, ja.«

»Dann brauchst du mich also nicht, um eine Kaution für dich zu stellen«, sagte Rick.

Deswegen war er also hier. Ich trat zu ihm und umarmte ihn mit mehr Leidenschaft, als ich in Jahren für ihn gefühlt hatte. »Ich kann's nicht glauben, dass du extra deswegen hergekommen bist. Ich habe gedacht, dass du so wütend bist, dass du uns beide im Gefängnis verschimmeln lässt.«

Er hielt mich ganz fest. »Die ersten beiden Stunden, nachdem du mir alles gesagt hattest, habe ich das auch gedacht. Bis ich dann merkte, wie absolut mutig das war, dass du so zur Polizei gehen und reinen Tisch machen wolltest.« Er lehnte sich ein Stückchen zurück, damit er mir in die Augen sehen konnte. »Ich hatte deinen Mut ganz vergessen.« Er schüttelte den Kopf. »Nein, das stimmt nicht. Ich hatte ihn nicht vergessen, er war mir so selbstverständlich geworden, dass ich ihn nicht mehr bemerkt hatte.«

Wir blieben noch einen Augenblick stehen und umarmten uns weiter, bis ich das leise Pfeifen von Laceys Atem bemerkte. Ich schaute auf meine Uhr. Die Zeit schien geflogen zu sein. Lacey musste dringend nach Hause, und bald wäre auch für Caroline Schulschluss.

»Caroline kommt diesen Nachmittag doch zu dir, oder?«

»Ich habe die Schule angerufen. Katrina wird zu Hause sein und auf sie warten.« »Bei uns zu Hause?«

»Bei uns. Ob Kaution oder bewaffneter Ausbruch – ohne dich wäre ich hier nicht weggefahren. Ich war entschlossen, mit Carolines Mutter zu ihr nach Hause zu kommen, egal, was es kosten würde.« Er grinste und fuhr fort: »Um ehrlich zu sein: Ich glaube nicht, dass sie mich ohne dich hereinlassen würde.«

»Dann fahren wir am besten gleich los.«

Wir fuhren in unseren beiden Autos nach Hause. Lacey fuhr wieder mit mir. Ich drückte ihre Hand. »Vielen, vielen Dank für alles, was du heute für mich gemacht hast. Ich kann dir gar nicht sagen, wie viel mir das bedeutet.«

Sie zuckte die Achseln. »Was habe ich groß gemacht?« Sie legte den Kopf schräg. »Ich weiß halt, wie das System funktioniert. Das ist alles.«

»Danke, Lacey.« Ich stoppte in ihrer Einfahrt, stieg aus dem Auto und wollte ihr die Stufen zu ihrer Haustür hochhelfen.

Sie zog ihren Arm weg. »Ich brauche keine Hilfe, um meine eigene Treppe hochzusteigen. Ich mag etwas wackelig sein, aber uralt bin ich noch nicht.«

Ich blieb an der untersten Stufe stehen und schaute zu, wie sie ihre Haustür aufschloss. »Ich bringe dir nachher etwas zu essen vorbei.«

»Das musst du nicht.«

»Ich weiß, aber ich will es.«

Sie nickte und verschwand durch die Tür. Ich drehte mich um und sah, dass Rick seinen Wagen am Straßenrand geparkt hatte und an die Beifahrertür gelehnt dastand. Ich ging zu ihm. »Warum bist du nicht schon ins Haus gegangen?«

Er vergrub seine Hände tief in den Hosentaschen und starrte angestrengt auf den Bürgersteig hinunter. »Als ich nach unserem kleinen Gefecht gestern Abend zurück in meine Wohnung kam, war mir hundeelend. Weil ich erst da gemerkt habe, wer an der ganzen Sache eigentlich schuld ist.«

»Wie meinst du das?«

»Ich habe nie erlebt, dass du so ausgerastet bist, dass du Bücher durch die Gegend geschmissen oder gegen Sessel getreten hast.« Er schaute zu mir auf. »Oder jemand mit einem Baseballschläger ins Nirwana befördert. Diese Reizbarkeit, diese Wut, die da bei Kurt explodiert ist – das hat er eindeutig von mir. Da habe ich gemerkt, dass ich mich ja selbst ein paar Sachen stellen muss. So ungern ich das jetzt zugebe, aber ich habe mich in der Stadt zu einem Kurs angemeldet, in dem man lernt, besser mit seiner Wut umzugehen. Und … tja, ich finde, vielleicht sollten wir einmal zu so einem Eheberater gehen.«

»Ist das dein Ernst?«

»Du weißt, wie ich über dieses Thema denke, aber andererseits – was kann es schaden in unserer Situation?« Er öffnete die Fahrertür seines Lieferwagens und stieg ein. »Das wollte ich dir nur eben sagen. In Carolines Gegenwart, bei uns zu Hause, hätte ich das nicht geschafft.«

»Danke.« Ich wusste, wie schwer ihm dieses Geständnis gefallen war, und ich musste denken, dass sein gutes Herz vielleicht doch nicht ganz verschüttet war.

Ich stieg wieder in mein Auto. Noch bevor ich in unserer Einfahrt anhielt, stand Caroline schon draußen. »Du bist wieder da, du bist wieder da! Sie haben gewusst, dass Kurt nicht schuld war, nicht? Sie lassen dich laufen und Kurt auch, stimmt's?«

»Nicht ganz, Schätzchen. Komm, setz dich auf meinen Schoß; dann erzähle ich dir alles.«

36

Die Story machte Schlagzeilen. In den Morgennachrichten unseres Lokalradiosenders war sie fast das einzige Thema, und natürlich schaffte sie es auf die Titelseite unseres Lokalblatts, der *Santa Barbara News-Press*. Aber – ich konnte es kaum fassen – auch auf die erste Seite der *Los Angeles Times,* und sämtliche große Fernsehnachrichtenkanäle stürzten sich wie die Geier auf sie. Die Nation schien sie fast nicht zu fassen, diese Geschichte von Mutter und Sohn, die sich gemeinsam der Polizei stellten, um einen anderen jungen Mann zu retten.

Gegen sieben Uhr morgens fing mein Telefon an zu klingeln, um nicht mehr aufzuhören. Reporter, Reporter und noch einmal Reporter. Ich schaltete den Klingelton schließlich ab. Was würden die Frauen in der Gemeinde sagen, wenn sie die Schlagzeilen in der Zeitung sahen? Ich konnte sie förmlich hören, die aufgeregten Telefonate, die jetzt geführt wurden.

Nicht lange, nachdem Caroline zur Schule gegangen war, klingelte es an der Haustür. Sollte ich so tun, als ob ich nicht zu Hause wäre? Doch dann schlich ich zur Tür und schaute durch den Spion, direkt in die Augen von Lacey. »Ich bin's«, rief sie.

Ich öffnete und sah, dass sie einen Teller mit Scones dabei hatte. »Ich habe gedacht, dass du dich heute verbarrikadieren wirst und vielleicht Verstärkung brauchst.«

»Oh, Lacey, du bist die Beste.«

»Wissen wir doch alle.« Sie nickte und folgte mir ohne ein weiteres Wort in die Küche. Sie trug eine graue Hose und einen roten Pullover. Ich starrte sie an.

»Was, schon wieder kein Trainingsanzug?«

Sie zuckte die Achseln. »Ich habe so lange Anzüge und Kostüme tragen müssen, dass ich mal etwas anderes verdient habe. Aber ich wusste nicht, ob nicht draußen irgendwelche Paparazzi in den Büschen lauern. Und man will ja nicht, dass die nachher sagen, du verkehrst mit Landstreichern.« Sie zog an dem paillettenbesetzten Band, das ihr Haar bändigte. »Aber eine kleine individuelle Note habe ich mir gegönnt.«

Ich deckte den Tisch und goss uns jeder eine Tasse Kaffee ein. Wir setzten uns. Mal schauten wir einander an, mal zur Seite, mal einfach in die leere Luft. Ich nahm ein oder zwei Bissen von meinem Scone, ohne es recht zu merken.

»Ich habe mir erlaubt, ein paar Anrufe zu tätigen«, sagte Lacey. »Ryan Scott ist der absolut beste Strafverteidiger in Santa Barbara. Er hat sich bereit erklärt, deinen und Kurts Fall zu übernehmen.«

»Aber du wärst doch auch da!«

»Mädchen, ich hab nicht mehr die Kraft, das durchzustehen. Ich bin jetzt seit mehreren Jahren im Ruhestand, und schon einiges vorher habe ich mit einem guten Teil des juristischen Establishments im Clinch gelegen. Außerdem war ich nicht im Strafrecht tätig, sondern im Zivilrecht. Du brauchst jemand, der echt weiß, was er tut.«

Es klingelte an der Tür. Sie sah mich an. »Erwartest du jemand?«

Ich schüttelte meinen Kopf. »Ich habe mehrere Anrufe von Reportern erhalten. Wahrscheinlich rücken sie mir jetzt auf die Pelle.«

»Lass mich das machen.« Lacey drückte sich hoch. Ihr Atem ging keuchend, als sie zur Tür ging. Ich hörte, wie die Tür aufging, dann Laceys schnarrende Stimme: »Was für ein Anliegen haben Sie?«

Ich spitzte meine Ohren. Ich wollte wissen, wer das war. Oder wollte ich es doch nicht wissen?

»Ich ... äh, mein Anliegen ist Alisa. Ich möchte ihr meine Hilfe anbieten. Und ihr das hier bringen.«

Beth? War das Beths Stimme? Ich stand auf, ging in den Eingangsflur und linste zu der Haustür hin. »Beth, bist du das?«

»Jawohl. Und ich bin nicht die Einzige, die heute kommt. Die Frauen in der Gemeinde haben heute Morgen die Telefonleitungen heiß laufen lassen.« Sie hielt mir eine in Alufolie verpackte Auflaufform hin. »Ich schätze mal, ums Kochen brauchst du dich die nächsten zehn Jahre nicht mehr zu kümmern.«

»Aber … aber begreifst du denn nicht, was ich für eine Heuchlerin gewesen bin?« Ich starrte die Frau an, die für mich den Satz »Gott ist der Gott der Ordnung« verkörperte. Ich war perplex. »Warum redest du überhaupt noch mit mir?«

»Alisa, dass du bereit bist, alles aufzugeben, um das zu tun, was recht ist – ich bin noch nie so stolz darauf gewesen, dich zu kennen. Und ich weiß, dass es vielen anderen genauso geht.«

Ich warf meine Arme um sie und drückte sie. »Danke. Danke, dass du so zu mir stehst.«

»Das tue ich doch gerne, Mädchen. Dazu sind wir doch da, oder? Dass wir einander lieben, einander stützen und einander wieder auf die Füße helfen, wenn das Leben uns umgeworfen hat.«

Nach fünf Minuten ging Beth wieder. Eine halbe Stunde später kam Carleigh. Dann Kristyn. Dann Tasha. Die einen brachten mir eine Mahlzeit, die anderen Blumen, und alle brachten sie Worte der Ermutigung.

Lacey sah mich an. »Ich muss gestehen, damit hatte ich nicht gerechnet. Und mal ehrlich: Du auch nicht.«

Ich nickte. »Ich glaube, ich habe vor allem nicht mit Gott gerechnet. Ich habe nicht wirklich geglaubt, dass er dann, wenn er etwas von mir verlangt, mir anschließend auch durchhilft. Das hier ist schwer. Mordsschwer. Aber ich staune nur so, wie erleichtert ich bin, nicht mehr eine Lüge leben zu müssen. Ich glaube, ich werde nie mehr so tun müssen, als ob ich vollkommen bin. Schließlich weiß inzwischen ganz Amerika, dass ich das nicht bin.«

Am Spätnachmittag kam Ryan Scott. Er war Mitte dreißig, sehr nett und hatte eine beginnende Glatze.

Er nahm das Wasser, das ich ihm anbot, und stellte seine Aktentasche auf den Couchtisch. »Die Anklageerhebung gegen Kurt ist morgen früh um zehn.«

»Und was kommt da auf ihn zu?« Lacey hatte ihr tragbares Sauerstoffgerät geholt und saß neben mir auf dem Sofa.

»Eine Mordanklage natürlich. Möglicherweise mit erschwerenden Umständen, ähnlich wie bei Gary Singer, aber anders. Mr. Singer wurde unter anderem Raubmord vorgeworfen. Da wir alle wissen, dass Rudy Prince nicht von Kurt ausgeraubt wurde, wird man diesen Punkt fallen lassen. Aber der erschwerende Umstand einer tödlichen Waffe ist noch gut möglich.«

»Es ist dieses Denken, das mir unser Rechtssystem so unsympathisch macht«, sagte Lacey. »Was für ein anderes System in der Welt verschärft die Strafe wegen Benutzung einer tödlichen Waffe, wenn diese Waffe von dem Ganoven stammt, den Kurt umgebracht haben soll? Ich habe das noch nie eingesehen, was mir natürlich jahrelang jede Menge Ärger eingebracht hat.«

Der Anwalt lächelte sie so freundlich an, dass ich den Verdacht hatte, dass die beiden irgendwann in der Vergangenheit miteinander zu tun gehabt hatten. »Ich werde das natürlich anfechten.«

Lacey nickte. »Sicher. Das ist lächerlich, und sonst gar nichts.«

»Wird Kurt bis zum Prozess nach Hause kommen können?« Das war das, was ich mehr wollte als alles andere. Dass Kurt herauskam aus der Untersuchungshaft, zurück zu seinen Lieben, wo er die moralische Unterstützung bekäme, die er nach wie vor so dringend brauchte.

»Ich werde eine Kaution beantragen, und zwar eine reduzierte.«

»Reduzierte Kaution?« An die finanzielle Seite hatte ich noch gar nicht gedacht. »Und wie hoch wird der Betrag sein?«

»Es gibt hier eine feste Kautionstabelle, in der jeder an der gleichen Stelle anfängt. Die Kaution für Mord beträgt eine Million Dollar.« Mr. Scott überhörte mein Japsen, wofür ich ihm dankbar war. Er hielt nur einen kurzen Augenblick inne und fuhr fort: »Das ist, wohlgemerkt, die gute Nachricht. Die schlechte ist, dass es für Mord mit erschwerenden Umständen keine Kautionstabelle gibt. Wir müssen uns also etwas einfallen lassen, um zu verhindern, dass die Benutzung einer tödlichen Waffe mit in die Anklage aufgenommen wird.«

»Und meinen Sie, das klappt?« Ich spürte einen kleinen Hoffnungsschimmer – den größten seit Langem.

»Das ist mein Plan. Schauen wir mal, was daraus wird.« Er setzte seine Brille ab und sah mich an, seine Augen blickten selbstbewusst. »Die können ja nicht gerade behaupten, dass Fluchtgefahr besteht, wenn er sich selbst der Polizei gestellt hat, oder?«

Ich hoffte, dass er recht hatte.

37

Am Mittwochmorgen war der kleine Gerichtssaal überfüllt. Direkt hinter dem Tisch der Anklage saß etwa ein Dutzend Personen – Männer, Frauen und zwei oder drei Teenager. Sie trugen T-Shirts und Jeans, wie sie ausgebeulter nicht sein konnten, mehrere der Männer hatten Goldketten um den Hals. Alle strahlten sie eine gewisse Härte aus. Dies mussten wohl die Verwandten von Rudy Prince sein. Ich fragte mich unwillkürlich, was für eine Kindheit er gehabt haben mochte.

Die letzten beiden Reihen auf beiden Seiten des Saals waren von Reportern und dergleichen besetzt. Ich versuchte, nicht nach hinten zu schauen.

Rick und ich saßen in der ersten Reihe hinter dem Tisch der Verteidigung. Neben mir saß Jodi, Monte saß neben Rick. Auf der anderen Seite von Jodi saß, in sittsamer Kleidung, Lacey. Sie nickte kurz in meine Richtung, ihre Augen strahlten Entschlossenheit aus. In den Reihen hinter uns saß vielleicht ein Dutzend Freunde aus der Gemeinde. Sie alle begrüßten mich lächelnd und nickten mir ermutigend zu.

Ganz am Ende unserer Reihe saß eine dünne dunkelhaarige Frau. Sie kam mir vage bekannt vor. Wo hatte ich sie schon gesehen? War sie vielleicht die Mutter von Rudy Prince? Aber warum saß sie dann auf unserer Seite des Gerichtssaals?

Jetzt kamen Ryan Scott und Kurt herein, und in den hinteren Reihen ging ein Raunen und Flüstern los. Kurt ging militärisch stramm und schaute weder nach links noch nach rechts, bis er bei uns vorbeikam. Er erwiderte meinen Blick und nickte mir kurz zu, sein Gesicht war ausdruckslos. Es machte mir Angst.

Der Staatsanwalt nahm seinen Platz ein. Er sah selbstbewusst und fast gelangweilt aus. Dies war wohl ein ganz normaler Arbeitstag für ihn, der nächste Tag, an dem er die Macht hatte, das Leben eines Menschen für immer zu verändern.

Jetzt kam durch eine Tür hinten im Saal die Richterin und begab sich auf ihren Platz. Es folgte ein Duell zwischen Ryan Scott und dem Staatsanwalt. Scott machte einen siegesgewissen Eindruck und bearbeitete sein Gegenüber mit Formulierungen wie »keine Fluchtgefahr« und »mutig und als Ehrenmann«. Der Staatsanwalt, nicht minder siegessicher, sprach von der »absoluten Barbarei dieses Verbrechens«. Beide benutzten fleißig ihr Juristenchinesisch, sodass ich bald nicht mehr mitkam.

»Entschuldigen Sie, dürfte ich dem Gericht etwas sagen?« Die dunkelhaarige Frau am Ende unserer Reihe war aufgestanden, die Hände auf der Balustrade, die die Zuschauertribüne vom vorderen Teil des Saals trennte.

Ryan Scott drehte sich in ihre Richtung. Zum ersten Mal an diesem Tag sah sein Gesicht überrascht aus. Er musterte die Frau kurz, dann sah er wieder den Staatsanwalt an, der nicht weniger überrascht schien.

»Ihre Wortmeldung ist unzulässig.« Die Stimme der Richterin war streng.

»Bitte, ich bin die Mutter von Gary Singer. Dieser junge Mann hat sich der Polizei gestellt, damit mein Sohn nicht ins Gefängnis muss. Ich weiß, dass er nicht flüchten wird. Bitte geben Sie ihm Kaution. Um meines Sohnes willen, um der Gerechtigkeit willen.«

Der Gerichtsdiener führte die Frau aus dem Saal. Als sie den Gang entlang zur Tür gingen, rief sie über ihre Schulter: »Sie sollten ihm die gleiche Achtung erweisen, die er meinem Sohn erwiesen hat.« Die Reihen hinter mir begannen, laut zu applaudieren, erst nur ein oder zwei Personen, dann alle – auch, wie ich den Eindruck hatte, die meisten der Reporter.

»Ruhe, oder Sie verlassen den Saal!« Die Worte der Richterin brachten den Applaus zum Schweigen. Was sie nicht stoppen konnten, war das Raunen, das durch die Reihen der Reporter ging. Ich sah, wie der Staatsanwalt in ihre Richtung schaute, und aus seiner Miene konnte ich praktisch seine Gedanken lesen. Morgen würde also in der Zeitung stehen, dass Gary Singers Mutter um Milde für Kurt gebeten hatte, und der Staatsanwalt hatte eiskalt zugeschaut, wie sie aus dem Saal geworfen wurde. Oder … oder wäre er der Held, der ihren Mut honoriert und meinen Sohn bis zum Prozess auf freien Fuß gesetzt hatte? Ich hoffte, dass er das Zweite dachte.

Er wandte sich zurück zur Richterbank. »Angesichts der ungewöhnlichen Umstände und der Tatsache, dass der Beklagte sich freiwillig gestellt hat, scheint eine reduzierte Kaution möglich. Aber ich brauche eine Garantie von dem Beklagten und seinen Eltern, dass er zu den Prozessterminen erscheinen wird. Ich erwarte ferner regelmäßige Meldungen von seinen Drogentherapeuten, dass er zu den täglichen Therapiesitzungen erscheint. Und ich brauche die verbindliche Zusage seines Onkels und seiner Tante, dass er bis zum Ende des Prozesses bei ihnen angestellt bleiben wird.«

Man einigte sich schließlich, womit Rick und ich die Aufgabe hatten, die nächsten beiden Tage die finanziellen Details von Kurts Kaution auszuhandeln. Als wir damit fertig waren, war uns klar, dass wenn Kurt flüchtete, wir unser Haus mit allem, was darin war, verlieren würden. Ich hielt das Risiko für gering.

Ich konnte es nicht glauben, wie schnell die Lage sich verändert hatte. Ein Senfkorn Hoffnung begann zu sprießen. Mein Sohn kam nach Hause.

Am Freitagmorgen ging ich zum ersten Mal wegen etwas aus dem Haus, das nicht direkt mit dem Prozess zu tun hatte. Ich musste meinen Schreibtisch in der Gemeinde ausräumen und ein paar Kleinigkeiten im Supermarkt einkaufen. Am meisten graute mir vor dem Ausräumen, und ich beschloss, das als Erstes hinter mich zu bringen. Was geschafft war, war geschafft. Je eher, desto besser. Es kam mir ein bisschen optimistisch vor, aber wollte es auf jeden Fall vesuchen.

Ich hörte die unbeschwerten Stimmen schon von Weitem, als ich den Flur zum Gemeindesekretariat entlangging. Die übliche belanglose Bürounterhaltung. In dem Augenblick, als ich durch die Tür trat, verstummten die Gespräche abrupt. Ich staunte, wie schnell Schallwellen verschwinden konnten. Kein Echo, nichts.

Ich nickte zu dem leeren Karton in meiner Hand hin. »Ich … wollte nur kurz meinen Schreibtisch ausräumen.«

Beth sah mich an, Tränen in den Augen. Dann sprang sie buchstäblich auf, rannte um ihren Schreibtisch herum, und ehe ich mich es versah, umarmte, nein: umklammerte sie mich. »Alisa, wie geht es dir?«

Über ihre Schulter sah ich Jana. Sie saß an ihrem Schreibtisch und vermied es, in meine Richtung zu sehen. Ich drückte Beth kurz und machte einen Schritt zurück. »Ich beiße mich halt durch. Jetzt, wenn Kurt gegen Kaution wieder frei ist, ist es einfacher.«

»Das kann ich mir vorstellen, ja.«

Ich glaube, wir wussten beide, dass sie es sich nicht vorstellen konnte, aber sie wollte mir helfen, und das schätzte ich. Ich wandte meine Aufmerksamkeit der plötzlich sehr beschäftigten Jana zu und holte Luft. »Guten Morgen, Jana.«

»Morgen.« Sie sah nicht von ihrem Computer hoch.

Der Stachel saß. Sie war keine meiner engsten Freundinnen gewesen, aber in den letzten paar Jahren doch eine gute Bekannte. Als ich zur Polizei ging, war mir klar gewesen, dass einige in der Gemeinde so reagieren würden wie sie jetzt. Komisch, wie Menschen, von denen ich Ablehnung und Verurteilung erwartet hatte (wie Beth), mir jetzt halfen, während andere, die ich für meine Freunde gehalten hatte (wie Jana), die Ersten waren, die mich links liegen ließen. Ich hatte keine Lust, hier stehen zu bleiben und das Elend noch zu verlängern. Ich ging in mein kleines Büro. »Nur ein paar Minuten.«

Ich schloss die Tür hinter mir und setzte mich an meinen Schreibtisch. Was sollte ich als Erstes machen? Ich nahm die Bücher, die mir gehörten, von dem kleinen Regal und holte ein paar persönliche Dinge aus den Schreibtischschubladen. Zuoberst in den Karton legte ich ein gerahmtes Familienfoto.

Jemand klopfte an die Tür. »Herein.«

Ken Maddox trat ein. Er ließ die Tür hinter sich offen, wie immer, wenn er in einem Raum mit einer Frau allein war. »Es tut mir wirklich leid, dass du gehst.«

Ich wusste, dass er das ernst meinte. Aber ich wusste auch, dass wenn ich blieb, er die meisten Prügel würde einstecken müssen. Vielleicht noch mehr als ich selbst. Ich hatte schon genügend Menschen, die mir wichtig waren, geschadet. Da durfte ich niemand mehr hineinziehen.

Ich grinste trocken. »Na, wie viele böse Anrufe hast du von Leuten bekommen, die noch nicht wissen, dass ich gehe, und die verlangt haben, dass du mich feuerst?«

Er lächelte traurig. »Einige.«

Ich öffnete meine Schubladen noch einmal, um sicherzugehen, dass ich auch nichts vergessen hatte. »Ich kann ihnen nicht böse sein. Wenn es andersherum wäre, wäre ich wohl kaum die Frau, die ich mir als Leiterin unserer Frauenarbeit wünschen würde. Als ich beschloss, zu lügen, habe ich nicht gekleckert, sondern geklotzt.« Ich schloss die letzte Schublade und spürte, wie meine Kehle sich zusammenziehen wollte. »Ich bin gerne hier gewesen, jede Minute. Ich möchte euch alle um Vergebung bitten.«

Er schüttelte den Kopf. »Was mich betrifft, bist du hier jederzeit wieder willkommen.«

Aber wir wussten beide, dass ich nicht wiederkommen würde.

38

»Mr. Scott würde sich gerne mit Ihnen über Ihren Fall unterhalten. Könnten Sie um drei Uhr da sein?« Die Stimme von Ryan Scotts Sekretärin war eine Mischung aus Animateurin und Effizienz.

»Gerne, kein Problem.« Als ob ich etwas anderes zu tun hatte, als mich in meinem Haus zu verstecken, wie ich das jetzt seit sechs Tagen machte. Kurts und mein Fall beschäftigten die Medien immer noch, und da mein Schicksal sich bald entscheiden würde, würde das wohl noch eine Weile so weitergehen.

Ich rief Lacey an. »Ryan Scott hat mich für heute Nachmittag zu sich bestellt. Möchtest du mitkommen?«

Sie überlegte so lange, dass ich mich schon fragte, ob sie noch am Apparat war. »Ich glaube … du solltest Rick anrufen und ihn fragen, ob er mitgehen will.«

In den letzten paar Tagen hatte Rick mich auf eine Weise unterstützt, die ich früher nicht für möglich gehalten hätte. Seit Montag übernachtete er sogar in unserem Gästezimmer. »Ich … weiß nicht.«

»Er will dir helfen, Alisa. Es ist Zeit, dass du aufhörst, so zu tun, als ob du alles selbst schaffst. Lass ihn den Mann sein, der er sein will.«

Lass ihn den Mann sein, der er sein will. Die Worte waren wie eine Bombe. War es wirklich so? War ich in den Jahren seit Nicks Tod so damit beschäftigt gewesen, eine Fassade zu pflegen und jedem zu zeigen, was für einen tollen Glauben ich hatte, dass ich die Menschen, die Gott mir als meine Helfer zur Seite gestellt hatte, gar nicht mehr gesehen hatte? »Ich … äh … vielleicht hast du recht. Ich werde ihn anrufen.«

Meine Finger zitterten etwas, als ich die Nummer wählte. Helfen oder nicht helfen, Rick mochte keine Privatanrufe während seiner Arbeit. Außer es war ein Notfall, aber stimmte das nicht sogar?

»Alisa? Ist alles okay?«

Im Hintergrund hörte ich Geräusche von Baggern und Lastwagen.

»Ryan Scott hat mich auf heute Nachmittag um drei zu sich bestellt; es geht um meinen Fall. Möchtest du da vielleicht mitgehen?«

Irgendjemand schrie etwas; irgendetwas auf der Baustelle schien nicht so zu gehen, wie es sollte. »Ich muss Schluss machen.« Ich hörte ein Geräusch, als ob er die Hand auf den Hörer legte, dann gedämpft: »Ich komme gleich.« Dann wieder das Geräusch und, wieder lauter: »Ich hole dich um halb drei ab.« Er legte ohne ein weiteres Wort auf.

Die nächsten Stunden grübelte ich darüber nach, ob Rick wütend war, weil ich ihn angerufen hatte. Hatte ich jetzt seinen Zeitplan für diesen Tag durcheinandergebracht?

Ich schaute zum Fenster hinaus auf die Straße, um ihn sofort zu sehen, wenn er kam. Ich wollte nicht, dass er länger auf mich warten musste als unbedingt nötig. Ich musste seine Verstimmung ja nicht noch steigern.

Um 14.27 Uhr sah ich, wie sein Lieferwagen in unsere Straße einbog. Als er in der Einfahrt anhielt, stand ich schon gestiefelt und gespornt an der Beifahrertür. Ich stieg ohne Umschweife ein. »Entschuldige, wenn ich dir deinen Tag so durcheinanderbringe. Du hast ja bestimmt schon ohne mich genug zu tun.«

»Na ja, du hast gerade in dem Augenblick angerufen, als Kevin mit dem Bagger die Wasserleitung aufgerissen hat. Die Fontäne hättest du sehen sollen.« Er lachte. »Zum Glück war auf der anderen Straßenseite gerade eine Installationsfirma zugange, und mit der und unseren Jungs haben wir das in Rekordzeit wieder hinbekommen.«

»Gut.« Ich schaute nach draußen, erleichtert, dass er nicht wütend war. Stattdessen kam die Angst vor dem, was ich gleich hören würde. Würde ich ins Gefängnis müssen? Würde jetzt die offizielle Anklage erhoben?

Ryan Scotts Kanzlei lag im Obergeschoss einer kleinen, aber feinen Einkaufspassage, die von der State Street abging. Ich stieg die Treppe hoch und musterte die Kunden und die Menschen, die an den Cafétischen saßen und einen unbeschwerten Frühlingsnachmittag genossen. Was hätte ich nicht darum gegeben, das auch wieder tun zu können. Unbeschwert leben.

Dann saßen Rick und ich auf den gepolsterten Lederstühlen vor Ryan Scotts wuchtigem Schreibtisch, bereit, zu hören, was er uns zu sagen hatte. Aber wollte ich es überhaupt hören?

»Ich hatte heute ein längeres Gespräch mit der Staatsanwaltschaft. Es gibt mehrere mögliche Anklagepunkte. Einmal Beseitigung von Beweisstücken, was eine leichte Straftat ist, aber auch Behinderung der Justiz und Mittäterschaft nach der Tat, die beide als schwere Straftaten gelten.«

»Und was werden sie machen?«

»Sie haben mir gesagt, dass sie in allen drei Punkten Anklage erheben werden.« Rick nahm meine Hand. »Was bedeutet das?«

»Zunächst einmal, dass es eine formelle Anklageerhebung gegen Ihre Frau geben wird.«

»Müssen wir eine Kaution stellen?« Ich war wirklich dankbar, dass Rick da war und die Führung des Gesprächs übernommen hatte. Ich konnte weder klar denken noch reden.

»Ich schätze mal, dass sie gegen die Zusage, zum Gerichtstermin zu erscheinen, auf freiem Fuß bleiben wird. Sie hat sich selbst den Strafbehörden gestellt, Ihr Sohn ist formell in Haft und es besteht keine Fluchtgefahr. Aber sie werden Ihre Frau benutzen, um den Druck auf Kurt aufrechtzuerhalten. Deswegen auch alle drei Anklagepunkte; die Anklage will sichergehen, dass er weiß, dass seine Mutter schlecht dasteht, falls er doch noch flieht.«

Ich nahm all meinen Mut zusammen und nickte wenigstens. »Okay. Und wann ist diese Anklageerhebung?«

»Die Staatsanwaltschaft lässt sich bewusst Zeit, um sich alle Optionen offen zu halten. Frühestens nächste Woche. Sobald ich Genaueres weiß, rufe ich Sie an.«

Rick drückte meine Hand und sah mich an. »Es wird alles gut. Wir schaffen das. Es wird alles wieder gut.«

Ich wusste nicht, wie er dazu kam, das zu sagen. »Gut« würde es bestimmt nicht werden. Aber ich hatte weder die Kraft noch den Wunsch, ihm zu widersprechen, und so hoffte ich im Stillen, dass er irgendwie recht hätte.

39

Am Sonntagmorgen kam ich Sekunden vor dem Beginn des Gottesdienstes in der Kirche an. Das war Absicht; ich wollte nicht lange herumstehen und Smalltalk machen müssen. Ich setzte mich nicht auf meinen Stammplatz, sondern in die hinterste Reihe, in der Hoffnung, dass man mich hier nicht so leicht bemerken würde. Die Hoffnung erwies sich als absolut trügerisch.

»Oh, Alisa!« Kristyn schrie es fast, als sie mich sah. »Ich freue mich ja so, dass du da bist.« Sie kam prompt zu mir, um mich zu umarmen, dicht gefolgt von Carleigh und Beth. Es war schön, so willkommen geheißen zu werden. »Willst du dich nicht zu uns setzen?«

Ich schüttelte den Kopf. »Setzt ihr euch nur zu euren Lieben, ich bleibe hier.« Sie gingen wieder, und ich setzte mich. Ich fühlte mich weniger gehemmt, als ich befürchtet hatte. Dann bemerkte ich das junge Paar, das ein paar Reihen weiter vorne saß. Der Mann drehte sich in meine Richtung um und flüsterte dann seiner Frau etwas zu. Die drehte langsam ihren Kopf – und ruckte ihn heftig zurück, als sie sah, dass ich sie anschaute. Dann sagte sie etwas zu ihm, worauf die Schultern der beiden vor unterdrücktem Kichern zu beben begannen. Ich schaute hastig weg und ließ meinen Blick durch die Kirche schweifen. Fast spürte ich sie, all die Köpfe, die sich in meine Richtung drehten. Ich hatte nichts anderes erwartet, aber das machte es nicht leichter.

Ich merkte, wie sich jemand neben mich setzte, und wandte mich in die Richtung. Rick sagte: »Ist der Platz hier noch frei?« Seine Miene war geradeso unsicher und verlegen wie damals, als er mich zum ersten Mal gefragt hatte, ob ich mit ihm ausgehen wollte – vor ungefähr fünfundzwanzig Jahren.

»Natürlich.« Ich lächelte ihn an. Ich rutschte etwas näher und flüsterte, in einem bewusst lockeren Ton, damit er die Neckerei sofort erkannte: »Was machst du denn hier?«

»Ich habe die ganze Zeit gedacht, Gott ist nur so eine Krücke für Schwächlinge, aber nachdem ich gesehen habe, was du und Kurt da gemacht haben, frage ich mich, ob er nicht noch mehr ist. Und das möchte ich auch werden. Mehr.«

Er blieb den ganzen Gottesdienst neben mir sitzen, und ich betete die ganze Zeit stumm darum, dass er genau das hörte, was er brauchte, dass auf das Hören Taten folgen würden und dass er offen für Gottes Geist war. Als der Gottesdienst vorbei war, stand er auf und schaute mich an. »Darf ich meine beiden Lieblingsdamen zum Mittagessen ausführen?«

»Klingt gut. Caroline wird sich sehr freuen.«

»Gut. Und nächstes Wochenende können wir vielleicht nach Templeton fahren und einen Besuch machen. Glaubst du, dass Jodi und Monte das recht ist?«

»Aber sicher. Sehr sogar.«

Als Rick das letzte Mal in Templeton gewesen war, hatten Monte und Jodi die Plantage gerade gekauft gehabt. Er fuhr langsam die Einfahrt entlang, sein Blick ging nach links und rechts. »Wow, sie haben da wirklich etwas draus gemacht, seit ich das letzte Mal hier war.«

»Ja, und dein Sohn hat seinen Teil dazu beigetragen. Er und Monte haben geschuftet wie die Wilden.«

Was war das da vorne? Eine große Staubwolke kam uns auf dem Weg entgegen. Ich schielte in die Sonne. Es war Kurt auf dem Quad. Er legte direkt neben Ricks Wagen eine Vollbremsung hin. »Hallo! Hab gesehen, dass ihr gekommen seid. Ich dachte, ich schnappe mir die Kleine und frage sie, was sie von einer Spritztour durch die Hügel hält, ganz allein mit mir.«

Hast-du-nicht-gesehen stand Caroline draußen, die eine Hand schon auf dem Heck des Quad. Dann drehte sie sich um und sah mich an. »Darf ich?«

»Ich schätze mal: ja; du sitzt ja schon halb drauf.« Ich versuchte, sie streng anzusehen, aber sie achtete schon nicht mehr auf mich.

Sie setzte sich hinter ihren Bruder. »Fahr richtig schnell, Kurt.«

»Machen wir doch glatt.« Er schoss davon, und Carolines Kreischen echote zwischen den Hängen.

Rick sah den beiden hinterher, dann drehte er sich zu mir. »Wenn ich mir Kurt anschaue und sehe, wie er sich macht, merke ich, dass Monte wieder einmal ein besserer Vater ist als ich.«

»Von was redest du?«

Er schüttelte seinen Kopf, und ich bildete es mir nicht ein, nein, ich sah wirklich Tränen in seinen Augen. Das letzte und einzige Mal hatte ich das auf der Beerdigung seiner Mutter erlebt. »An Weihnachten, bevor Nick starb, hörte ich einmal, wie er mit einem Mädchen aus dem College telefonierte. Er erzählte ihr von unserem Weihnachtsfest und von Monte und Jodi, und dabei sagte er: ›Monte ist immer mein Vorbild gewesen.‹« Ricks Stimme wurde wacklig, und er fuhr sich mit den Fingern durch sein Haar. »Mein eigener Sohn hat Monte seinem Vater vorgezogen.«

»Hast du Monte deswegen die letzten Jahre nicht leiden können?«

»Ja. Ich war nicht bereit, die Schuld bei mir selbst zu suchen, und da habe ich meinen ganzen Groll an Monte ausgelassen.«

»Oh, Rick.« Ich legte meine Hand auf seine Schulter. »Das hat doch nicht bedeutet, dass du kein Vorbild warst. Monte hatte eben denselben Glauben wie Nick, und das war Nick sehr wichtig.«

Er legte seine Hand auf meine. »Tja, vielleicht hätte ich damals offener dafür sein sollen, anstatt immer so … na, du weißt ja.«

»Nick hat dich geliebt. Du warst ein wunderbarer Vater, und das war ihm klar. Ich habe das immer wieder aus seinem Mund gehört, wenn er mir von Freunden erzählte, die aus kaputten Familien kamen. Er sagte immer, wie dankbar er war, dich zu haben.«

»Ist das dein Ernst?«

»Ja. Das hat er gesagt.«

»Ich frage mich, was er heute über seine eigene Familie sagen würde. Die ist so kaputt, noch kaputter geht nicht.«

Ich legte meine rechte Hand an seine Wange. »Da trage ich mein Quantum an Mitschuld.«

Wir beugten uns näher zueinander, und bevor unser inneres Gepäck dazwischenkommen konnte, hielt Rick mich in seinen Armen und küsste mich wie in den besten alten Zeiten. Ich schmeckte das Salz von Tränen. Waren es Ricks oder meine eigenen? Ich wusste es nicht.

Der Augenblick war zu schön, um lange anzuhalten. Und das tat er auch nicht. Wir hatten uns zu weit voneinander entfernt und zu viele Mauern waren zwischen uns hochgewachsen, als dass wir das alles in einem Augenblick vergessen konnten. Als wir uns aus der Umarmung lösten, spürte ich eine wilde Mischung aus Hoffnung und Zweifel, aus Angst, Liebe und Wut. Wir parkten den Wagen vor dem Bauernhaus, und ich wusste: Es lag noch viel Arbeit vor uns, bevor zwischen uns alles wieder gut wäre. Aber wenigstens waren wir jetzt entschlossen, dieses Ziel zu erreichen.

40

Fünf weitere Tage vergingen, bevor der Morgen meiner Anklageerhebung kam. In diesen Tagen dachte ich über Paulus, Daniel und Josef in der Bibel nach, die ja auch ins Gefängnis gekommen waren. Doch sie waren alle drei Unschuldige gewesen, die für Gott leiden mussten, während ich eindeutig schuldig war. Tag für Tag liefen meine Gebete auf die Bitte um Gnade heraus. Nicht weil ich Gnade verdient hätte, sondern für Rick und Caroline. Ich hoffte auch, dass die Anklageerhebung still und ohne Beteiligung der Öffentlichkeit über die Bühne gehen würde. Ich wollte dorthin und die Sache hinter mich bringen. Aber so kam es natürlich nicht.

Ryan Scott und ich gingen gemeinsam zum Gericht. Er zeigte auf eine kleine Menschenansammlung auf dem Bürgersteig. »Das da drüben sind Reporter. Ich weiß nicht, mit wem sie gerade reden, aber sobald sie uns sehen, werden sie sich wie die Geier auf uns stürzen. Halten Sie den Kopf gesenkt, verziehen Sie keine Miene und sagen Sie kein Wort.«

»Das werde ich gerne machen.«

Als ob sie ihn gehört hatte, schaute die Meute auf und begann, in unsere Richtung zu rennen. Ich hielt meinen Blick auf das Bürgersteigpflaster vor mir geheftet. »Mrs. Stewart, stimmt es, dass Ihr Sohn die Tat zugegeben hat und dass der Gerechtigkeit hätte Genüge getan werden können, auch ohne dass Sie sich bei der Polizei hätten melden müssen? Was hat Sie dazu bewogen, sich zu stellen? Wie fühlen Sie sich gerade?«

Wie ich mich fühlte? Das war die dümmste Frage, die ich seit Langem gehört hatte. Als wir uns dem Eingang des Gerichtsgebäudes näherten, schielte ich zur Seite. Mit wem hatten die da gerade gesprochen? Ich erkannte Gary Singers Mutter sofort.

Wir betraten den kleinen Saal. Es waren ungefähr dieselben Leute darin wie bei der Anklageerhebung gegen Kurt, außer dass ich dieses Mal niemanden aus der Prince-Sippe sah.

Beth, Ken Maddox und noch ein paar Freunde aus der Gemeinde winkten mir lächelnd zu. Jana, Julie und Marsha glänzten durch ihre Abwesenheit. Mir war es gerade recht. Ich hatte genügend von dem Gemeindeklatsch mitbekommen, um zu wissen, was die drei über mich sagten. So war ich froh, dass ich ihnen jetzt, als ich den ganzen So-tun-als-ob-Spielchen abgeschworen hatte, nicht gegenübertreten musste.

Rick, Kurt, Monte, Jodi und Lacey saßen zusammen in der ersten Reihe. Der eine Stuhl neben Lacey war leer, bis auf eine Jacke, die offenbar den Platz für jemanden frei halten sollte. Ich hatte keine Ahnung, wer dieser Jemand war.

Im gleichen Augenblick trat Theresa Singer in den Gerichtssaal, hob die Jacke hoch und setzte sich. Sie und Jodi tauschten ein paar höfliche Sätze aus, dann schaute sie mich direkt an und nickte. Ich erwiderte die Geste und wandte mein Gesicht wieder nach vorn.

»Ich bitte Sie, sich zu erheben.« Die Stimme des Gerichtsdieners ließ mein Herz einen Schlag aussetzen.

Die Verhandlung war recht kurz. Der Richter war ein Mann mittleren Alters, und ich fand ihn eigentlich recht nett – bis er mich ansah und sagte: »Mrs. Stewart, Sie sind angeklagt wegen Beseitigung von Beweisstücken, Behinderung der Justiz und Mittäterschaft nach der Tat. Bekennen Sie sich schuldig?«

»Nicht schuldig, Euer Ehren.« Jeder im Saal wusste natürlich, dass ich schuldig war. Sie wussten genau, was ich gemacht hatte. Aber Ryan Scott hatte mir versichert, dass dies nicht der Zeitpunkt war, dies vor dem Gericht offen zu sagen. Es lagen noch viele juristische Scharmützel vor uns, bevor wir so weit wären. Ich hatte ihm nicht widersprochen.

Ein paar Minuten später war alles vorbei. Ich durfte als freie Frau zurück nach Hause, unter der Bedingung, dass ich wiederkommen würde, wenn das Gericht mich das nächste Mal vorlud.

Als ich mich umdrehte, sah ich gerade noch, wie Theresa Singer den Gerichtssaal rasch verließ. Ich ging um die Balustrade herum und umarmte meine Lieben. »Das ging eigentlich.«

Jodi drückte mich. »Hast du die ganzen Reporter da draußen gesehen, als sie sich mit Gary Singers Mutter unterhalten haben?«

»Ja.«

»Ich hab mitbekommen, wie sie dich als eine tapfere und gute Mutter bezeichnet hat.«

Kurt schob sich neben mich. »Und da hat sie vollkommen recht.«

41

Zwei Monate später

»Was für ein schönes Mädchen.« Ich schaute auf das kleine Paket in der gestreiften Krankenhausdecke und mit den rosigen Wangen hinunter, und der Atem wollte mir stocken. Die ovalen Augen, das Grübchen am Kinn – es war geradeso, als ob ich den neugeborenen Kurt wieder in den Armen hielt.

»Ja, sie ist echt süß, nicht?« Pamela blinzelte ein paar Tränen zurück und sah von mir zu Kurt. »Die Tuttles werden gut für sie sorgen.«

»Ja, es sind liebe Menschen.« Kurts Stimme war belegt. Er beugte sich hinunter und küsste das Baby auf die Stirn. »Tschüs, Kleine. Freu dich deines Lebens. Und vergiss nie, dass dein Papa dich liebt.«

»Und deine Oma auch.« Ich strich dem Kind über die Wange und wandte mich ab.

Kurt legte seinen Arm um meine Schulter, als wir gemeinsam aus dem Krankenhauszimmer gingen. »Es wäre so einfach, zu sagen, dass ich einen Vaterschaftstest möchte. Und dann zu beweisen, dass ich ohne jeden Zweifel der Vater bin, und das Sorgerecht zu verlangen.« Seine Worte spiegelten meine eigenen Gedanken. Jetzt, nachdem ich das Kind gesehen hatte, war ich mir ziemlich sicher, wie dieser Test ausfallen würde.

»Ich weiß, was du meinst«, sagte ich.

Er fuhr fort: »Aber das wäre nicht recht, das wissen wir beide. Ich komme ins Gefängnis, und auch wenn ich weiß, dass du sie für mich aufziehen würdest – sie hat eine richtige Familie verdient, mit einer Mutter und einem Vater, die sie lieben und für sie da sind.«

Mein Kopf wusste, dass er recht hatte, aber der Rest von mir wollte das Kind an sich drücken und nie mehr loslassen.

Kurt drückte meine Schulter etwas fester. »Das ist das Schwerste, was ich je in meinem Leben getan habe.«

»Noch schwerer, als dich der Polizei stellen?«

»Ja. Ich meine, das hat mir mehr Angst gemacht, weil ich wusste, dass mir das Gefängnis blühte. Aber es war sonnenklar, was das Richtige und was das Falsche war. Hier kann ich, wenn ich lang genug darüber nachdenke, mir einreden, dass es am besten für sie wäre, bei ihrem biologischen Vater zu sein. Diese Stimme zu überhören, ist viel schwerer.«

Wir gingen in die Tiefgarage, wo Rick, an seinen Lieferwagen gelehnt, auf uns wartete. Ich küsste Kurt auf die Wange. »Ich bin so stolz auf dich. Schon wieder.«

»Und ich auch.« Rick umarmte seinen Sohn. »Ich bin echt stolz auf dich.«

»Danke, Papa.«

Ich musste daran denken, wie selten Kurt diese Worte in den letzten Jahren gehört hatte. Es war merkwürdig, wie eine Katastrophe wie diese manchmal die Dinge zum Besseren wendet. Das Problem war nur, dass noch mehr Wendungen kommen würden, und nicht alle – da war ich mir sicher – würden so gut ausgehen.

42

Drei Tage danach – ich hatte gerade zu Mittag gegessen – klingelte das Telefon.

»Ich brauche Sie alle drei in meinem Büro, so schnell wie Kurt kommen kann. Man hat uns ein Angebot gemacht, das man sich gut überlegen sollte.« Ryan Scotts Stimme klang wie immer anwaltsmäßig-monoton, aber war da nicht eine Spur Begeisterung? Hoffte ich jedenfalls.

»Okay, ich rufe ihn gleich an.«

»Das habe ich bereits getan. Er ist schon unterwegs.«

Ryan Scott musste wirklich halb aus dem Häuschen sein. Sobald wir aufgelegt hatten, rief ich Rick bei seiner Arbeit an und berichtete ihm.

»Ich bin in einer Stunde zu Hause.«

»Ich glaube nicht, dass Kurt es so schnell schafft.«

»Deswegen ja. Ich möchte in den Startlöchern stehen, wenn er ankommt.«

Ich legte auf und sah Caroline an, die sich irgendwann während des Gesprächs hinter mich gestellt hatte. »Ich komme mit.«

»Nein, Schätzchen, das ist nichts für dich. Ich rufe Lacey an und frage sie, ob du so lange zu ihr kannst.«

Caroline verschränkte die Arme über der Brust und stampfte mit dem rechten Fuß auf. »Ich gehöre zu dieser Familie, und das betrifft auch mich. Ihr denkt immer, ihr seid so schlau, weil ihr versucht, mir Sachen zu verheimlichen. Die Kinder in der Schule wissen mehr über das mit Kurt und dir als ich.«

Das saß. Sie hatte ja recht. Sich gegen die Gerüchteküche wehren konnte sie nur, wenn sie die Wahrheit wusste und abschätzen konnte, ob etwas stimmte oder nicht. Ich beugte mich zu ihr hinunter und drückte sie. »Weißt du, was? Du hast recht. Du darfst mit.«

Sie hob triumphierend eine Faust. »Jippie!«

»Aber du musst ganz still sitzen und ruhig sein dort bei dem Anwalt.«

»*Pff!* Ich bin doch kein Baby mehr. Natürlich sitze ich still.«

Als Rick gekommen war, gingen wir alle wie die Tiger im Käfig hin und her, bis Kurts Auto in der Einfahrt erschien. Er stieg aus. Seine Miene war ein Mittelding zwischen Angst und Hoffnung. »Hat er dir irgendetwas gesagt, was das Angebot ist?«

Ich schüttelte meinen Kopf. »Ich hab gehofft, dass du vielleicht etwas wüsstest.«

Rick klimperte mit seinen Schlüsseln. »Wir vergeuden hier nur unsere Zeit. Lasst uns hinfahren und sehen, was Sache ist.« Caroline war schon auf den Rücksitz geklettert und rief durch die Tür: »Kommt rein, damit wir losfahren können!«

Als wir aus dem Auto ausstiegen, wartete Rick auf uns drei, aber sein steifer Gang und seine hochgezogenen Schultern sprachen Bände über seine Ungeduld.

Er eilte den Flur entlang, und kaum waren wir in Ryan Scotts Büro, platzte er heraus: »Ein Angebot für wen?« Er setzte sich nicht, sondern blieb stehen.

Ich dagegen konnte mich nicht mehr auf den Beinen halten. Ich ließ mich auf meinen Stammstuhl fallen und zog Caroline auf meinen Schoß. »Wie lautet das Angebot?«

»Es ist eine Art Paket, wenn man so will.« Der Anwalt sah mich an. »Alle, die mit dem Fall zu tun haben, verstehen die Situation und was es für Sie, Mrs. Stewart, bedeutet hat, sich der Polizei zu stellen. Falls sie es bis jetzt nicht verstanden hatten, begreifen sie es jetzt, nach all den Leitartikeln und den Fernsehinterviews mit Theresa Singer.« Bei den letzten Worten kicherte er fast. »Was Sie betrifft, Mrs. Stewart, bietet die Staatsanwaltschaft drei Jahre auf Bewährung und zweihundert Stunden gemeinnützige Arbeit.«

Ich atmete langsam aus. Damit konnte ich leben, gut sogar. Aber … »Und für Kurt?«

Ryan Scott nestelte an seiner Krawatte. »Das ist etwas komplizierter. Er hat einen Menschen umgebracht. Aber angesichts der großen öffentlichen Sympathien für Sie beide sowie der Tatsache, dass hier möglicherweise ein Notwehr-Element ins Spiel kommen könnte, haben sie uns statt Mord vorsätzliche Tötung angeboten.«

Das klang mir nicht berauschend. Ich schaute zu Rick hoch, der geradeso skeptisch aussah wie ich. Er schaute verstohlen zu Kurt hin, dann sah er wieder den Anwalt an. »Würde er dafür ins Gefängnis kommen?«

»Ja.« Mr. Scott machte eine Pause, um uns Gelegenheit zu geben, die Information zu verdauen.

»Für wie lange?«, fragte Rick.

»Kalifornien ist ein Staat mit festgelegten Strafmaßen. Das bedeutet, dass für jede Verurteilung wegen einer schweren Straftat festgelegt ist, wie lange der Betreffende ins Gefängnis kommt. Es gibt jeweils ein unteres, ein mittleres und ein hohes Strafmaß. Für vorsätzliche Tötung beträgt das hohe Strafmaß elf Jahre.«

Ich japste. »Elf Jahre? Das ist zu viel!«

»Das untere Maß ist drei Jahre, was aber die Staatsanwaltschaft für nicht ausreichend ansieht. Sie wird dem Richter das mittlere Maß empfehlen – sechs Jahre. Die endgültige Entscheidung liegt natürlich beim Richter. Er könnte auch höher gehen.«

Kurt beugte sich nach vorne, die Hände auf den Knien. »Was muss ich machen?«

»Der Richter wird eine Art moralischen Lebenslauf verlangen, der ihm zeigt, was für ein Mensch Sie sind. Nennen Sie ihm jede noch so kleine gute Tat, die Sie in Ihrem ganzen Leben getan haben. Und machen Sie das schriftlich.«

»Aber wenn Kurt ins Gefängnis muss, warum können wir dann nicht einfach das untere Strafmaß beantragen?« Ich wusste, dass ich weinerlich klang, aber das war mir egal. Mein Sohn würde ins Gefängnis kommen; wie konnte ich da fröhlich sein?

»Mama, das ist in Ordnung.« Kurts Stimme war fest und entschlossen. Er saß hoch aufgerichtet auf seinem Stuhl, wie ein Todeskandidat, der mutig vor das Exekutionskommando tritt.

Ich sah den Anwalt an. »Aber Rudy Prince hat ihn doch bedroht. Das war doch nicht Kurts Schuld.«

»Ja, er hat mich bedroht, und dann hat er sich umgedreht und ist gegangen. Und dann bin ich hinterher und habe ihn umgebracht.«

Ich spürte, dass das, was Kurt da sagte, die Wahrheit war. Aber so leicht wollte ich mich nicht geschlagen geben. »Ja, nachdem du mitbekommen hast, wie er diesen Obdachlosen für nichts und wieder nichts totgeschlagen hat. Seit wann ist es ein Verbrechen, sich für einen Mitmenschen einzusetzen?«

Ryan Scott räusperte sich. »Wenn Sie wünschen, können wir es auf den Prozess ankommen lassen und hoffen, dass die Jury die Sache auch so sieht wie Sie. Aber wenn wir das machen, *muss* der Staatsanwalt auf vorsätzlichen Mord plädieren. Das wäre dann eine Alles-oder-nichts-Geschichte. Wenn Sie gewinnen – prima. Wenn Sie verlieren – verlieren Sie alles.«

Kurt schüttelte den Kopf. »Nein, vorsätzliche Tötung geht in Ordnung.« Er kam zu mir und kniete sich neben meinen Stuhl. »Mama, du hast doch selbst gesagt, dass wir die Vergangenheit hinter uns lassen müssen. Das sehe ich auch so. Aber wenn ich meine Vergangenheit hinter mir lasse, will ich das mit einem so guten Gewissen machen wie's in diesem Fall möglich ist. Tatsache ist, dass Rudy Prince durch mich gestorben ist. Dafür muss ich geradestehen.«

Wir riefen Monte und Jodi an, die sich in ihr Auto setzten und zu uns nach Santa Barbara kamen, wo die ganze Familie im Wohnzimmer saß und erst einmal schwieg. Die Atmosphäre war eine Mischung aus Kummer, Erleichterung und Bedauern, die jedes Gespräch zu blockieren schien.

Schließlich räusperte Monte sich und sagte: »Ich hoffe, dass ich meine Befugnisse jetzt nicht überschritten habe« – er warf einen kurzen Blick zu Rick hin –, »aber ich war heute Nachmittag im Internet und habe mich über ›Prison Fellowship‹ schlau gemacht.«

Rick sah ihn aus hohlen Augen an. »Prison Fellowship? Was ist das?«

»Das ist eine christliche Organisation, die über Gemeinden vor Ort in Gefängnissen tätig ist. Sie bietet Bibelstunden und Schulungsgruppen für interessierte Insassen an, hilft ihnen, nach ihrer Entlassung wieder im Alltag Fuß zu fassen, und solche Dinge.« Er griff in den Matchsack, der neben ihm auf dem Fußboden lag, und zog einen Stoß zusammengeheftete Blätter heraus. »Ich habe ihren Leitfaden *Wie man im Knast überlebt* runtergeladen. Dachte, das könnte hilfreich sein. Ich habe auch die Telefonnummern der Geschäftsstellen notiert, die mit den Haftanstalten in Südkalifornien zusammenarbeiten. Angerufen habe ich noch niemand. Ich dachte, das machst du besser selbst.«

Kurt nahm den Stapel mit den Ausdrucken entgegen. »Danke. Ich schaue mir das mal an.«

Ich schielte zu Rick hin. Wie würde er reagieren? Zumal das hier von Monte kam. Ich musste mich nicht lange fragen, denn er sagte sofort: »Danke. Dass du immer wieder für meine Familie da gewesen bist.«

»Keine Ursache, für so was sind Verwandte da.«

»Das stimmt.« Rick beugte sich zu mir und nahm meine Hand.

43

Ich stand vor dem Richter und bekannte mich schuldig, Beweisstücke beseitigt und die Justiz behindert zu haben. Ein Dutzend Frauen aus meiner Gemeinde saß hinter mir in dem Saal und schaute zu. Ich hörte, wie sie leise schnüffelten.

Dann war Kurt an der Reihe. Er stand vor dem Richter, Schultern und Rücken gerade. Ich selbst fand es schwierig, aufrecht zu stehen. Was, wenn der Richter sich für das hohe Strafmaß entschied? Ich glaubte nicht, dass ich das ertragen könnte.

Der Richter las eine lange Litanei vor, die an mir vorbeirauschte. Ich konnte an nichts anderes denken als die Höhe des Strafmaßes; das ganze Juristenchinesisch sagte mir rein gar nichts. »Angesichts des hohen Maßes an Gewalt bei dieser Tat bin ich geneigt, zu dem oberen Ende des Strafmaß-Spektrums zu tendieren.« Hinter mir keuchte jemand auf. Ich wusste, dass es Jodi war. Der Richter schaute missbilligend über den Rand seiner Brille und fuhr fort: »Doch angesichts zahlreicher Akten und Dokumente, die ein anderes Vorgehen empfehlen, darunter eine längere schriftliche eidesstattliche Erklärung des Hauptermittlers in diesem Fall …«

Ich drehte mich um, um zu sehen, ob Bruce Thompson im Saal war. Ja, da hinten saß er. Er nickte mir zu und verzog den Mund zu etwas, das wie ein Lächeln aussah. Ich wandte mich wieder dem Richter zu.

»… nach dem unteren Strafmaß zu einer Freiheitsstrafe von drei Jahren.« Ich hörte die Worte, und die Tränen kamen. Es waren keine Freudentränen; wie konnten sie das sein, wenn mein Sohn ins Gefängnis musste? Aber es waren immerhin Dankbarkeitstränen. Es hätte sehr viel schlechter ausgehen können. Da gab es keinen Zweifel. Ich würde Bruce Thompson später danken.

Der Gerichtsdiener kam zu unserem Tisch. Kurt drückte mich fest. »Ich liebe dich.«

»Und ich dich auch.« Ich stieß die Worte durch mein Schluchzen hervor.

Der Gerichtsdiener bedeutete Kurt, zu ihm zu treten. In seiner einen Hand hielt er ein Paar Handschellen. Kurt nickte und streckte seine Hände aus, ohne seinen Blick von mir zu nehmen. »Wir haben es richtig gemacht, vergiss das nie. Wir haben es richtig gemacht.« Der Gerichtsdiener legte Kurt die Handschellen an; es klickte metallisch, als sie sich schlossen. Dann führte er meinen Sohn von mir weg. Kurz bevor sie durch die hintere Tür des Saals verschwanden, drehte Kurt sich um und rief: »Ich liebe dich, Papa!«

»Und ich dich auch!« Ricks halb erstickte Worte hallten durch den Saal.

Ich drehte mich langsam um und trat zu meinem Mann. Ich fiel in seine Arme, und wir blieben einen Augenblick so stehen und umarmten uns und weinten zusammen. Dann machte er einen halben Schritt zurück, legte seinen linken Arm um meine Schulter und begann, mich aus dem Gerichtssaal hinauszuführen. »Lass uns nach Hause fahren.«

Jodi kam und legte ihren einen Arm um mich, auf ihrer anderen Seite Lacey. Monte tat das Gleiche bei Rick, und so gingen wir aus dem Saal hinaus, eine kleine Menschenkette. Was auch immer jetzt vor uns lag, wir würden es schaffen, einen kleinen Schritt nach dem anderen. An jedem neuen Morgen würden wir den Staub von gestern abschütteln, von ihm lernen und ihn für immer hinter uns lassen, während wir auf das Morgen zugingen.

Dank

Danke, Vater im Himmel, dass du mir wieder die Erfüllung meines Traums geschenkt hast.

Danke auch an die folgenden Personen:

Lee Cushman – für deine nicht nachlassende Liebe und Ermutigung.

Caroline Cushman – dein Lächeln kann den dunkelsten Tag hell machen.

Ora Parrish – die tollste Mutter, Freundin und Mutmacherin der Welt.

Carl Parrish – der coolste Vater der Welt!

Leah Cushman – danke, dass du dich für mich über Olivenplantagen schlau machtest. Du bist eine fantastische Schwiegermutter.

Carl, Alisa, Lisa, Katy – eure unerschütterliche Unterstützung macht mich so froh, eure Schwester zu sein.

Lori Baur – eine tolle Freundin, Nachbarin und Marketingprofi.

Sally Turvey, Carolyn Horwald und Kara Horwald – für euer hilfreiches Feedback zu den ersten Versionen.

Dave Long – danke, dass du nie lockergelassen hast.

Natasha Sperling – für das Aufräumen des Grammatikchaos, das ich immer hinterlasse.

Das Marketing-Team von Bethany – Steve, Debra, Noelle, Jim und Carra, ich staune immer wieder über euch.

Mike Berrier und Shawn Grady – es war mir ein Vergnügen, diese Schreibwanderung zusammen mit euch beiden zu machen.

Die Winklings: John Olson, Jenn Doucette, James Rubart, Katie Vorreiter – für eure Unterstützung und Freundschaft.

Carrie Padgett und Julie Carobini – zwei tolle Freundinnen und Schriftstellerinnen.

Scott Campbell – danke für all die »Ich bin kein Strafverteidiger, aber …«-Antworten.

Adam Pearlman – der sich die Zeit genommen hat, meine zahlreichen Fragen zu beantworten und mich durch die Prozessordnung der Strafverteidigung zu führen.

Sergeant Lorenzo Duarte – für das Leiten der höchst bemerkenswerten »Citizens Police Academy«.

Boots Cushman – das zweite Haustier der Cushmans, das in einem meiner Bücher eine Nebenrolle bekommen hat.

Kathryn Cushman

Zeit der Vergebung

Paperback, 13,5 x 20,5 cm, 320 S.
Nr. 395.232, ISBN: 978-3-7751-5232-7

Andie Phelps ist erfolgreich und wohlhabend. Die alleinerziehende Melanie Johnson hingegen beneidet niemand. Ihre Welten kollidieren, als beide ihre Söhne in einem tragischen Unfall verlieren. Schmerz, Intrigen und Unversöhnlichkeit drohen ihr Umfeld zu zerreißen.

Nicola Vollkommer

Am Rande der gefrorenen Welt
Die Geschichte von John Sperry, Bischof der Arktis

Gebunden, 13,5 x 20,5 cm, 304 S.
Nr. 395.307, ISBN: 978-3-7751-5307-2

John Sperry lebt mit seiner Familie 19 Jahre lang unter den Inuit nördlich des Polarkreises. Er teilt ihre Not und Temperaturen bis minus 60 Grad. Und er übersetzt die Bibel in ihre Sprache, die keine Wörter für Baum, Schaf oder Acker kennt – und keines für Liebe.

Bitte fragen Sie in Ihrer Buchhandlung nach diesen Büchern!
Oder schreiben Sie an: SCM Hänssler, D-71087 Holzgerlingen;
E-Mail: info@scm-haenssler.de; Internet: www.scm-haenssler.de

Tracie Peterson

Schenk mir deine Liebe

Paperback, 13,5 x 20,5 cm, 304 S.
Nr. 395.154, ISBN: 978-3-7751-5154-2

Beths Traum ist es immer gewesen, zu heiraten und eine Familie zu gründen. Nun gibt es einen Mann, der sie liebt, seit er sie das erste Mal gesehen hat. Gerade als er sie endlich von seiner Liebe überzeugt hat, gerät die wachsende Zuneigung zwischen beiden in Gefahr.

Außerdem in der Reihe *Die Schwestern von Gallatin House* erschienen:
Bd. 1: **Gib mir ein Versprechen** (Nr. 395147, ISBN 978-3-7751-5147-4)
Bd. 3: **Vollende meinen Traum** (Nr. 395146, ISBN 978-3-7751-5146-7)

Kim Vogel Sawyer

Mein Herz kennt die Antwort

Paperback, 13,5 x 20,5 cm, 352 S.
Nr. 395.149, ISBN: 978-3-7751-5149-8

Reinhardt und Lillian Vogt müssen mit ihren drei Söhnen und Reinhardts Adoptivbruder Eli nach Amerika auswandern. Doch auf der Überfahrt kommt es zu einer Tragödie, die Lillian und Eli zu einer unerwarteten Entscheidung zwingt. Können Ihre Herzen der Vernunft folgen?